W0221570

DAMON & PETE: Spiel mit dem Feuer

K.C. WELLS

AKA TANTALUS

Dies ist eine erfundene Geschichte. Namen, Figuren, Orte und Begebenheiten entstammen der Fantasie der Autorin oder werden fiktiv verwendet. Ähnlichkeiten mit lebenden oder verstorbenen Personen, Firmen, Ereignissen oder Schauplätzen sind vollkommen zufällig.

Damon & Pete: Spiel mit dem Feuer
Titel der Originalausgabe: Damon & Pete: Playing With Fire

Ins Deutsche übertragen von Feliz Faber
Cover Art by Meredith Russell
Photo by KJ Heath Photography

Die Abbildungen auf dem Umschlag dienen lediglich illustrativen Zwecken. Alle abgebildeten Personen sind Models.

Produktnamen und Marken, die in diesem Buch erwähnt werden, sind das intellektuelle Eigentum der jeweiligen Hersteller und als solche gekennzeichnet.

Damon & Pete: Spiel mit dem Feuer
K. C. Wells alias Tantalus

Dieser Band beinhaltet die fünf Kurzgeschichten der Serie *Damon & Pete: Spiel mit dem Feuer*

Sommerhitze
Danach
Konsequenzen
Grenzen
Brüche
Ebenfalls enthalten ist die Valentinstags-Geschichte Petes Geschenk

Mein Dank gilt allen, die mir bei dieser Serie geholfen haben:
Wulf Francú Goldgluck, ein großartiger Lektor und eine Inspirationsquelle
Jack Parton und Alexander Cheeves für ihren Expertenrat.
Und natürlich meinen wunderbaren Betas, die alles so sorgfältig lesen:
Jason, Daniel, Helena, Debra, Sharon und Mardee.

Sommerhitze

Pete und sein attraktiver Nachbar Damon, ein Bär von einem Mann, liegen ständig im Wettstreit miteinander. Deshalb ist Pete gleich einverstanden, als Damon auf den Ausgang ihres nächsten Pokerspiels wetten will – obwohl die Bedingungen etwas … ungewöhnlich sind. Wenn Damon gewinnt, darf er mit Pete machen, was immer er will.
Pete weiß allerdings nicht, dass Damon eine dunkle Seite hat…

Sommerhitze

„Bist du bereit für mich, Baby?“ Seine Finger zeichneten die Konturen meiner Bauchmuskeln nach, was mich erschauern ließ.

Wie lange wartete ich schon darauf, ihn diese Worte sagen zu hören? Und noch so viel mehr…

„Ja“, krächzte ich. Verflucht, meine Kehle war wie zugeschnürt.

Sein heißer Atem streifte meinen Nacken. Er lachte leise, ein sonorer Laut, von dem ich Gänsehaut auf den Armen bekam. „Du klingst nicht allzu sicher.“ Ich atmete auf, als er seine Hand weiter nach unten gleiten ließ, bis sie direkt über meinem schmerzenden Ständer schwebte.

Ja, genau da. Nimm ihn in die Hand.

„Ich bin s-sicher“, stammelte ich, drängte ihn in Gedanken, sich zu bewegen.

Sekunden vergingen. Weitere Sekunden. Und immer noch ruhte seine Hand fest auf meinem Unterbauch.

Oh, komm schon, Damon, bitte…

Seine Finger streichelten den unteren Teil meines Schafts und mir stockte der Atem. *Oh ja.* Ich wartete mit geschlossenen Augen auf mehr, und ich hätte schreien können, als seine Hand sich wieder nach oben bewegte.

Fass mich an, verdammt. FASS MICH AN!

„Deine Haut ist warm.“ Weiche Lippen strichen über meine Schulter und ich erschauert, als seine heiße Zunge eine Spur an meiner Wirbelsäule entlang nach unten zog. Ich zerrte an den Fesseln um meine Handgelenke, drängte ihn im Stillen, sich weiter nach unten zu bewegen, als diese agile Zunge fast an meiner Poritze war. Aber Damon, dieser Wichser, musste mir ja unbedingt zeigen, wer das Sagen hatte. Ich knirschte mit den Zähnen, als sein Mund sich stattdessen wieder an meinem Rückgrat entlang nach oben arbeitete. Und ich konnte mein Erschauern nicht unterdrücken, als er mich in den Nacken biss.

„I-ist ja auch heiß heute Nacht." Verdammt, bekam ich nicht mal mehr einen Satz heraus, ohne dass meine Stimme zitterte?

Seine Stimme grollte wie Donner an meinem Ohr, tief und dunkel. „Und es wird gleich noch heißer."

Ich keuchte auf, als er mein Ohrläppchen zwischen die Zähne nahm und kräftig daran zog. Der Schmerz durchfuhr mich wie eine Schockwelle.

„Jetzt habe ich deine Aufmerksamkeit."

Als könnte ich ignorieren, wie sein Körper sich anfühlte. Breiter als meiner und muskelbepackt. Seine rauen Brusthaare streiften über meinen Rücken, und dann fühlte ich endlich, endlich auch seinen Schwanz, der hart und heiß an meinem Hintern rieb, triefend vor Lust. Ich dränge mich ihm eifrig entgegen, wollte mehr. Ich hatte selbst einen gewaltigen Ständer.

Damon gab dieses spezielle Lachen von sich, das mich immer ganz heiß machte und bei dem mir zugleich ein kalter Schauer über den Rücken lief, als wäre mein Rückenmark von Eiswasser umspült. „Langsam glaube ich fast, dass du die Wette mit Absicht verloren hast." Er bewegte die Hüften, ließ sein hartes, dickes Ding durch meine Poritze gleiten. Sein heißer Atem strich über mein Ohr. „War es das, woran du vorhin beim Pokern gedacht hast, Pete? Hast du dir vorgestellt, wie mein Schwanz an deinem kleinen Loch reibt?" Sein Knurren hallte in mir wider, als er sich an meinen

Rücken presste. „Hast du deshalb heute so scheiße gespielt? Weil du insgeheim darauf aus warst, dass ich dich ficke?"
„Nein", protestierte ich. Ich hatte auf Sieg gespielt – oder? Auch wenn Damons Vorschlag anfangs wie ein Scherz geklungen hatte. Wir wetteiferten ständig miteinander: Wer von uns den besseren Garten hatte, die meisten Weihnachtslichter – was auch immer es war, wir versuchten uns immer gegenseitig zu übertrumpfen. Aber dann hatte Damon mich nach der letzten Pokerrunde mit den Jungs beiseite genommen, nachdem er einen Batzen Geld verloren hatte, und wollte auf den Ausgang des nächsten Spiels wetten. Ein kleiner Anreiz, hatte er gesagt, um das Spiel ein bisschen… interessanter zu machen.
Falls ich gewann, würde Damon sechs Monate lang mein Auto waschen. Sein nächster Vorschlag schnürte mir die Kehle zu, als hätte er mich mit seinen groben Pfoten am Hals gepackt und zugedrückt.
Falls ich verlor, konnte er mit mir machen, was er wollte.
Er hatte natürlich Recht. Ich hatte heute nur Pech gehabt, und es war keine Überraschung für mich, dass ich am Ende des Abends als haushoher Verlierer dastand.
Nur dass es mir gar nicht so vorkam, als hätte ich verloren. Nicht, wenn ich mich nackt und an ein gottverdammtes Andreaskreuz gefesselt in Damons Keller wiederfand.
Wem wollte ich hier etwas vormachen? Na schön, ich hatte absichtlich verloren.
„Oh, oder hab ich das alles ganz falsch verstanden?" Damon trat zurück, und schon grollte mir mein Körper für den Verlust des intimen, warmen, feuchten

Hautkontakts. „Du willst dich gar nicht von mir ficken lassen?“

Ich erstarrte, und dann erschauerte ich in meinen Fesseln. *Gott ja, ich will fühlen, wie du mich fickst.*

„Mistkerl“, stieß ich mit gepresster Stimme hervor und zerrte an meinen Handschellen.

„Wenn du was zu sagen hast, Petey-Boy“ – er packte mich an den Haaren, und seine Lippen streiften mein Ohr, als er Worte raunte, die mich versengten wie flüssige Lava – „dann immer raus damit.“ Er wich abrupt zurück und ließ mich los, als wäre es ihm egal, dass ich schier platzte vor Verlangen und Sehnsucht.

Sag's doch einfach, verdammt nochmal. Schließlich war ich schon seit Monaten scharf auf Damon, seit er im Haus nebenan eingezogen war. Ich könnte schwören, dass er jedes Mal ohne Hemd im Vorgarten stand, wenn ich aus dem Fenster schaute. *Warum zum Teufel muss er immer mit nacktem Oberkörper rumlaufen?* Dieser geile, dichte, seidige Pelz, der in der Sommerhitze schimmerte, dieser mächtige Brustkasten mit den straffen, kräftigen Muskeln… Okay, er war nicht Mr. Olympia. Damon hatte einen leichten Bauchansatz, aber *Gott*, man konnte die Kraft förmlich *riechen*, die in seinem muskulösen Körper steckte, wenn man nur den Schweiß auf seinen breiten Schultern und starken Armen glitzern sah. Ich hatte ihn monatelang aus der Ferne bewundert, seinen Latino-Körper angeschmachtet, von ihm geträumt… und jetzt war ich hier, war ihm ausgeliefert, und ich wusste *genau,* was ich wollte.

„Ich… ich will, dass du mich fickst“, sagte ich und versuchte, das Zittern aus meiner Stimme zu verbannen.

Damon trat näher, und seine Finger huschten über meine rechte Pobacke. „Ich hab‘ dich nicht verstanden."

Oh, du verdammter Scheißkerl.

„Fick mich. Ich will, dass du mich fickst." Herrgott, das hörte sich ja an, als würde ich betteln. Aber in diesem Moment war mir das völlig egal.

Er kam noch näher und nahm beide Pobacken in seine großen Hände. Die Schwielen an seinen Fingern gruben sich in meine weiche Haut, als er kräftig zudrückte. „Dein Hintern ist viel zu blass, du Kalkleiste. Ich steck dir meinen Schwanz erst rein, wenn dieser Arsch feuerrot ist und so heiß wie dein enges kleines Loch."

Scheißescheißescheißescheiße…

Er drängte sich an mich, und mir blieb die Luft weg, als er mich flach gegen das glatte Holz des Kreuzes drückte. „Aber wer weiß, ob du überhaupt eng bist? Ich hab' dich in dieser Bar in der Innenstadt gesehen." Er biss in meine Schulter und ich schrie auf. „Ja, du bist eine richtige kleine Schlampe, stimmt's, Petey-Boy? Du lässt dich liebend gern in den Arsch ficken." Sein steinharter Schwanz schob sich wieder zwischen meine Pobacken, nur diesmal mit mehr Nachdruck. „Oh ja, du kannst es kaum erwarten."

„Du… du hast mich gesehen?" *Oh shit.*

Damon schnaubte. „Was glaubst du, warum ich diese Wette gemacht habe? Ich will diesen süßen kleinen Hintern schon seit Monaten unbedingt mal nageln."

Ich unterdrückte ein Ächzen, als er einen mit Speichel befeuchteten Finger grob in meinen Anus stieß. *Herrgott, wenn das sein* Finger *ist…*

„Oh ja", schnurrte er. „Schön eng. Gefällt dir das?" Er drang tiefer ein, und ich erschauerte am ganzen Körper. „Was für eine gierige kleine Bubenfotze. Total schwanzgeil." Sein Finger drehte sich in mir, suchte nach…

Oh Gott, nein…
„Wenn ich erstmal mit dir fertig bin…“ Er zog seinen Finger heraus, hob ihn an meine Lippen und stopfte ihn mir in den Mund, so dass mir nichts anderes übrigblieb, als daran zu lutschen. „… ist dein Loch eine Woche lang zu nichts mehr zu gebrauchen.“
Ich konnte nicht anders. Ich stemmte mich ihm entgegen, kniff den Hintern zusammen und klemmte seinen dicken Schwanz zwischen meine Pobacken. Damon erschauerte heftig.
Er wich zurück. „Noch nicht, Baby, schon vergessen?“ Eine große Hand strich über meinen Hintern und drückte eine Pobacke zusammen.
Er wird doch nicht… er wird mir doch nicht wirklich den Hintern versohlen… oder?
Gott, diese Erleichterung, als nichts passierte. Ich atmete auf und ließ die Fesseln mein Gewicht tragen, als er die Hand von meinem Hintern nahm.
Dann waren seine Finger wieder da, glitten über meinen Bauch und weiter nach oben, aber diesmal erkundeten sie nicht sanft meine Haut. Dieses Mal packte Damon meine Brustmuskeln und quetschte sie zusammen, dann zwickte er mich in die Nippel. Er kniff und drehte, bis ich ihn anflehte, aufzuhören. „D-Damon, das tut weh, verdammt.“
Damons Atem streifte mein Ohr. „Ooh, empfindliche kleine Titten. Gut zu wissen.“ Er nuckelte an meinem Hals und folterte weiter meine Nippel, bis ich mich vor Schmerzen krümmte. „Solltest sie piercen lassen, Baby“, gurrte er mit tiefer, verführerischer Stimme.
„Damon, *bitte.*“
Er ignorierte mich, rollte die Hüften und rieb seine Erektion an meinem Hintern, während er an meinen Brustwarzen zerrte und sie verdrehte. Sie fühlten sich

schon ganz wund an. Seine Zähne schrammten an meinem Hals entlang, er biss sanft zu, dann nuckelte er wieder an der Haut. Ich lehnte den Kopf an seine Schulter, schloss die Augen und gab mich ganz den Gefühlen hin. Mein Verstand kämpfte mühsam gegen die Empfindungen an. Mein Körper? War ein verdammter *Judas*.

„Ja, ich glaube, die würden mit kleinen Ringen drin echt süß aussehen. Hat man was, um daran zu ziehen." Sein Lachen hallte durch den ganzen Keller. „Was meinst du dazu, Pete? Soll ich deine strammen kleinen Nippel piercen?" Seine Finger kniffen die prallen Knospen zusammen.

Ich wollte, dass der Schmerz aufhörte. Und doch, je länger er anhielt, desto härter wurde mein Schwanz.

Damon ließ meine Nippel los und ich sackte in mich zusammen. Er schubste mich grob gegen das Kreuz, und wieder streichelte diese Hand meinen Hintern, glitten diese verfluchten Finger über meine Haut wie Feuer und Eis, wanderten an meiner Wirbelsäule entlang nach oben. „Stell dich aufrecht hin und streck den Hintern raus." Ich gehorchte mit wackligen Knien. Dann war seine Hand verschwunden. „Bereit?"

Ich wollte *NEIN* brüllen, aber das Wort kam als erstickter Schrei heraus, als der erste kräftige Klaps auf meiner Arschbacke landete. „*Fuck!*"

Damon knurrte: „Das? Das war nur der Anfang, Petey-Boy."

„Ich hasse es, wenn du mich so – *fuuuck*!" Noch ein Klaps, diesmal auf die andere Backe, aber fester. „Scheiße, das tut *weh*!" Mein Hinterteil brannte, ich fühlte die Schläge immer noch. Das war nicht mehr lustig. Dafür war ich nicht hier.

„Halt' die Klappe und steck's ein, Boy." Seine flache

Hand traf auf meine linke Pobacke und der Schmerz explodierte zu einem heftigen Brennen. Ein heiserer Schrei entfuhr mir, als er dasselbe mit der anderen Backe machte.

„Ich bin nicht dein Scheiß-*Boy*, Damon", knurrte ich mit zusammengebissenen Zähnen. Ich schrie auf, als er meinen flammend heißen Hintern packte und kräftig zudrückte. Seine Zähne gruben sich in meine Schulter, schickten eine Welle von Schmerz an meiner Wirbelsäule entlang, und ich brüllte.

„Wenn du in *meinem* Spielzimmer bist, gefesselt und bereit für *meinen* Schwanz, dann *bist* du mein Boy. Kapiert?", grollte er und machte da weiter, wo er aufgehört hatte. Nur, dass er jetzt richtig in Fahrt kam. Die Hiebe fielen immer härter und schneller, der Schmerz nahm zu und verbreitete sich wie ein Buschfeuer auf meiner Haut. Ich wimmerte bei jedem Schlag und ekelte mich vor mir selbst, als das Wimmern zu einem Schluchzen wurde. Mein Arsch stand in Flammen, die Haut glühte. Ich versuchte, mich außer Reichweite zu bringen, aber ich konnte nirgendwo hin. Schlag um Schlag landete auf meinen Hinterbacken, in immer kürzeren Abständen, bis sie fast konstant kamen. Ich brauchte einen Moment, um zu merken, dass sich etwas verändert hatte.

Damon ließ nicht locker, das war gleich geblieben. Er wechselte zwischen den Seiten und ächzte jedes Mal, wenn seine harte Hand auf meinen heißen Arsch klatschte. Doch der Schmerz schien irgendwie… an Schärfe zu verlieren, sich zu verwandeln. Ein Prickeln rann an meiner Wirbelsäule entlang, umspielte meine Dammgegend und ließ meine Schenkel zittern. Meine Knie waren taub, aber *verdammt*, meine Eier zogen sich zusammen. Ich verlor mich in der Intimität seiner

Hand, in der Stärke und der Wucht jedes einzelnen Hiebs, hangelte mich an diesem filigranen Grat zwischen Schmerz und Lust entlang, ließ mich von beidem verzehren. Meine Lippen zitterten, bereit, die Worte auszusprechen, die darum *bettelten,* aus mir herauszuströmen.... *Danke, mehr, bitte, kann ich mehr davon haben?*
„Ja, gut so", schnurrte Damon. „Fühlt sich gut an, nicht?"
Es fühlte sich an wie eine Standleitung in meinen Schwanz. So gut, dass ich wimmerte, als er aufhörte. Gott, aber welche Erleichterung, als der Schmerz abebbte.
Die Erleichterung war von kurzer Dauer, als Damon meinen Arsch packte – *fest* – was mich wieder aufheulen ließ. Seine Finger gruben sich in das schmerzende Fleisch, und ich unterdrückte den gellenden Schrei, der mir in die Kehle stieg. Erneute Erleichterung, als er mich losließ. Als für einen Moment nichts weiter passierte, verspannte ich mich und versuchte, seinen nächsten Schritt vorauszuahnen. In meinem Kopf herrschte Chaos.
Aber ich hatte nicht die Absicht, einen Rückzieher zu machen. Jetzt nicht mehr. Heiße Scham durchströmte mich bei dem Gedanken, dass ich trotz des Unbehagens, das hart an der Schmerzgrenze war, immer noch mehr wollte.
Hinter mir bewegte sich etwas, und mir stockte der Atem, als Damon meine Pobacken spreizte und seine Zunge zum ersten Mal über meine Rosette wischte.
„Oh Jesus, ja!" Ich streckte den Hintern noch weiter raus, wollte mehr und knurrte, als er aufhörte. Dieser verdammte Quälgeist.
Damon griff nach meinen wunden Brustwarzen und

zwickte hinein. Ich krümmte mich vor Schmerz, aber er zwirbelte sie zwischen Daumen und Zeigefinger, während er sich langsam an meinem Körper entlang nach oben bewegte. Seine Brusthaare kratzten an meiner Haut, als er sich mit seinem ganzen Gewicht an mich presste. Er grollte mir ins Ohr: „Ich habe hier das Sagen, Pete. Und wir kommen schon noch dazu, dass ich deinen Arsch vernasche, aber erst dann, wenn ich das entscheide.“ Seine Lippen waren an meinem Nacken. Grobe Finger wühlten sich in mein Haar und packten zu. Ich keuchte auf, als mein Kopf nach hinten gerissen wurde und sein heißer Mund meinen brutal in Besitz nahm. Unsere Zähne stießen aneinander. Er ließ mich los und dann war sein Mund an meinem Hals, nur diesmal nagte und saugte er an der Haut, bis ich wusste, dass ein Bluterguss bleiben würde, wenn er fertig war.

Mein Herz pochte bei dem Gedanken. Damons Mal, wo jeder es sehen konnte. Herrgott, das war verdammt sexy.

Damon leckte und saugte sich an meinem Rücken entlang nach unten. Seine Nägel scharrten über meine Haut und ich verspannte mich. Als er an meinem Hintern ankam, drückte er einen feuchten Kuss auf meine rechte Hinterbacke, dann biss er zu und grub mir die Zähne ins Fleisch.

„Herr*gott* nochmal, Damon!“ Der Mann setzte viel zu gern seine Zähne ein.

Dieses bedrohliche Lachen hallte durch meine Seele. „Ich kann einfach nicht anders, Petey-Boy. Ich hab‘ diesen Knackarsch direkt vor mir, und er schreit förmlich nach ein paar blauen Flecken.“ Er packte eine Handvoll Arsch und biss nochmal zu, nur dass er diesmal einen Finger über meine Rosette gleiten ließ. Ich erschauerte, mein ganzer Körper verkrampfte sich bei seiner Berührung und der Wichser lachte, dieser Dreckskerl. Er strich über meine Eier und an meinem stahlharten Schwanz entlang. Ich schloss die Augen, hatte nur eins im Sinn – Damons Mund an meinem Schwanz.

Aber inzwischen hütete ich mich, danach zu verlangen. Als er meine Eier zusammendrückte, an ihnen zog und die Haut straff spannte, hätte ich am liebsten geschrien.

„Du hast einen hübschen kleinen Pimmel, Pete", murmelte Damon anerkennend. „Und einen hübschen Sack. Fühlt sich schwer an, voller Wichse. Aber die bleibt drin."

„Was?" Ich erstarrte, nicht sicher, ob ich ihn richtig verstanden hatte.

„Du darfst nicht abspritzen." Ich hörte das Lächeln in seiner Stimme.

Oh, du willst mich wohl verarschen.

„Damon, Scheiße, Mann, ich bin jetzt schon kurz davor." Ich schaute nach unten, wo ein glitzernder Faden Vorsaft aus meiner Ritze quoll. Zu sehen, wie seine Hand meinen Schaft streichelte, war verdammt geil. Ich stöhnte auf, als er mit der Handfläche über meine Eichel strich, die klebrige Flüssigkeit über meinen Schaft schmierte – und dann seinen Daumennagel in meinen Schlitz bohrte.

Verfluchte Scheiße.

„Dann wirst du dich eben anstrengen müssen, Petey-Boy. Wenn du abspritzt, muss ich dich nämlich bestrafen."

„Bestrafen?" Das Wort allein jagte mir einen kalten Schauer über den Rücken. Ich hätte mit Zorn oder Angst reagieren sollen. Warum also pochte mein Herz dann so schnell? Warum atmete ich so hastig?

Damons barbarisches Lachen hallte von den Wänden.

„Ja, ich hab‘ dich durchschaut, Pete. Als ich dich zum ersten Mal gesehen habe, hab‘ ich zu mir gesagt ‚na, das ist mal ein echter Vanille-Boy‘. Aber das bist du nicht, stimmt’s? Das merk‘ ich bis hier.“ Seine Finger gruben sich in das weiche Fleisch meiner Hinterbacken, als er sie auseinanderspreizte. Ein langsames Lecken vom Steißbein bis zu den Eiern ließ mich erschauern. Er blies warme Luft über meine Rosette, und ich spannte sie krampfhaft an. Damons leises Lachen vibrierte durch meine Spalte. „Als ob mich das draußen halten könnte. Komm schon, Pete. Zeig mir dein hübsches kleines Loch. Lass mich rein. Ich will es so richtig genießen, bevor ich dich ficke.“

Scheiße. Dieselbe heiße Scham wie vorhin durchströmte mich bei seinen Worten. Sex war noch nie so gewesen. Ich presste und fühlte, wie mein Anus sich entspannte.

„So ist’s brav“, brummte er und strich mit den Fingern über meine Rosette. „So hübsch und ganz rosa, genau wie ich es mag.“ Ich wusste nicht, ob mich das Lob freuen sollte – oder mir Angst einjagen. Damon hatte einfach etwas an sich. Alles, was er sagte, war doppeldeutig oder hatte einen unheilvollen Unterton. Ich streckte den Hintern ein bisschen weiter raus und fühlte, wie die Handschellen an der Haut meiner Handgelenke zerrten.

Seine Zunge war wieder da, leckte bedächtig an meiner Rosette, drückte gegen den Ring, machte mich nass.

Machte mich bereit für seinen Schwanz.

Ich konnte mir nicht helfen. Wenn ich mir vorstellte, wie Damons dickes Ding mir den Arsch aufriss, bekam ich weiche Knie. Oh, na schön, ich hatte ihn schon gesehen. Damon hatte sich in seinem Garten auf einem Handtuch gesonnt; sein eingeölter Körper hatte im Sonnenschein geglänzt. Ich hatte ihn beobachtet, als er

seinen Penis mit einer Hand langsam zu seiner vollen Größe gestreichelt hatte. Ich erinnerte mich an die Hitze, die mich durchströmt hatte. Hitze, die nichts mit den Temperaturen an diesem Sommernachmittag zu tun gehabt hatte, sondern mit dem klobigen Stück Fleisch zwischen Damons Beinen.
Einem Stück Fleisch, von dem ich *in Besitz* genommen werden wollte.
Ich zuckte zusammen, als Damon mir einen Finger in den Hintern steckte, während er meine Öffnung mit der Zunge umkreiste. *Verdammt, sogar seine Finger sind dick.* Ich unterdrückte ein Seufzen, als er den Finger herauszog, und gab ein leises, lustvolles Stöhnen von mir, als er endlich, endlich mit der Zunge eindrang, mich erforschte. Damons zufriedenes Summen machte mir Gänsehaut.
„Dein Arsch schmeckt gut", murmelte er und tauchte dann wieder ein, leckte mein Loch, zwängte die Zunge tiefer hinein. Ich konnte nicht stillhalten. Ich drängte mich ihm entgegen, wollte unbedingt mehr. Hätte ich die Hände freigehabt, ich hätte sein Gesicht tief in meine Spalte gedrückt.
Und, Teufel noch eins, Damon wusste es. Sein sarkastisches Kichern bewies das. „Ja, das gefällt dir, nicht wahr?" Er begann, zwischen Finger und Zunge abzuwechseln, wobei er jedes Mal tiefer eindrang. Ich rollte die Hüften, nahm mehr von ihm in mich auf. Als er einen zweiten Finger dazu nahm, hätte ich am liebsten triumphierend aufgeschrien. *Ja! Mehr, verdammt nochmal, mehr.* Damon fingerte mich, erst mit einem Finger, dann mit zweien, dann wieder mit einem, bis ich mit zuckenden Hüften auf seinen Fingern tanzte. Mein Schwanz stand senkrecht hoch und hinterließ klebrige Spuren auf meinen Bauch, weil er ständig triefte.

Aus zwei Fingern wurden drei, und *Herrgott*, jetzt spürte ich die Dehnung wirklich.
Damon hatte drei Finger tief in meinem Arsch und bearbeitete mit der anderen meinen Schaft. „Hast du schon mal an Fisting gedacht, Pete?“ Seine tiefe Stimme wurde noch tiefer.
Schockwellen durchliefen mich. *Ach du Scheiße*. Ich erstarrte, aber jetzt sah ich es bildlich vor mir. Ich auf dem Rücken, Damon zwischen meinen gespreizten Beinen, sein Arm bis zum Handgelenk in mir vergraben. Ich zitterte – nein, verdammt, ich *schlotterte* am ganzen Körper.
Sofort hielten die Finger in mir still. „Nicht jetzt“, sagte er ruhig. „Aber, Mann, wenn ich nur dran *denke*, dir die Hand reinzustecken, steht er mir wie eine Eins.“ Bedächtig fickte er mich mit den Fingern und meine Öffnung entkrampfte sich bei jedem langsamen Gleiten mehr. „Du und ich, Pete. Scheiße, ich würd‘ gern alles Mögliche mit dir machen. Alles, was ich schon *lange* mit dir machen will.“
Meine Panik hatte sich gelegt. Bei seinen Worten wurde mir heiß. Sie weckten ein Verlangen in mir.
„Gott, bist du hart. Dir *gefällt* die Idee, was? Dass ich Sachen mit dir mache?“ Seine Finger bewegten sich schneller, glitten tiefer, und ich erschauerte vor Lust, als er meine Prostata anstupste. „Na also.“ Befriedigung lag in seiner Stimme und er rieb immer wieder über meine Prostata, bis meine Beine sich anfühlten wie zerbrechliches Glas und mein Schwanz triefte wie ein Wasserhahn. „Woran denkst du gerade, Pete? Was stellst du dir gerade vor? Wie ich dich in meine Sling stecke und ficke? Über meine Bank lege und deinen Arsch durchpflüge? Oder vielleicht, wie ich ein paar von meinen Freunden dazuhole und wir dich

abwechselnd durchbumsen, und zwar die ganze Nacht lang?“

Oh Jesus. *Jesus.* „D-Damon, Herrgott, was du mit mir machst…“

Er knurrte, und das hörte sich an, als käme es irgendwo aus den abgründigsten Tiefen. „Scheiße, ja, Pete. Ich hab‘ lange genug gewartet, um dich dahin zu kriegen, wo ich dich haben will.“ Ich stöhnte auf, als er die Finger aus mir herauszog, aber meine Enttäuschung verflog rasch, als meine Hinterbacken grob auseinandergezerrt wurden und seine Zunge gegen meine Öffnung drückte und Einlass verlangte.

Ich streckte den Hintern hoch und schrie mit zitternder Stimme: „Himmelherrgott nochmal, ja. Hör nicht auf. Leck mein Fickloch!“ Ich stieß ein überraschtes Quieken aus, als er mir einen Klaps auf den Hintern gab, aber Gott sei Dank hörte er nicht auf, sondern fickte mich weiter mit der Zunge. Ich kreiste mit den Hüften und er ließ mich. Seine Zunge flutschte ein und aus, und meine Atmung beschleunigte sich. Schmatzgeräusche erfüllten den Keller, als Damon an meinem Loch leckte und schlabberte, bis ich nur noch einen Gedanken hatte: seinen Schwanz da reinzukriegen. „Bitte, Damon, jetzt, fick mich jetzt.“ Ich heulte auf vor Enttäuschung, als er aufhörte und wieder mit den Fingern in mich eindrang. „Verdammte Scheiße, Damon, *fick* mich!“ Mein Schwanz war so hart, dass er wehtat, und ich wusste, viel mehr würde ich nicht verkraften. Wenn das so weiterging, würde ich kommen, sobald er in mir war.

Damons Hand klatschte gegen meine Eichel. Ich schrie auf, als mir der Schmerz durch den Unterleib fuhr und sich in meinen Eiern festsetzte, dass mir ganz flau wurde.

„Nur, damit du nicht wieder vergisst, wer hier das Sagen hat“, fauchte er, ein unmutiges Grollen in der Stimme. Im nächsten Moment merkte ich, dass er sich von mir wegbewegt hatte, da ich seine Körperwärme nicht mehr fühlte. Dann war er wieder da, und als ich hörte, wie eine Folienverpackung aufgerissen wurde, brandete eine Welle von wildem Hunger in mir auf. Damon lachte. „Oh ja, *da* wirst du hellhörig, was?“ Er kam näher, bis ich die Hitze spürte, die er verströmte. „Bist du bereit, dir den Arsch aufreißen zu lassen?“

Ich war *sowas* von bereit. In diesem Moment nahm ich alles überdeutlich wahr: Die Hand- und Fußschellen, mit denen ich an das Kreuz gefesselt war, mit weit gespreizten Beinen; seine Hände, die meine Hinterbacken auseinanderdrückten; seinen latexüberzogenen, mit Gleitgel bestrichenen Schwanz, der durch meine Spalte glitschte; sein raues Schamhaar an meinem Hintern und seinen heißen Atem in meinem Nacken. Er atmete genauso schnell wie ich.

Damon presste seine Eichel gegen meine Öffnung und drang behutsam in mich ein. Ich erschauerte bei der Erinnerung an die breite, glockenförmige Eichel, die ich gesehen hatte, als ich ihn heimlich beobachtet hatte. Ich wimmerte, als er sich aus mir zurückzog, und seufzte vor Lust, als er gleich darauf wieder eindrang, diesmal ein wenig tiefer. Das wiederholte er ein paarmal, und jedesmal fühlte ich, wie mein Anus sich mehr und mehr entspannte, bis Damons Schwanz mühelos hineinschlüpfte. „Fuck. Dein Loch schluckt meinen Schwanz geradezu.“ Er schob sich langsam weiter vor, bis ich spürte, wie sich sein Unterleib an meinen Hintern schmiegte.

Jesus, fühlte ich mich voll. „Gott, hast du einen fetten Schwanz“, japste ich. Ich hätte schwören können, dass

ich jeden Zentimeter davon in mir fühlte.
„Das war's, ich bin ganz drin." Damon packte meine Hüften und begann mich zu vögeln. Er fing langsam an, zog sich fast ganz zurück und drang dann wieder ein. Er hielt mich fest und füllte mich in langen, langsamen Stößen aus, wieder und wieder. Seine Atemzüge kamen ein wenig schneller, deutlich hörbar in der Stille des Kellerraums. „Herrgott, Pete, dein Loch ist zum Ficken wie geschaffen."
Ich bekam einen heißen Kopf bei seinen vulgären Worten, aber sie erfüllten mich mit Stolz.
„Sag mir, wie es sich anfühlt", verlangte er und steigerte das Tempo. Seine Stöße wurden flüssiger, als er in seinen Rhythmus fand. „Im Moment umklammert dein Arsch mein Ding wie eine Faust."
„Fühlt sich gut an", platzte ich heraus. Gott, hatte ich schon jemals einen Schwanz in mir gehabt, der sich so verdammt gut angefühlt hatte? „Fühlt sich an… als ob du mir den Arsch aufspaltest." Genau in diesem Moment stieß Damon mit brutaler Kraft zu, und ich keuchte auf. „Fuck, bist du tief drin." Ich hatte Mühe, gleichmäßig zu atmen. „Gott, Damon, ich weiß nicht, ob ich es zurückhalten kann. Ich will jetzt nur noch, dass du mir dieses verdammte Riesending in den Arsch hämmerst und mich zum Abspritzen bringst." Mein ganzer Körper *sehnte* sich danach.
Damon ließ meine Hüften los und zerrte an meinen Eiern. „Nichts da mit Abspritzen, schon vergessen?" Er glitt in mich hinein, bewegte sich schneller, vergrub sich in mir. „Vergiss, was ich gesagt habe. Du bist verdammt eng und heiß, so heiß um meinen Schwanz." Seine Hüften schnellten vor, Haut klatschte auf Haut, wie eine Ohrfeige. „Mehr. Ich will mehr darüber hören, wie es sich anfühlt." Ein kurzer Schmerz durchfuhr mich,

als er mir einen Klaps auf den Hintern gab.
„Fuck!“ Ich hatte nicht vor, ihm die Wahrheit zu sagen, dass mich noch nie jemand so gevögelt hatte. Scheiße, warum hatte ich meine Zeit mit hübschen jungen Bürschchen verschwendet, wenn dieser rattenscharfe, geile Bär von einem Mann gleich nebenan wohnte?
„Find‘s toll, wenn du tief drin bist. Wenn du…“ Die Worte erstarben mir auf der Zunge, als Damon mich am Hals packte und mich mit hemmungsloser Brutalität zu ficken begann. Seine Finger schlossen sich immer fester um meine Kehle, je schneller er zustieß. Mein Blick trübte sich und ich sah Sterne, bis ich das Gefühl hatte, ich würde gleich ohnmächtig werden. Er lockerte seinen Griff und ich japste nach Luft, zitterte am ganzen Körper, als er in mir stillhielt.
Oh, Gott, oh großer Gott. Woher hatte er das gewusst?
Damon packte mich an den Haaren und riss meinen Kopf nach hinten. „Gefällt dir das? Hat sich das gut angefühlt?“ Sein Blick durchbohrte mich. „Oh ja, es hat dir gefallen. Sag mir, dass ich falsch liege. Sag mir, dass du nicht gebumst werden willst wie eine perverse kleine Schlampe.“
Ich wollte es abstreiten, aber die Worte kamen einfach nicht.
Er ließ meine Haare los, fasste mich an den Schultern und fing wieder an, mich zu vögeln, verfiel in einen stetigen Rhythmus. „Du fühlst dich … gut an… um meinen Schwanz“, grunzte er und zog mich bei jedem Stoß an den Schultern nach hinten, seinem Schaft entgegen. „Gefällt dir das… mein Ding… in deinem Arsch?“
„Fuck, ja.“ Seine Stöße trieben mir den Atem aus den Lungen, seine Hüften klatschten gegen meinen Hintern. Damon ließ meine Schultern los und drückte auf

meinen unteren Rücken, um mein Becken noch weiter zu kippen. *Jetzt* glitt sein Schwanz bei jedem Stoß über meine Prostata. „Jesus, Damon, ja. Ja, genau so." Ich wollte mehr, *lechzte* nach mehr. „Fester."
Damon lachte. „Oh ja, *da* ist meine kleine Schlampe." Er presste seine Brust an meinen Rücken und ich spürte, dass ihm der Schweiß herunterlief. „Sag's nochmal."
„Fester." Ich sprach lauter, und meine Stimme zitterte, als er energisch zustieß, tief und hart. „Oh Jesus, Maria und Joseph, genau so!" Er wurde langsamer und ich schrie auf: „Scheiße, nein! *Hör bloß nicht auf!*"
Damon behielt einfach das langsame Tempo bei und machte mit tiefen, gleichmäßigen Stößen weiter. Es trieb mich zum *Wahnsinn*. Und der Mistkerl genoss jede einzelne Minute. „Bist du bei allen Typen so, die dich ficken?", fragte er spöttisch.
„Nein", knurrte ich und zwang mich, ruhig zu bleiben. „Bisher hat mich noch keiner soweit gekriegt, dass ich ihn anflehen wollte, so wie dich jetzt. Damon, um Himmels willen, fick mir einfach das Hirn raus, okay?"
Er hielt sich so still in mir, dass ich für einen Moment dachte, ich hätte es wirklich verbockt. Als er dann endlich sprach, jagte mir seine Stimme einen kalten Schauer über den Rücken, als hätte er den Hunger losgelassen, der in ihm wütete.
„Wie du willst."
Im nächsten Moment wurde ich gegen das Kreuz gedrückt. Damon zog meine Hinterbacken auseinander und legte los wie ein Presslufthammer. Bei jedem Stoß knallte er gegen mich und rammte mir seinen Bolzen in den Arsch.
„*Fuck*. Damon, ja, verdammt nochmal, ja." Ich konnte mich nicht bewegen, festgehalten von seinem Körper,

während er über mein Loch herfiel, die Hüften schwang. Sein Rhythmus war wild, energisch – einfach perfekt. Ich zitterte, als seine Finger sich tiefer in meine Hinterbacken gruben, und heulte auf, als er mir die Zähne in die Schulter schlug. Der Schmerz gab dem Fick eine Schärfe, die mich um die Beherrschung brachte. Meine Hoden zogen sich zusammen. *Scheiße, nein.* Mein Schwanz pochte. Ein Stromstoß raste an meiner Wirbelsäule entlang. *Oh Gott, nein!* Ich kämpfte mit Klauen und Zähnen dagegen an, versuchte die Ekstase im Zaum zu halten, die durch mich hindurchfegte, in mir pulsierte wie eine Hitzewelle.

Zu spät. Mein Schwanz brach aus wie ein Vulkan und spie heißes Sperma auf den Boden, und ich sackte in meinen Fesseln zusammen.

Damon spannte sich hinter mir an und packte meine Hüften fester. „Verdammt, jetzt bringst du mich zum Kommen." Er stieß heftig zu und erstarrte.

Oh Gott. Ich *fühlte* seinen Orgasmus, fühlte, wie sein Sperma ins Kondom schoss, fühlte sein Herz schlagen, seinen Atem in meinem Nacken. Ein Stöhnen strömte aus mir heraus. Damons Kopf sank auf meine Schulter, sein Atem kam rau und abgehackt, sein Schwanz zuckte immer noch in mir. Ein Schauder rann durch meinen ganzen Körper, als mir die Konsequenzen klar wurden.

Ach du Scheiße. Damon würde mich bestrafen.

Mein Herz pochte, als er sich hinter mir zu rühren begann. Er richtete sich auf und befreite meine Handgelenke von den Fesseln, dann rieb er sie kräftig. Ich stand da, zitternd und bebend, in Gedanken ganz auf diese eine Sache konzentriert, während Damon in die Hocke ging, um meine Fußfesseln zu lösen.

Was wird er mit mir machen?

Als ich endlich frei war, drehte ich mich um und sah

ihn an. Seine breite, haarige Brust hob und senkte sich, er war schweißgebadet, sein Schwanz immer noch halb steif, immer noch umhüllt von dem Kondom voller Sperma. Was mich jedoch verunsicherte, war sein selbstgefälliges Grinsen.
Damon schüttelte den Kopf. „Petey-Boy, du hast meinen ganzen schönen, sauberen Boden mit deiner Wichse vollgesaut." Er verschränkte die Arme vor der Brust.
Mist. „Damon, es… es hat sich einfach so verdammt gut angefühlt." Ich hatte Mühe, ruhig zu atmen.
Damon brachte mich zum Schweigen, indem er mir einen Finger auf die Lippen legte. „Auf die Knie mit dir. Sofort. Wisch das auf." Als ich ihn anstarrte, wurde sein Grinsen breiter. „Mit der Zunge."
Ich erschauerte. Er meinte das ernst. Ich holte tief Luft, sank auf die Knie und beugte den Kopf zu den grauen Vinyl-Fliesen, mit denen der Keller ausgelegt war.
„So ist's brav", hallte Damons Stimme über mir. „Sieh' zu, dass du nichts auslässt."
Langsam leckte ich das kalte, klebrige Sperma bis zum letzten Tropfen auf. Als ich mich wieder aufrichtete, hatte er das Kondom abgestreift und stand mit leicht gespreizten Beinen vor mir, immer noch mit diesem Grinsen auf dem Gesicht, den Schwanz mit Wichse verklebt. „Jetzt lutsch mich sauber." Seine Stimme war heiser und sein Schaft versuchte sich bereits wieder aufzurichten.
Ich kroch auf allen Vieren auf ihn zu und wartete, während er seinen Schwengel in die Hand nahm und die klebrige Flüssigkeit auf meine Lippen schmierte. Ich leckte sie ab und nahm ihn dann in den Mund, fuhr mit der Zunge über die Eichel und saugte ihn ein. Er packte mich an den Haaren, so fest, dass mir die Tränen in die

Augen schossen, als er daran zerrte.
„*Fuck*. Ja, leck' ihn sauber, du Fotze."
Ich platzte schier vor Stolz, als ich hörte, wie ihm der Atem stockte und wie heiser seine Stimme war. Ich lutschte kräftig und fühlte ihn in meinem Mund dicker und länger werden. *Das* war meine Chance, ihn zu beschwichtigen, meinen unerlaubten Orgasmus wiedergutzumachen. *Das* war meine Gelegenheit, zu glänzen.
Ich war zum Schwanzlutscher geboren.
Damon fasste mich am Kopf, hielt mich fest und glitt mit langsamen, wiegenden Stößen in meinen Mund, drang behutsam immer tiefer ein, bis sein Schwanz voll erigiert war und seine Eichel an meinen Gaumen stieß. Ich dankte Gott für meinen fehlenden Würgereflex und nahm ihn tief in den Rachen, schluckte diesen dicken Prügel und hörte Damon schärfer und schneller atmen.
„Ich fass' es nicht", sagte er schwach.
Ja! Ich packte seine Hinterbacken, drückte sie kräftig zusammen und zog ihn an mich. Damon gab ein wütendes Knurren von sich und begann mich in den Mund zu ficken. Seine Finger wühlten sich in meine Haare. Ich entspannte meine Kehle und ließ ihn machen. Es dauerte nicht lange, bis sein Schwanz in meinem Mund pulsierte und er nochmal kam, mir heißes Sperma in den Hals pumpte. Ich schluckte krampfhaft, schluckte alles bis auf den letzten Tropfen, bis er erschlaffte. Dann gab ich ihn frei und leckte seinen Penis sauber, andächtig und in aller Ruhe.
Als ich fertig war, packte Damon mich unter den Achseln und zerrte mich auf die Füße. Er fiel über meinen Mund her und küsste mich brutal, saugte an meiner Zunge, meiner Unterlippe. Dann löste er sich von mir und trat zurück, immer noch mit stockendem

Atem. Für einen Moment betrachtete er mich nachdenklich, bis ich mir unter seinem prüfenden Blick ganz unbehaglich wurde.
Damon grinste. „Nächste Woche um dieselbe Zeit?“

Danach

Damon ist nicht so leicht aus der Bahn zu werfen, und wenn das Leben ihn überrascht, fängt er sich normalerweise schnell wieder.
Aber diesmal nicht.
Diesmal fällt er auf den Hintern – und landet mitten in der Patsche.

Danach

Okay, das ist ein Traum.

Das da oben war nicht meine Zimmerdecke. Das waren nicht meine Vorhänge. Und…

Ich hörte auf, die Einrichtung zu begutachten, als kühle Hände meinen Hintern spreizten und eine *sehr* nasse Zunge langsam und genüsslich über meine Rosette leckte, begleitet von einem langgezogenen, zufriedenen Summen.

Verdammt, das fühlt sich gut an.

Dafür, dass es nur ein Traum war, war es richtig, richtig gut. Ich hatte nicht den *Furz* einer Ahnung, von wem ich hier träumte, aber Mann, diese Zunge bediente mein Arschloch *bestens*. Ich erschauerte, als sie abwechselnd beharrlich gegen mein Loch stupste und dann wieder breit und lang drüber leckte. Ich wollte meinen geheimnisvollen Arschfresser am Kopf packen und ihn tiefer in meine Spalte drücken, aber…

Was zum Teufel…? Ich war gefesselt. Hände. Füße. Ich spannte die Muskeln an und zerrte probehalber an meinen Fesseln. Mit einem Blick nach oben stellte ich fest, dass meine Hände mit Handschellen an die Bettpfosten gekettet waren. Ich versuchte mich herauszuwinden, doch das Metall schnitt in die empfindliche Haut an meinem Handgelenk. Meine Beine hatten etwas mehr Bewegungsfreiheit, also waren die Fesselmanschetten an meinen Knöcheln wahrscheinlich mit langen Riemen am Bettgestell befestigt. Allerdings kam ich trotzdem nicht los.

Ich war auf der Stelle hellwach.

Wer zur Hölle hatte mich gefesselt? Ich knurrte. „Was zum Teufel geht hier vor?“ Jemand biss mich in die Arschbacke, und ich schrie auf. „He! Lass den Scheiß!“
Ein wohlbekanntes leises Lachen. „Guten Morgen.“
Ein weiteres verhaltenes Lachen, und dann war die warme Zunge wieder da und leckte dort, wo die Zähne zugeschnappt hatten, linderte den Schmerz.
„Pete?“ Mein Nachbar Pete? Nee, er konnte das nicht sein. Der kleine Wichser hatte nicht den Mumm. Ich verdrehte mir den Hals, weil ich nachsehen wollte, aber *Herrgott,* das tat weh. In meinem Schädel meißelten die sieben Zwerge mit Geologenhämmern am Knochen herum, und ich wusste, was das hieß. Zuviel Alkohol am Abend zuvor. Und wer auch immer da unten zugange war, er machte das Ganze auch nicht besser; es war fast unmöglich, klar zu denken, wenn er an meinem Arsch labber-schlabber-schleckte und mit der Zungenspitze an meine Hintertür klopfte. „Scheiße, Mann, hör bloß nicht auf“, stieß ich mit zusammengebissenen Zähnen hervor und presste kräftig. Ich wollte mehr. *Liebte* es, wenn mir einer den Arsch leckte. Mein Schwanz pochte schmerzhaft, so voller Blut, dass er kurz vor dem Platzen war, das hätte ich schwören können. Ich triefte auch; die klebrige Soße tropfte mir auf den Bauch und richtete eine hübsche Schweinerei in meinen Bauchhaaren an.
Aber ich wollte mehr, *brauchte* mehr. Zum Beispiel das Gesicht von diesem Typen tiefer in meiner Ritze, seine fiese Zunge so weit in meinem Loch, wie sie reinging. Ich wollte ihn an den Haaren packen und den Wichser festhalten, bis ich ihm meine gottverdammte Ladung in den Hals spritzen konnte…
Nur, dass ich immer noch gefesselt war. Mist.
„Mach mir die Dinger ab“, knurrte ich und zerrte an

den Handschellen.
Die Zunge hörte auf, ihre Wunder zu wirken. „Da ich keine Katze bin, habe ich nur dieses eine Leben“, sagte er mit einem spöttischen Kichern. „Und das gedenke ich zu behalten.“ Dann fing er sofort wieder an zu lecken.
Wie zum Teufel konnte ich weiter wütend auf ihn sein, wenn er *das* machte? Und diesmal gab es keinen Zweifel: Es war Pete.
Ab da wurde es richtig aufreizend. Ein langsames Kreiseln um meine Rosette, so langsam, dass ich ihn fast angebrüllt hätte, mir endlich seine Scheiß-Zunge reinzustecken. Aber das tat er nicht, der Rotzbengel. Er labber-schlabber-schleckte verdammt nochmal einfach weiter, bis ich ihm nur noch die Finger in die Haare wühlen und ihn dort festhalten wollte, bis ich genug hatte. Und die ganze Zeit triefte mein armer, vernachlässigter Schwanz klebrige Spuren auf meinen Bauch und zuckte jedes Mal, wenn der kleine Wichser seine Zunge in mein Loch tauchte.
Mein Schädel brummte immer noch. Hatte ich gestern Abend wirklich so viel getrunken?
„Gott, schmeckst du gut“, flüsterte Pete. Als sein warmer Atem über meine Rosette strich, zog sich mein Schließmuskel zusammen und ein leichtes, elektrisierendes Prickeln ging durch meine Eier. Diese gottverdammte Zunge schnellte vor, und meine Nervenenden sprühten Funken wie eine gottverdammte Wunderkerze. Er leckte eine Spur über meinen Damm, fuhr mit der Zunge über meinen Sack und dann an meinen stahlharten Schwanz entlang nach oben.
„Herrgott, ja.“ Sein Atem strömte über meinen Schaft; der kleine Mistkerl keuchte, geilte mich auf mit nichts weiter als seinem Atem. Das war’s, da brauchte jemand

ein paar hinter die Löffel. Jemand mit sexy Augen, mit dunkelblonden Haaren auf Brust und Bauch und einem tollen, schlanken Körper, von dem ich schon träumte, seit er nebenan eingezogen war. Ich sog stöhnend die Luft ein, als seine feuchten Lippen sich über meine Eichel hermachten, als seine Zunge gegen den Schlitz schnippte, bevor er mich tief in den Mund nahm. Ich stieß ruckartig nach oben, wollte mehr. Pete würgte, und das geschah ihm nur recht, dem heimtückischen kleinen Wichser. „Schluck, du Schlampe“, knurrte ich und stieß nochmal zu, bis mein Schwanz gegen seinen Gaumen bumste. Fuck, er *nahm* ihn einfach, nuckelte an meinem Prügel, als wäre er aus Honig. Eigentlich hätte er in seinem Eifer mehr an meinem dicken Ding würgen müssen, dachte ich, aber dann fiel mir dieser letzte Blowjob wieder ein. Der kleine Scheißkerl hatte fast keinen Würgereflex. Und Gott im Himmel, war das gut, wie die feuchte Wärme sich um meine Eichel schmiegte, während er meinen Schaft mit der Zunge verwöhnte.

Dann hörte schlagartig alles auf.

„Scheiße, das kannst du nicht machen“, heulte ich und ballte die Fäuste, dass die Handschellen schmerzhaft in meine Haut schnitten.

Pete lachte. Der kleine Scheißer *lachte*. „Ich glaube nicht, dass du mir im Moment groß vorschreiben kannst, was ich zu tun habe“, sagte er spöttisch. Ohne Eile glitten seine Finger über meinen Sack und an der Innenseite meiner Oberschenkel entlang, ganz leicht. Mein Atem stockte, als warme Lippen die Haut berührten, die er eben gestreichelt hatte, sanfte Küsse, die ich nicht erwartet hatte. „Und ich kann tun, was immer ich will.“ Ein langsames Lecken über meine Eichel, ein aufreizendes Züngeln an meinem Schlitz,

gefolgt von einem spielerischen Biss in meinen Schaft. Ich spannte die Nackenmuskeln an, um den Kopf vom Kissen zu heben, und fletschte knurrend die Zähne.
„Siehst du?“, sagte er grinsend. „Ich habe das Heft in der Hand. Ich kann so langsam machen, wie ich will. Alles, was du tun musst, ist daliegen und genießen.“
„Ich würde es mehr genießen, wenn du weiter machen würdest!“ Ich zerrte an meinen Fesseln, dass das Bett in allen Fugen knarrte. „Jetzt mach“ – ich stöhnte auf, als seine Lippen meinen Schaft umschlossen und er mich einsaugte wie ein gottverdammter Staubsauger. Dann fing dieser hinterhältige kleine Scheißer zu summen an, und die Vibrationen schossen an meinen Schaft entlang, bis ich geschworen hätte, dass ich sie in meinen Eiern spürte. „Fuck! Ja.“ Mehr davon, und ich würde ihm meine Wichse voll in den Hals spritzen. Aber jedes Mal, wenn ich zustieß, zog Pete sich zurück, der Mistkerl. Ich biss die Zähne so fest zusammen, dass mir der ganze Unterkiefer wehtat und das blöde Gehämmer in meinem Schädel wieder losging.
Wenn ich ihn in die Finger kriege, wird er's bitter bereuen.
Er fand in einen Rhythmus; sein Kopf bewegte sich über meinem Schwanz auf und ab, und ich spürte, dass ich schon nah dran war. Der vertraute Druck baute sich in mir auf, dieser irrsinnige, alles verzehrende Durst, der unbedingt gestillt werden wollte. *Endlich.*
Bis er sich plötzlich ganz zurückzog und aus dem Bett stieg. Ich hob den Kopf, um ihn finster anzustarren. Er war nackt, und sein Arsch wackelte, als er mir den Rücken zukehrte. *Mann, was für ein Knackarsch. Genau so, wie ich ihn mag.* Wenn er mich endlich aus diesen Handschellen ließ, würde ich diesen Arsch durchpflügen, bis er wund war.
Aber im Moment hatte ich etwas anderes im Kopf.

„Schaff deine Fresse wieder hier rüber und mach weiter", knurrte ich. „Wehe, du lässt mich jetzt hängen, nachdem du mich so aufgegeilt hast." Ich strengte mich an, um zu sehen, was er da tat. „Was zum Teufel machst du" –

Irgendwas summte.

Die Matratze wippte, als er wieder ins Bett kam. „Sei still jetzt." Pete kniete sich grinsend zwischen meine gespreizten Beine. Er hatte einen Ständer, der bis zu seinem Bauch aufragte. „Wird Zeit, mal einen Gang runterzuschalten. Sonst explodierst du mir gleich, und das kann ich nicht zulassen." Er streckte die Hand nach meiner Brust aus, und diese flinken Finger geisterten über einen Nippel. Meine Brustmuskeln zuckten und mein Schwanz richtete sich ruckartig auf, während mein Arsch immer noch um seine verruchte Zunge bettelte.

Ich verrenkte mir den Hals, um was sehen zu können, und prustete los. „Ist das alles, was du draufhast?" Mein Schwanz tat weh, meine Eier taten weh, ich wollte verdammt nochmal einfach nur *abspritzen*, und er frickelte hier mit einem winzigen Bullet-Vibrator, der an seinem Zeigefinger befestigt war, an meinen Brustwarzen rum. Ja, es fühlte sich gut an, aber ich brauchte *mehr*.

Pete ignorierte mich und wühlte die Finger in meine Brusthaare. „Ich *liebe* diesen Pelz", schnurrte er. „So weich, so dicht. Und diese ganzen Muckis… ich könnte dich den ganzen Tag von Kopf bis Fuß abschlecken." Ich erschauerte bei der Vorstellung, wie diese geile Zunge langsam eine Spur nach der anderen über meine Haut zog.

Er kraulte meine Achselhöhlen und fuhr dann mit den Fingern über meine Bizeps. „Mann, diese Arme. Weißt du, ich träume von deinem Körper, seit du mich gefickt

hast.“ Er beugte sich über mich, drückte das Gesicht in meine Achselhöhle und atmete tief ein. „Du riechst so gut.“
Verdammt, ich konnte *ihn* riechen; diese berauschende Mischung aus Moschus und warmer Haut stieg mir in die Nase und erfüllte meine Sinne.
Pete setzte sich auf und sein vibrierender Finger umkreiste meine Brustwarze, machte sie hart. Seine Hand glitt über meinen Bauch, näherte sich allmählich meinem Schwanz. Meine Bauchmuskeln tanzten und hüpften unter seinen Fingern, als er die Konturen nachzeichnete, sie flüchtig berührte. Ich gab einen kehligen Laut von mir, und er lächelte. „Geduld“, sagte er. „Wir machen das in meinem Tempo, schon vergessen? Nicht in deinem. Außerdem ist heute Sonntag, du musst nirgendwo hin und ich habe mit diesem Prachtkörper noch so einiges vor.“ Er strich sanft über meine Oberschenkel und streifte hin und wieder kurz meine Leistenbeuge.
„Hör auf, rumzuspielen, und mach‘ endlich was“, fauchte ich.
„Meinst du so?“ Das summende Ding bewegte sich abwärts, bis er es von hinten an meine Eier drückte und meinen Sack zum Vibrieren brachte. Er drückte fester gegen meinen Damm, und das Schwirren ging durch meinen ganzen Schaft. „Oh, das gefällt dir. Du triefst wie ein undichter Wasserhahn.“ Er ließ den Vibrator, wo er war, und beugte sich vor, um meinen Vorsaft abzulecken.
Fuck. Die Kombination aus seiner Zunge an meiner Eichel und diesem Vibrieren an meinem Damm…
„Mehr“, knurrte ich und erschauerte, als er an meiner Eichel lutschte und gleichzeitig mit dem Vibrator an meinem Schaft auf und ab fuhr. Als das Summen

aufhörte, riss ich an meinen Fesseln. Ich wäre dem kleinen Scheißer am Liebsten an die Gurgel gegangen. „Du blödes, kleines" –

Ein tiefes, grollendes Stöhnen entfuhr mir, als irgendwas leicht meinen Schaft berührte. *Oh mein Gott, was zum Teufel…* Das hier war größer, das Summen tiefer, und es schickte ein wollüstiges Pulsieren durch meinen Schwanz bis runter in meine Eier.

„So, mein Zauberstab gefällt dir also?" Pete strich damit an meinem Schaft auf und ab, dann rollte er ihn über die längliche Verdickung an der Unterseite.

„Scheiße, das ist heftig." Ich schrie auf, als er dort innehielt und Druck auf die Eichel ausübte, die Vibrationen tiefer gehen ließ. „Du bringst mich zum Kommen." Ich keuchte auf, als er das Gerät langsam an meinem Schwanz entlang führte bis zur Wurzel und zugleich kräftig an meiner Eichel lutschte, die Zunge in den Schlitz drückte. „Pete, lass mich kommen."

Das Summen hörte auf, aber mein Körper vibrierte immer noch und in meinem Kopf drehte sich immer noch alles – ob vor Lust oder weil ich so verkatert war, das war mir egal, ich war zu dicht davor. Ich hätte schreien können vor Frust, als der kleine Mistkerl meinen Schwanz freigab. Doch gleich darauf schlüpfte ein glitschiger Finger in meinen Arsch. Ich erschauerte; mein Körper hieß die Invasion willkommen und kämpfte zugleich dagegen an – verdammt, wann hatte ich zum letzten Mal *irgendwas* da drin gehabt? Mein Dildo lag unbeachtet ganz hinten in einer Schublade. Wer brauchte den schon, wenn es so viele willige Löcher gab, die danach schrien, gefüllt zu werden? Und was die Frage anging, wann ich zum letzten Mal einen Schwanz im Arsch gehabt hatte, wie lange war das schon her? So lange, dass ich mich gar nicht mehr daran

erinnern konnte – nein, Moment mal…
Sein Gesicht stand mir auf einmal lebhaft vor Augen. Michael, mein zweiter Freund, als ich auf dem College war und Psychologie studiert hatte. Das erste – und einzige – Mal, dass ich mich ficken lassen hatte. Der erste Kerl, der mir das Herz gebrochen hatte – und der letzte, wenn es nach mir ging.
Ich wurde in die Gegenwart zurückgeholt, als Pete den Finger krümmte und meine Prostata massierte. Wellen von Lust pulsierten durch meine Adern und ich schnappte nach Luft.
„Ja!" Ich presste heftig, wollte in tiefer in mir haben, jagte meinem Höhepunkt nach. Er nahm einen zweiten Finger dazu, drang tiefer ein und stupste gegen meine Prostata. Ich stöhnte auf, als er die Finger wieder herauszog.
Pete kicherte. „Tut mir leid. Wollte dich nur vorbereiten."
Mich vorbereiten? Wenn er das so meint, wie ich denke, dass er es meint… Gott, er würde doch nicht so mit dem Feuer spielen… oder? Denn wenn Pete glaubte, er könnte –
Ich versteifte mich, als etwas Kaltes meine Hinterbacken spreizte. Etwas Kaltes, Unnachgiebiges, das in mich eindrang, obwohl ich den Hintern zusammenkniff. „Was soll der Scheiß, Pete! Was zum Teufel ist das?"
„Was Lustiges." Was auch immer er sonst noch sagen wollte, blieb unausgesprochen, als es an der Haustür klingelte. „Ich glaube, ich muss mal eben an die Tür." Pete stieg aus dem Bett und zog eine Shorts an.
Was in Dreiteufelsnamen…?
„Schaff deinen Arsch wieder hier her!" brüllte ich und zerrte an meinen Fesseln. Mir war schwindelig; Schweißtropfen standen mir auf der Stirn und

kribbelten in meinem Gesicht, und ich atmete flach und unregelmäßig. Ich versuchte, die Schultern vom Bett zu heben, aber so, wie ich gefesselt war – mit ausgebreiteten Armen, die Handgelenke mit Handschellen an den Bettpfosten festgemacht – war das unmöglich. Ich fletschte knurrend die Zähne. Gott, ich würde ihn *umbringen*.

Surrrr.

Mein Arsch surrte. Was auch immer er mir reingesteckt hatte, das Scheißding *surrte* und pulsierte in mir. *Wie zum…?*

Die Erkenntnis traf mich genau in dem Moment, als ein weiterer blauer Scheiß-Blitz durch mein Loch surrte und an meinem Rückgrat entlang zappte – *und um Himmels willen* – meinen gottverfluchten Schwanz strammstehen ließ wie eine Eins.

Der kleine Mistkerl hatte eine Fernbedienung.

Ich schloss die Augen. Mein Kopf tat immer noch weh, und die Vibrationen in meinem Arsch machten mich verrückt. Wie zur Hölle war ich hier bloß reingeraten? Jetzt war ich wacher und meine Erinnerungen an gestern Abend nicht mehr so verschwommen. Wie ich über die Hecke zwischen unseren Grundstücken geschaut hatte, angelockt von Grillgeruch und Gelächter. *Die Pool-Party.* Halbnackte Typen, die auf Handtüchern und Liegestühlen um Petes Swimmingpool herumlungerten, tranken, im Wasser herumplantschten. Petes einladendes Winken. Alkohol. Verdammt viel Alkohol. Ich war so besoffen gewesen, dass ich durchs Haus getorkelt war und ein Klo gesucht hatte, aber als ich endlich eins fand, war es besetzt. Petes Schlafzimmer. Petes Badezimmer. Auf Petes Bett zusammengeklappt. Filmriss.

Ich stöhnte auf, und der Laut widerhallte in meinem

dröhnenden Schädel. Das Ding in meinem Arsch wechselte dauernd das Programm. Mal war es ein Pulsieren, mal ein langsames, tiefes Vibrieren und dann wieder eine andere Variante. Mein Schwanz ragte senkrecht hoch und zuckte jedes Mal, wenn das Programm wechselte und Lusttropfen über die Eichel rannen.

Als das Surren eine Stufe hochschaltete, fühlte ich die Vibrationen vom Kopf bis in die Zehenspitzen und überall dazwischen. Sie kribbelten in meinem Schwanz und schossen in meine Eier. Ich wollte nur noch meinen Ständer in Petes Arsch vergraben und abspritzen.

„Tut mir echt leid." Pete war wieder da und stand grinsend neben dem Bett. „Ich hatte ganz vergessen, dass ich Frank meine Gartenschere geliehen hatte. Er hat sie eben zurückgebracht."

Gartenschere? Wollte er mich *verarschen*? „Du hast mich wegen einer gottverdammten *Gartenschere* hier so liegen lassen?" Das reichte jetzt endgültig, verdammte Scheiße. Petes Arsch hatte ein Date mit meinem Paddle.

Er schnalzte missbilligend mit der Zunge und hielt die kleine Fernbedienung aus schwarzem Plastik hoch. „Oh, hast du etwa noch keinen Spaß?" Seine Augen funkelten boshaft. „Vielleicht sollte ich die hier einfach auf ‚Zufall' gestellt lassen."

„Du kleiner Scheißer", knurrte ich. „Na warte, wenn ich dich" – Ich heulte auf, als er einen Knopf an der Fernbedienung drückte und das vibrierende Dingsbums neue Wellen durch meine Prostata schickte.

„Ach, war das zuviel?", gurrte Pete. Seine Finger bewegten sich und die Intensität ließ nach. Ich stöhnte auf, als er den Vibrator herauszog. „So besser?" Er

kicherte.
Ich japste und rang nach Luft. „Rache ist süß. Vergiss das ja nicht.“
Pete ignorierte meine Drohung und warf einen Blick auf meine Erektion. Er leckte sich die Lippen. „Sieh mal einer an.“ Er streifte seine Shorts ab, hechtete aufs Bett und legte sich zwischen meinen Beinen auf den Bauch, dann zog er meinen schmerzenden Schaft nach unten, bis er ihn in den Mund nehmen konnte. Er lutschte an der Spitze, bearbeitete sie mit der Zunge, und ich rollte die Hüften, stieß aber nicht zu fest zu – aus Angst, dass er aufhören und beschließen könnte, diese Rakete wieder in meinem Arsch einzusetzen.
Pete hob den Kopf und grinste mich an. „Du lernst dazu.“
Der Scheißkerl hatte vielleicht Nerven…
Meine Antwort war vergessen, als er sich wieder über mich hermachte und nuckelte, als wäre er am Verdursten. Ich atmete schneller; mein Orgasmus war schon in greifbarer Nähe, und meine Eier zogen sich zusammen. „Mach weiter“, drängte ich. „So ist’s gut, genau so.“ Ich schwang die Hüften und stieß ein bisschen fester zu, die Hände zu Fäusten geballt. Pete rutschte höher und saugte heftiger, bis mein Schwanz wieder in seiner Kehle steckte. Ich sehnte mich danach, seinen Kopf zu packen und festzuhalten, um ihn in den Hals ficken zu können.
Pete hob den Kopf und japste nach Luft. Speichel triefte ihm von den Lippen. „Scheiße, du hast einen fetten Schwanz.“
Ich stöhnte. „Und du hast schon wieder aufgehört.“
Petes Grinsen machte mir allmählich Angst. „Weil ich noch nicht bereit bin, dich kommen zu lassen.“ Er richtete sich zum Knien auf. Sein Schwanz war immer

noch steif und feucht an der Spitze. „Ich muss dich ein bisschen einbremsen." Er blickte sich suchend um, dann beugte er sich über mich. Seine Finger strichen an meinem Schaft entlang. Als er meine Eier packte und sanft daran zog, stöhnte ich frustriert auf. Doch erst, als das kühle Metall meinen Penis berührte, wurde mir klar, was er da gerade machte.

Ein Scheiß-Penisring.

Er hatte meine Eier durchgeschoben und jetzt umschloss der Ring meinen Schaft an der Basis. Mein Schwanz war steinhart und dunkelrot. Pete starrte ihn an, den Mund leicht geöffnet. „Na, das ist ja mal ein Prachtexemplar." Er senkte den Kopf, bis die Spitze gerade seine Lippen berührte, dann fuhr er die dicke Ader an der Seite mit der Zunge nach. Ein Erschauern überlief mich. Ich war so dicht dran.

Pete wechselte die Position, bis er auf allen Vieren über mir kniete. „Und, was ist das für ein Gefühl, Damon? Hmm? Hilflos zu sein? Gefesselt? So kurz vor dem Abspritzen, dass du's schon fast schmecken kannst?" Er beugte sich vor und schnippte mit der Zunge gegen meine Brustwarze, brachte mich erneut zum Erschauern. Er lächelte an meiner Brust und tat es nochmal, aber diesmal streichelte er mich zwischen den Nippeln, wo das Haar am dichtesten war. „Du sagst, Rache ist süß. Na schön, wie nennst du das hier, wenn nicht Rache für letzte Woche?"

„Ich hab die Wette gewonnen, schon vergessen?", schoss ich zurück. „Ich durfte tun, was ich wollte. Du warst einverstanden." Ich unterdrückte ein Stöhnen, als er einen Nippel zwischen die Zähne nahm und daran zog. „Und ich hab… keine Klagen von dir gehört… als ich… dein enges kleines Loch… mit meinem fetten Schwanz… gefeilt hab'." Er ließ keine Sekunde lang locker, schnippte und lutschte, biss und leckte, eine sinnliche Attacke, die mich immer weiter auf den Orgasmus zutrieb. *Gut so, Petey-Boy. Mach einfach weiter und lass mich verdammt nochmal* kommen.

Pete hob den Kopf und sah mir in die Augen. „Und wie eng ist *dein* Arsch, Damon? Sollen wir's rausfinden?"

Was zum Teufel…?

Er senkte den Kopf wieder und küsste meinen Bauch; seine Lippen waren weich auf meiner Haut. Pete küsste sich weiter nach unten bis zu meinen Schamhaaren. „Fuck. Hier riechst du noch besser." Er steckte seine Nase in meine Leistenbeuge. Eine Pause, gefolgt von einem weiteren glitschigen Finger in meinem Hintern. Nur dass er diesmal mit einem Stoß bis zum Anschlag eindrang. Ich spannte die Muskeln um den Eindringling herum an.

Pete blickte zu mir auf. „Hilf mir mal auf die Sprünge. Was hast du noch gleich zu mir gesagt?" Er runzelte die Stirn. „Wie war das nochmal?" Seine Stirn glättete sich und er lächelte mich strahlend an. „Ach ja, jetzt weiß ich's wieder. ‚Dein Loch wird eine Woche lang zu nichts zu gebrauchen sein'." Dieses boshafte Grinsen entlarvte ihn als den geilen kleinen Teufel, der er war. Er zog seinen Finger heraus, griff hinter sich, und als er sich wieder aufrichtete, hielt er einen langen, dicken, geäderten Dildo in der Hand, bei dessen Anblick sich mein Arschloch zusammenzog. Pete wedelte mir mit dem Ding vor der Nase herum, immer noch grinsend. *Oh shit.* Ich hätte schwören können, dass eisige Finger an meinem Rückgrat rauf und runter tanzten.

Ich hob den Kopf. „Oh nein, das kannst du dir abschminken." Ich versuchte, die Beine zu schließen, aber Pete zwängte seinen Körper dazwischen und drückte sie mit den Knien auseinander. Der kleine

Mistkerl war stärker, als er aussah.
Er ließ den Dildo aufs Bett fallen und beugte sich über mich, bis sein Gesicht nur noch wenige Zentimeter von meinem entfernt war. Seine Hände hielten meine Oberarme gepackt. „Mir machst du nichts vor, in Ordnung? Du kannst meckern und jammern, soviel du willst, aber glaub' ja nicht, ich wüsste nicht, wie gut es dir gefällt, wenn ich dir einen blase. Ist ja nicht so, als würde ich dich *vergewaltigen*, oder? Dein Ständer lügt nicht." Er legte die Finger um meinen Schaft und ich fickte seine Faust. Die Lusttropfen machten alles glitschig.
Ich hätte ‚doch, genau so ist es' sagen können. Ich hätte ihn anschreien können, dass er mir die Handschellen abnehmen sollte. Ich tat es nicht.
Pete ließ meinen Penis los und legte mir die Hände auf die Brust, blickte mit diesen höllisch sexy Augen auf mich herab. „Sieh mal, es passiert sowieso, also warum machst du's dir nicht einfach bequem und genießt es?", flüsterte er, dann beugte er sich vor und küsste mich auf den Hals. Ich erschauerte unwillkürlich am ganzen Körper. Mein Hals war schon immer eine Schwachstelle gewesen; mein erster Freund hatte bald entdeckt, wie schnell er mich antörnen konnte, wenn er dort knabberte, saugte und leckte. Dann schmolz ich sofort dahin wie Butter in der Sonne.
Nie im Leben würde ich Pete zeigen, welche Wirkung sein Mund auf mich hatte.
Ich brauchte kein Wort zu sagen – mein Schwanz übernahm das Reden. Petes Lippen glitten an meinem Hals entlang, sanft wie nur was, und schon stand mein blöder Pimmel wie eine Eins und triefte in Strömen. Ich rollte die Hüften, so erregt, dass es kaum zu glauben war, und als Pete aufhörte mit seiner sinnlichen

Folter und sein Gesicht wieder über meinem schwebte, wusste ich, was als nächstes kam. Langsam kam er näher, die Lippen leicht geöffnet. Ich hätte ihn anschnauzen können, mich verweigern können, aber ich tat es nicht.

Sein Mund schloss sich über meinem, und Mann, war das gut. Ich hatte Zärtlichkeit erwartet, aber dieser Kuss war alles andere als zärtlich. Er stieß mir die Zunge tief in den Mund und stöhnte, als er über meine Lippen herfiel, als unsere Zähne klackernd aneinanderstießen und ich ihn nehmen ließ, was er wollte. Er saugte meine Unterlippe zwischen die Zähne, biss zu und lutschte dann an meiner Zunge. Ich sehnte mich danach, die Hände freizuhaben, um seinen Kopf packen und den Kuss erwidern, ihm Paroli bieten zu können.

Als er sich keuchend von mir löste und mühsam nach Luft rang, hätte ich ihn am liebsten angeknurrt, dass er gefälligst weitermachen sollte.

Pete setzte sich auf und griff nach dem Dildo. Ein leises Klicken und dann schmierte er ihn mit Gleitgel ein. Ich starrte das Ding an, schluckte beim Anblick der breiten Spitze, der Dicke – der Länge. Mir wurde flau im Magen, als Pete erneut mit zwei Fingern in mich eindrang, den Blick auf mein Gesicht geheftet.

Ich holte tief Luft und hielt seinem Blick stand, zwang ihn zum Wegsehen. „Meinst du etwa, ich hätte noch nie einen Schwanz im Arsch gehabt? Du glaubst, du kannst dich an mir rächen, indem du mich mit einem *Dildo* fickst?“ Ich schnaubte. „Versuch’s doch.“

Pete schwieg für einen Moment, die Finger immer noch tief in meinem Arsch. „Wie du willst.“ Er zog sie raus und rieb den Dildo über mein Loch, klatschte ihn mit einem lauten, schmatzenden Geräusch gegen meine Rosette. Ich hielt den Atem an, als er den Silikonpenis in Position brachte und etwas Druck ausübte, so dass ich merkte, dass er da war, kühl und stumpf. Dann schob er ihn langsam rein, den Blick auf den feuchtglänzenden Schaft geheftet, der in meinen Hintern glitt.

Herrgott, ich spürte das. Der Dildo dehnte mich, spießte mich auf, und ich fühlte jeden Grat und jede Ader, als er Stück für Stück weiter vordrang. „Scheiße, wenn du mir das Ding noch weiter reindrückst, spür‘ ich's im Hals“, keuchte ich. Pete sagte nichts, immer noch ganz auf die Stelle konzentriert, wo er mit diesem rosa Monster in mich eindrang. „Wen zum Teufel haben sie dafür als Modell genommen? King Kong?“ Es war, als würde man mit einem Stück Kantholz gepfählt.

Das entlockte ihm ein Grinsen. „Nein – Jeff Stryker.“

Ich gab ein tiefes, grollendes Stöhnen von mir. „War ja klar. Stehst du auf Riesenschwänze, Petey-Boy?“ Ich verkrampfte mich um den massigen Prügel, der in meinen Körper eindrang, und entspannte mich, als Pete ihn langsam wieder herauszog. Fühlen konnte ich ihn allerdings immer noch.

Mit demselben breiten Grinsen im Gesicht griff Pete nach meinem Penis und fuhr langsam mit der Hand von der Wurzel bis zur Spitze daran entlang. „Was glaubst du wohl?“

Na super, jetzt war ich völlig übergeschnappt. Hier lag ich, ans Bett meines Nachbarn gefesselt, der mir gerade langsam einen Dildo reinschob, und ich war… was? Stolz, dass ihm meine Penisgröße gefiel.

Alle weiteren Überlegungen in diese Richtung waren wie weggefegt, als Pete mir den Dildo mit einem langen Stoß wieder reinschob. Dann begann er mich damit zu ficken und legte etwas Tempo zu.

„Entspann dich", sagte er und rieb mir mit der anderen Hand den Bauch, dann umfasste er damit meinen Schwanz. „Es fühlt sich besser an, wenn du dich entspannst." Seine Hand fühlte sich dort, wo sie war, wirklich besser an.

Verdammt, welche Ironie…

Ich unterdrückte mein Stöhnen, als er mich bis zum Anschlag ausfüllte. „Weißt du… weißt du eigentlich, was ich… beruflich mache?" Ich entspannte mich bewusst, und der Schmerz begann nachzulassen.

Pete beobachtete mich, den Mund leicht geöffnet. Sein Arm bewegte sich, als er mich mit dem Dildo fickte, immer schneller, immer fester zustieß. „Nein", flüsterte er. „Fuck. Schau dich nur an." Sein Blick hing an meinem Schwanz, der eine harte, lebende Säule war, dunkel und pulsierend.

Ich grinste und bewegte die Hüften, drängte mich dem Silikon-*Balken* entgegen, mit dem er mich zunehmend schneller nagelte. „Ich bin Sexualtherapeut." Ich wölbte den Rücken; die Reibung, die sich in mir aufbaute, ließ mich brennen vor Verlangen. „Ich berate andere Leute… zu ihrem Sexleben."

Pete machte große Augen. „Oh, darüber müssen wir unbedingt mal reden, aber nicht jetzt." Er rammte mir den Dildo rein, bis ich die Silikon-Hoden an meinem Hintern spürte. „Ich hab' was viel Wichtigeres zu tun."

Da musste ich zustimmen. „Ja, zum Beispiel mich zum Orgasmus zu bringen." Ich starrte ihn wütend an und zerrte an den Handschellen. „Warum zum Teufel hast du denn jetzt schon wieder aufgehört? Was hast du vor – willst du mich hier liegen lassen und Kaffee kochen gehen?"

Dieses spitzbübische Grinsen huschte über sein Gesicht, ehe er erneut hinter sich griff. Ein Ratschen, und ich dankte Gott, als Pete meinen schmerzenden Schwanz in ein Kondom hüllte. Er wischte mit einer glitschigen Hand über meinen steifen Schaft. „Ja, da wirst du aufmerksam, was? Jetzt beschwerst du dich nicht mehr, oder? Wenigstens weißt du ja jetzt, was kommt."

Mein Arsch war immer noch bis an die Grenze der Belastbarkeit gefüllt von diesem gottverfluchten Silikon-Biest. „Willst du den einfach drin lassen?"

Pete nickte und rutschte höher, bis er rittlings über mir kniete, seinen heißen Arsch an meinem Schwanz. Er richtete sich auf, griff nach hinten, und *Jesus*, das hätte ich nur zu gern gesehen. Wie er die Finger in seinem Loch vergrub, sich bereit machte für mich, seine Rosette, so feuchtglänzend und rosa, wie ich sie in Erinnerung hatte. Ich erinnerte mich daran, wie ich meinen Schwanz in diesem engen kleinen Loch versenkt hatte, während er an meinem Andreaskreuz hing…

Herrgott, war das wirklich erst eine Woche her?

Er zog seine Hinterbacken auseinander und ich stemmte den Unterleib hoch, ließ meinen Schaft durch diese behaarte Spalte gleiten. Pete rollte geschmeidig die Hüften und seine Atmung beschleunigte sich, als meine Eichel an seiner Rosette rieb. „Komm schon", stöhnte ich. In diesem Moment waren die Handschellen fast vergessen. Verdammt, ich wollte da rein.

Er packte meinen Schaft und da war es, dieses heiße kleine Loch, und bettelte förmlich darum, dass ich mich reinbohrte. Ich knirschte mit den Zähnen und stieß ungeduldig mit den Hüften nach oben. Pete packte meinen Schwanz fester und heftete den Blick auf mich. „Der gehört heute Morgen mir, verstanden?"

Ich schnaubte. „Nur weil ich dich nicht in die Finger kriegen kann."
Er lächelte. „Ich denke schon seit einer Woche an nichts anderes mehr, seit du mich gefickt hast. Daran, wie ich dieses Prachtstück wieder in meinen Arsch kriege." Er legte den Kopf schief. „Hast du eine Ahnung, was das mit mir gemacht hat? Dich zu beobachten, die Schweißtropfen in deinem Pelz glitzern zu sehen, als du dich in deinem Garten in der Sonne geaalt und an dir rumgespielt hast?" Er rubbelte meinen Schwanz, dann griff er nach meinen Eiern und drückte sie zusammen.
Ich knurrte. „Wenn ich erstmal aus diesen Handschellen raus bin…" Mein Schließmuskel verkrampfte sich und ich stöhnte auf, als er sich enger um die feste Masse schloss, die Pete da drin gelassen hatte.
Pete zog ein Gesicht. „Ooh, armer Damon. Wenigstens werde ich netter zu dir sein als du zu mir warst."
„Was soll das heißen?"
Er grinste, drückte meine Eichel fest gegen sein Loch und beugte sich vor, um mir zuzuraunen: „Du wirst nicht bestraft, wenn du kommst." Dann richtete er sich wieder auf und ließ sich auf meinen Ständer fallen, spießte sich regelrecht auf und versenkte meinen Schwanz bis zu den Eiern im engsten Arsch, den ich je gekannt hatte.
„Jesus, *Fuck*!" Das Tempo ließ mich nach Luft schnappen. Herrgott, meine Latte steckte bis zum letzten Millimeter in diesem straffen kleinen Loch. „Verdammt, was für ein Wahnsinns-Gefühl." Ich erschauerte, als er sich langsam hochstemmte, und ballte unwillkürlich die Fäuste. Meine Finger schmerzten vor Verlangen, ihn zu packen. Gleich

darauf wich mir zischend der Atem aus den Lungen, als er sich wieder fallen ließ und ich ihn bis zum Anschlag ausfüllte.

„Gott, ja." Er stöhnte und wiegte sich mit kreisenden Hüften vor und zurück, glitt an meinem Schaft auf und ab. Seine Erektion war steinhart, ragte pfeilgerade hoch und triefte in Strömen. Gott, ich wollte ihn anfassen. Ich stellte die Füße breitbeinig auf die Matratze, warf mich ihm entgegen und bewegte mich mit ihm. „Ja, genau so", schrie er und lehnte sich zurück, den Körper lang ausgestreckt. Seine Bauchmuskeln waren straff gespannt und seine Nippel zu harten, kleinen Knospen aufgerichtet. Er warf den Kopf in den Nacken und packte meine Oberschenkel, um die Balance zu halten, während ich ihn fickte.

Fuck, seine Hitze versengte meinen Schwanz. Sein Körper umschloss ihn so fest, so eng, dass ich mich für immer in den Empfindungen verlieren wollte. Meine Hüften bewegten sich schneller und mein Körper raste auf den Orgasmus zu, der unmittelbar bevorstand. Jetzt endlich, nachdem ich schon so verdammt nah dran gewesen war…

Pete setzte sich auf und starrte mich an. Er hielt den Oberkörper still und rollte geschmeidig die Hüften, wiegte sich auf mir, so verdammt sinnlich, dass ich die Augen nicht von ihm lassen konnte. Er griff nach hinten und ich stöhnte auf, als er an dem Dildo ruckelte und ihn ein Stück zurückzog, gerade weit genug, dass ich es fühlte. Pete stieß ihn wieder in meinen Hintern und keuchte: „Wie fühlt sich das an?" Seine Brust glänzte vor Schweiß. „Gefällt dir das? Wenn ich dein Loch stopfe, während du meins stopfst?" Er bewegte die Hand schneller, rammte mir den Dildo tiefer rein, während ich ihn härter fickte, mit zuckenden Hüften nach oben stieß.

„Ja, zum Teufel“, keuchte ich, denn ich konnte nicht abstreiten, wie fantastisch sich das anfühlte. Ich wollte nicht, dass es aufhörte.

Nur, dass genau da der Blitz in meiner Wirbelsäule einschlug und mir direkt in die Eier fuhr, und schon schoss ich meine Ladung ab. Ich warf den Kopf in den Nacken, den Mund weit aufgerissen, und zerrte an meinen Fesseln, während meine Eier sich entleerten. Mein ganzer Körper kribbelte; Hitze pulsierte durch meine Adern und spritzte stoßweise aus mir heraus. Die Muskeln in meinen Oberschenkeln zitterten, meine Bauchmuskeln zuckten und mein Hintern verkrampfte sich um den Dildo, der immer noch fest in mir steckte.

Pete erschauerte, die Hände auf meiner Brust, den Kopf gesenkt. „Das spüre ich. Verdammt, ich fühle, wie dein Schwanz in mir pulsiert.“ Er wiegte sich langsam, beugte sich immer weiter vor. Sein Mund war *einfach da*, und ich nahm ihn, hieß den Kuss willkommen. Ich ließ mich langsam wieder auf die Matratze sinken, bewegte mich mit ihm, meine Zunge zwischen seinen Lippen, und genoss seinen Geschmack, während mein Schwanz die letzten paar Tropfen Sperma ins Kondom spuckte. Pete erwiderte den Kuss ebenso gierig wie vorhin und stöhnte leise in meinen Mund, doch seine Bewegungen wurden allmählich weniger wild. Winzige Stromschläge durchzuckten mich, die Nachwirkungen meines Orgasmus, und dann lag ich ruhig. Mein Schwanz steckte immer noch in ihm und der Dildo immer noch in mir.

Pete richtete sich langsam auf und stieß einen zittrigen Seufzer aus, als mein immer noch halb erigierter Penis aus ihm herausrutschte. Ich warf einen Blick auf seinen

Schwanz. Selbst unter diesen eingeschränkten Bedingungen bildete ich mir etwas darauf ein, ein großzügiger Liebhaber zu sein. Schließlich hatte ich gerade abgespritzt. „Du bist nicht gekommen. Soll ich dir dabei helfen?“

Er nickte und kletterte von mir runter. Ich lag still und wartete ab, da ich damit rechnete, meine Freiheit bald wiederzuhaben. Ich würde ihm seinen Höhepunkt geben – das war nur recht und billig, schließlich hatte er mir einen verdammt guten Orgasmus beschert – aber dann gab es kein Halten mehr. Ich plante bereits meine Rache – angefangen mit einer Züchtigung mit meinem Paddle, die er so schnell nicht vergessen würde. Und das war noch gar nichts im Vergleich damit, was ich sonst noch so alles mit ihm vorhatte.

Nur, dass er mir die Handschellen nicht abnahm.

„Pete?“ Ich rüttelte an den Fesseln, die Arm- und Beinmuskeln angespannt. „Komm schon, du hattest deinen Spaß. Mach mich los. Und nimm mir den Dildo aus dem Arsch.“

Pete kniete sich erneut zwischen meine gespreizten Beine. Er streifte mir das Kondom ab, beugte sich über meinen Schwanz und leckte ihn sauber. Ich erschauerte; die Eichel war empfindlich, wie immer. Als er mich in den Mund nahm, stöhnte ich auf. „Ich hatte vergessen, wie gut du blasen kannst.“ Mein Schwanz zeigte bereits wieder Interesse. „Das könntest du auch machen, wenn ich die Handschellen los bin, weißt du.“ Oh ja, und wenn ich seinen Kopf festhalten und ihn schön hart in den Mund ficken konnte.

Er leckte ein letztes Mal an meiner Eichel. „Lass mich erst das hier erledigen.“ Ich fühlte seine Finger an meinem Schaft und meinen Eiern, als er mir behutsam den Penisring abnahm, und das war ein weiterer Anreiz

für mein Blut, in Richtung Süden zu fließen.
„Okay, und jetzt die Handschellen?“ Seine mangelnde Bereitschaft, in die Pötte zu kommen, machte mir allmählich Sorgen.
Pete hob den Kopf, und als ich dieses blöde, verschmitzte Grinsen sah, wurde mir ganz mulmig zumute. Meine Atmung beschleunigte sich, als er ein weiteres Kondom hochhielt. „Ich bin noch nicht fertig“, sagte er mit einem Funkeln in den Augen.
Ich lachte vor Erleichterung laut auf. „Herrgott, Petey-Boy, nicht mal ich kann Wunder bewirken. Du wirst eine Weile warten müssen, bis ich ihn wieder hochkriege.“
Pete schüttelte den Kopf. „Das ist nicht für dich.“ Er riss die Verpackung auf – und zog das Kondom über seinen eigenen, granitharten Schwanz. „Jetzt bin ich dran.“ Mein Magen krampfte sich zusammen, als er mir langsam den Dildo aus dem Arsch zog. Petes Grinsen wurde noch breiter. „Du bist richtig schön gedehnt für mich.“ Er klatschte seinen prallen Ständer gegen meine immer noch schmerzenden Eier und ich zuckte zusammen. „Nicht, dass ich allzu lange durchhalten werde, wenn ich erstmal in dir bin.“ Er kam näher, die Hände auf meinen Schenkeln, drückte sie weiter auseinander, bis ich seine Eichel an meinem geweiteten Loch fühlte. „Und schlüpfrig bist du auch. Bereit für mich.“
Ich verkrampfte mich und spannte die Muskeln an, doch dann traf mich die Erkenntnis. *Es passiert sowieso, also verschwende keine Energie damit, dich dagegen zu wehren. Denn wenn er fertig ist…* Die Rache würde sowas von *süß* sein.
Ganz abgesehen von der Tatsache, dass es mir zum Teil sogar gefallen hatte, wie der Dildo sich anfühlte. Also

ob ich *ihm* das sagen würde.
Ich sah ihm in die Augen. „Wenn du mich ficken willst, dann mach weiter." Ich ließ mein kühlstes Lächeln aufblitzen. „Aber sei auf die Folgen vorbereitet."
Petes Lächeln wirkte jetzt etwas angespannt. „Zu spät. Ich habe meine Seele schon an den Teufel verkauft." Er packte meine Oberschenkel und drang ganz langsam mit einem einzigen, geschmeidigen Stoß in mich ein. Als er ganz drin war, schloss er die Augen. „Oh mein Gott, verdammt, wie du dich anfühlst…"
Sämtliche Rachegedanken waren vergessen, da ich meine Aufmerksamkeit auf den Schwanz konzentrierte, der mich ausfüllte. Verdammt, was für ein geiles Gefühl. Pete begann sich mit tiefen, gleichmäßigen Stößen in mir zu bewegen. Er beugte sich über mich, stützte sich mit gestreckten Armen ab und glitt bedächtig ein und aus. Sein Mund war leicht geöffnet, sein Atem warm auf meinem Gesicht. Es war langsam, sanft, behutsam, sogar zärtlich – und das Tempo brachte mich um.
Ich wollte keinen langsamen, sanften Fick. Ich wollte *durchgebumst* werden. Ich wollte es die ganze verdammte nächste Woche über fühlen.
Ich spannte den Hintern um seinen Schwanz herum an und presste bei jedem seiner Stöße, trieb ihn zielstrebig auf seine Grenzen zu. Ich spreizte die Beine so weit, wie es die Fesseln erlaubten, damit er tiefer eindringen konnte. Er atmete schneller, behielt aber trotzdem dieses gemächliche Tempo bei, rollte die Hüften, den Blick auf mein Gesicht geheftet. Und *Herrgott*, die Reibung…
Dann verstand ich. Auch damit wollte er es mir heimzahlen. Hatte ich ihn nicht genauso aufgegeilt, bis er mich angebettelt hatte, ihn zu ficken?

Scheiß drauf. Wenn ich damit bekam, was ich wollte, was ich *brauchte* – wenn ich dann endlich die Handschellen loswurde und Pete übers Knie legen und ihm mit meinem Paddle den nackten Hintern versohlen konnte – würde ich betteln.

„Fick mich", verlangte ich. „Komm schon, Pete, reiß mir den *Arsch* auf. Fick mich, als wär's dir ernst damit." Ich starrte ihn wütend an. „Du hast doch, was du wolltest, oder? Dass ich dir ausgeliefert bin und mich nicht wehren kann?" Ich zerrte an den Handschellen. „Siehst du? Ich komme nicht los, und du kannst mich feilen, so hart du willst. Und das willst du doch. Also warum tust du's dann nicht?"

Pete erstarrte mitten in der Bewegung, und die darauffolgende Stille sorgte dafür, dass sich meine Nackenhaare aufstellten und mir ein Schauer nach dem anderen über den Rücken tanzte. Er legte sich auf mich und drückte die Unterarme links und rechts von meinem Kopf in die Kissen. Sein Schweiß tropfte mir auf die Brust und sein Gesicht war nur Zentimeter von meinem entfernt.

„Und was, wenn ich das gar nicht will?" Den leisen Worten folgte ein Kuss, der ganz anders war als der brutale Zusammenprall von Lippen, Zähnen und Zungen vorhin. Dieser war langsam, bedächtig, forschend, und zugleich fing er wieder mit diesem gemächlichen Rein-und-Raus-Spielchen an. Nur, dass seine Eichel jetzt bei jedem langen, gleichmäßigen Stoß über meine Prostata glitt. Jedes. Verdammte. Mal.

Bei jedem Stupser an dieser Stelle durchströmten mich Wellen von Lust und mein Schwanz zuckte auf meinem Bauch. Petes Haut war feucht, sein Schweiß mischte sich mit meinem und machte alles noch glitschiger.

„Das hier, das ist es, was ich will", flüsterte Pete an

meinem Mund. „Ich will kein hektisches Gerammel." Er bewegte die Hüften ein klein wenig schneller und kam aus dem Takt, als er das Tempo steigerte. „Ich will alles fühlen. Jeden Zentimeter, den mein Schwanz in dir zurücklegt." Schneller, fester, tiefer. Pete begann zu keuchen und sein Atem entwich in kurzen, abgehackten Stößen. Er packte meine Schultern und hielt sich daran fest, während er mich fickte, den Blick immer noch auf mein Gesicht geheftet.

Ich hätte ihn am liebsten angemotzt, angeknurrt, ihm befohlen, endlich mal loszulegen, aber diese herrlichen Wellen der Lust brandeten immer wieder in mir auf und rauschten heiß durch meine sämtlichen Gliedmaßen. Meine Zehen kringelten sich, meine Armmuskeln waren straff gespannt, meinen Bauchmuskeln ebenfalls, und er trieb mich immer noch weiter auf den nächsten Orgasmus zu. Seine Finger krallten sich in meine Schultern, gruben sich tief ins Fleisch und würzten das Ganze mit einer willkommenen Prise Schmerz.

So war es besser. Das kannte ich, und damit konnte ich umgehen. „Komm schon, komm schon", drängte ich, und er begann mich zu ficken wie eine Maschine. Seine Hüften schnellten vor und zurück, und dann stöhnte er auf, stieß noch einmal zu und erstarrte über mir. Sein letzter, tiefer Stoß ging mir durch und durch, hallte in meinen Eiern wider und fegte durch meinen Schwanz. Sperma schoss aus mir heraus, spritzte auf meine Bauchmuskeln und verteilte sich sofort zwischen uns, als Pete in sich zusammensackte und auf mich herabsank. Sein Kopf landete an meiner Schulter.

Er atmete rau und geräuschvoll an meinem Ohr, und seine Muskeln zuckten krampfhaft, während er in mir pulsierte und der Schweiß auf meiner Haut abkühlte. Ich lag unter ihm, mein Zittern wurde schwächer und sein Körper bewegte sich mit jedem Heben und Senken meiner Brust. Während meine Atmung und mein Herzschlag sich allmählich wieder normalisierten, breitete sich die langersehnte Befriedigung in mir aus und durchströmte mich von Kopf bis Fuß.

Es dauerte jedoch nicht lange, bis er die Position wechselte. Als er sich aufsetzte, rutschte sein Schwanz aus mir heraus. Das Kondom war weiß von seinem Sperma. Er beugte sich über mich, und bevor ich mich versah, waren meine Handgelenke frei. Pete stieg aus dem Bett und machte meine Füße los. Er massierte meine Knöchel, und sein Blick huschte kurz zu meinem Gesicht. „Bist du okay? Kein Taubheitsgefühl oder so?"

Seine Besorgnis dämpfte mein Verlangen nach sofortiger Vergeltung ein wenig. „Ja, nichts passiert."

Ich setzte mich auf und warf einen Blick auf meinen Oberkörper, der vor Schweiß und Wichse klebte. Sofort schoss mir der Gedanke durch den Kopf, ihn das mit der Zunge aufwischen zu lassen. Das brachte mich zum Lächeln. Eine passende Bestrafung, die für den Anfang durchaus reichen würde.

Bevor ich ein Wort sagen konnte, ging Pete um das Bett herum und kniete vor mir nieder. Er senkte den Kopf, die Hände hinter dem Rücken. „Ich bin jetzt bereit für meine Züchtigung."

Für einen Moment gaffte ich ihn nur an, verblüfft über diese unerwartete Wendung der Ereignisse. Als er den Kopf hob und mich angrinste, fing ich mich jedoch schnell wieder. Ich stand auf und stellte mich breitbeinig vor ihn hin, die Arme vor meiner feuchten Brust verschränkt, den Schwanz immer noch voller klebrigem Sperma. Ich starrte ihn an, da ich ihm die reuige Haltung keine Sekunde lang abkaufte.

„Du denkst, du kommst mit ein paar Klapsen auf den

Hintern davon?“ Ich schnaubte. „Boy, das ist nur der Anfang.“
Seine Augen blitzten. „Damit hatte ich irgendwie schon gerechnet – Sir.“
Sieht aus, als will da jemand spielen. Ich grinste. Pete hatte sich gerade eine richtig schöne, gründliche Abreibung verdient.

Konsequenzen

Pete hatte gewusst, dass die Rache kommen würde, und er ist bereit, seine Strafe zu akzeptieren. Doch Damon lässt sich etwas einfallen, womit Pete *absolut* nicht gerechnet hätte…

Konsequenzen

Ich warf einen weiteren Blick auf meine Armbanduhr. *Sieben Uhr.* Wo zum Teufel bleibt er nur? Damons Textnachricht war klar und deutlich gewesen: *halb sieben, die Seitengasse hinter der Montgomery Street, warte neben dem roten Müllcontainer. Sei. Pünktlich.* Die Unstimmigkeit lag in der Anweisung, sportlich-elegante Kleidung zu tragen. *Wozu? Um in einer Gasse herumzuhängen?*
Nicht, dass ich allzu sehr besorgt gewesen wäre. Ich bezweifelte, dass wir lange hier bleiben würden. Das hier konnte doch nur ein Zwischenstopp sein, oder? Vielleicht wollte Damon mit mir in einen schäbigen Sado-Maso-Club, wo alle Männer Lederstiefel und Lederkappen trugen, aber sonst nicht viel, die Füße auf die Hinterteile ihrer Sklaven gestützt, die splitternackt, eingeölt und mit Halsband vor ihnen knieten…
Fuck. Jetzt ging aber meine Fantasie mit mir durch. *Reiß dich zusammen, Pete.* Trotzdem, es war ein wunderbares Bild, die Vorstellung von Leder-Daddys in arschfreien Chaps, die sich von ihren nackten Boys genüsslich oral verwöhnen ließen…
Und schon arbeitete mein schmutziges Hinterhirn wieder auf Hochtouren.
Du weißt nicht, was er vorhat. Komm schon, das ist Damon, *um Himmels willen.* Derselbe Damon, der mich schon seit *drei verdammten Wochen* schmoren ließ. In der einen Minute hatte ich neben meinem Bett gekniet und darauf gewartet, dass Damons Zorn auf mich niederfuhr, mir ausgemalt, auf welche fiesen, schmutzigen Arten er mir meine kleine Intrige heimzahlen würde, und in der nächsten? Sein Handy hatte geklingelt, er war

aufgesprungen, hatte sich seine Klamotten geschnappt, die ich über einen Stuhl gelegt hatte, und dann war er weg. Ich hatte den Rest des Tages damit verbracht, auf das dicke Ende zu warten, aber nichts gehört. Dann hatte ich einen Zettel gefunden, den er in meinen Briefkasten gesteckt hatte, und auf dem stand, dass er eine Weile weg sein würde, und ob ich seinen Garten wässern könnte?

Seinen Scheiß-*Garten* wässern? Echt jetzt?

Das konnte doch wohl keine Rache sein. Aus einer „Weile" waren drei Wochen geworden, ohne ein einziges Wort von ihm. Aber ja, ich hatte sehr wohl seinen Garten gewässert.

Etwas anderes hätte ich mich gar nicht getraut. Obwohl ich *schwer* in Versuchung gewesen war, meinen Schwanz als Gartenschlauch zu benutzen. Getan hatte ich das natürlich nicht. Denn wenn Damon nach Hause gekommen wäre und seinen Garten voller toter Pflanzen und nach Pisse stinkend vorgefunden hätte, dann wäre ich wahrscheinlich sechs Fuß darunter gelandet.

Noch ein Blick auf die Uhr. Zwanzig Sekunden später als beim letzten Mal, als ich draufgeschaut hatte. Aber nach weiteren zehn Minuten – und immer noch kein Damon – wurde ich allmählich zappelig. Ich meine, ich stand hier in Chinos, Button-Down-Hemd und Sakko in einer Gasse herum, umgeben von leckeren Düften, die aus nahe gelegenen Entlüftungsöffnungen quollen…

Das leise Quietschen einer sich öffnenden Tür erregte meine Aufmerksamkeit. *Na endlich.*

Nur, dass es nicht Damon war.

Ein Typ in karierten Hosen und weißer Kochjacke streckte den Kopf heraus. „Bist du Pete?" Das

Geklapper und der Lärm hinter ihm klangen nach der hektischen Betriebsamkeit einer Restaurantküche.

Ich nickte argwöhnisch.

„Na, dann schaff' deinen Arsch hier rein. Du willst schließlich nicht zu spät kommen, oder?“

Zu spät? Zu spät für was?

Aber ich ließ mich nicht lange bitten, sondern ging an ihm vorbei und betrat einen hell erleuchteten Flur mit ordentlich hinter der Tür aufgestapelten Kisten und Schachteln. Er gab mir einen Wink, ihm zu folgen, und wir wandten uns nach rechts und kamen in eine große Restaurantküche, in der mindestens zehn Leute herumwuselten, die schwarzgekleideten Kellner nicht mitgerechnet, die mit Tabletts bewaffnet durch die Schwingtüren ein und aus flitzten.

„Warte hier.“

Folgsam blieb ich stehen und drückte mich flach an die Wand, um niemandem im Weg zu sein. Hier ging es zu wie in einem Bienenstock: Gerichte wurden zubereitet und unter Heizstrahler gestellt, schmutziges Geschirr in Spülbecken mit heißem Wasser gestapelt, Soßen geschöpft, Gemüse geschnipselt, Töpfe gerührt…

Als ein dunkelhaariger Typ in einem schicken grauen Anzug auftauchte, war nicht zu übersehen, dass er WICHTIG war: Köpfe drehten sich in seine Richtung und Stimmen wurden gesenkt. Er starrte die versammelte Belegschaft finster an.

„Also, Donny hat das Sagen, und ihr seht besser zu, dass jeder einzelne verdammte Teller picobello ist, klar? Heute Abend bin ich nämlich hier auch Gast, und wenn ich auch nur ein verrutschtes Spinatblättchen sehe, dann mach' ich euch allen aber so was von die Hölle heiß, wenn diese Party vorbei ist, verstanden?“

„Verstanden, Chef“, hallte es durch die geflieste Küche,

begleitet von allgemeinem nervösem Kopfnicken.
Er warf einen letzten unheilvollen Blick in die Runde und wandte sich dann an mich. „Also dann, auf geht's. Damon wartet oben auf dich." Er führte mich hinaus ins Restaurant, wo leise Klaviermusik ertönte und Gäste sich bei Kerzenschein mit gedämpften Stimmen unterhielten. Enttäuschung wallte in mir auf, als wir uns durch die Tische schlängelten. Ein gottverdammtes Restaurant. *Soviel zum Thema Leder-Club.* Anscheinend war heute Abend nichts weiter zu erwarten als ein Abendessen. *Abendessen? Was für eine bescheuerte Art von Rache ist das denn?* Wir kamen zur Rezeption, wo eine scharfe Biegung nach links den Blick auf eine mit rotem Teppich verkleidete Treppe freigab, an deren oberem Ende…
Damon an der Wand lehnte, den Blick auf mich geheftet.
Heilige Scheiße.
Damon wartete neben einer geschlossenen Tür. Er trug einen teuer aussehenden blauen Anzug, ein weißes Hemd mit offenem Kragen und ein weißes Einstecktuch in der Brusttasche. Ich widerstand dem Drang, mir die Lippen zu lecken.
Der Küchenchef ging vor mir die Treppe hoch und blieb direkt vor Damon stehen. „Da hast du ihn. Mach' nicht zu lange. Du weißt, wie sie ist." Er warf einen Blick in meine Richtung und grinste.
In diesem Moment sah ich es. Die Ähnlichkeit. Ich hatte sie nur erst zusammen sehen müssen, um zu erkennen, dass der Küchenchef Damons Bruder war. Etwas jünger, ja, aber es bestand kein Zweifel. *Was zum Teufel…?*
Damons Bruder machte die Tür auf und verschwand. Damon und ich blieben allein zurück.

Und jetzt?
Damon musterte mich schweigend von Kopf bis Fuß, was meinen Puls rasen ließ.
„Hey." Sämtliche geistreichen Bemerkungen, die ich mir zurechtgelegt hatte, waren bei seinem Anblick wie weggeblasen. Verdammt, er sah absolut umwerfend aus. Er sah mich an und lächelte. „Ganz passabel."
„Besten Dank auch." Ich funkelte ihn zornig an. „Und wofür, bitte, bin ich passabel?" Ich warf einen Blick auf meine eher lässige Aufmachung. Neben Damon kam ich mir geradezu ungepflegt vor.
Er findet das anscheinend nicht, oder?
Ich schnaubte innerlich. *Weil er das Skript gelesen hat. Er weiß, was als nächstes kommt.*
„Mir ist klar, dass du Fragen hast", sagte er ruhig. „Aber weißt du was? Ich werde keine davon beantworten. Du brauchst nur zu wissen, dass du mir was schuldig bist nach dieser fiesen Nummer, die du abgezogen hast, und dafür bezahlst du jetzt. Jedenfalls zum Teil." Er deutete auf die Tür. „Da geht's lang."
„Willst du mir wirklich nicht sagen, was mich da drin erwartet?" Ich geriet nicht in Panik, aber die Enttäuschung wallte wieder in mir auf. Seit seiner SMS heute Morgen hatte ich mir alles Mögliche ausgemalt. Wo wir hingehen würden. Was wir tun würden. Ach wo – was *er* mit *mir* machen würde. Jetzt sah es so aus, als würden wir einfach zusammen zu Abend essen, vielleicht mit Damons Bruder, und das waren nicht gerade beängstigende Aussichten. Definitiv auch nicht meine Vorstellung von Rache.
Damon schnaubte. „Okay, aber mehr kriegst du nicht. Du bist heute Abend mein Date, und meine Mom feiert ihren sechzigsten Geburtstag." Er stieß die Tür auf. „Und jetzt rein mit dir."

Sein Date? Seine *Mom*?

Herr im Himmel, ich bin so gut wie tot.

Ich riss mich schnell zusammen. *Wie schlimm kann es schon sein?*

Er wich zur Seite, um mich vorbeizulassen. Ich trat ein und mir klappte die Kinnlade herunter.

Drinnen war es warm, und alle Tische waren in der Mitte zusammengeschoben worden und bildeten eine riesige Tafel, an der etwa dreißig Leute saßen, die miteinander plauderten, lachten und tranken. Alte Leute redeten lautstark durcheinander und kleine Kinder rannten herum und machten Radau. Auf einem Tisch unter dem Fenster stapelten sich bunt verpackte Geschenke, und überall waren Ballons. Im Hintergrund lief Musik mit lateinamerikanischem Touch, und insgesamt war die Atmosphäre ganz anders als in dem eleganten Restaurant einen Stock tiefer. Hier ging es lauter, bunter und lebhafter zu.

Es war ein verdammtes Familientreffen, und ich war gerade als Damons Date hereingeplatzt. *Erschießt mich doch gleich.*

Mein erstes Treffen mit den Eltern meiner Freunde – das ging *nie* gut. Na schön, mit meinen achtundzwanzig Jahren hatte ich diese Erfahrung noch nicht allzu oft gemacht, aber oh ja, es war jedes verdammte Mal furchtbar schief gelaufen. *Es sieht ganz danach aus, als wäre heute Abend die Katastrophe schon vorprogrammiert, und dabei sind Damon und ich nicht mal zusammen.*

„Willst du uns diesen hübschen Jungen nicht vorstellen, Damon?"

Ich starrte den Sprecher an, einen älteren Mann in einem zerknitterten braunen Anzug, der mich beäugte, als wäre ich die Vorspeise. Ich bekam Gänsehaut davon.

Damon starrte ihn ebenfalls an und zog die Augenbrauen hoch. „Onkel Ed, das ist Pete. Und lass gefälligst die Pfoten von ihm, er gehört mir." Er zwinkerte mir zu, dann fasste er mich am Arm und führte mich um den Tisch herum. Den Blicken und Kommentaren nach zu schließen, die ich aufschnappte, hatte niemand von mir gewusst. Als wir am Kopfende des Tisches ankamen, summte die Luft bereits vor Gerede.

„Hey Mama, alles Gute zum Geburtstag!" Damon bückte sich und küsste seine Mutter auf die Wange. Als er sich wieder aufrichtete, erfasste mich ihr Blick, und ich stand wie angenagelt da und starrte in ein Paar brauner Augen, die Damons geradezu unheimlich ähnlich waren.

„Und wer ist das?" Ihre Stimme war laut. Sie schaute mich mit zusammengekniffenen Augen an, dann griff sie in ihre voluminöse Handtasche und nahm eine Brille heraus. Nachdem sie sie aufgesetzt hatte, betrachtete sie mich so eindringlich, dass mein Herz noch heftiger pochte.

„Das ist Pete, Mama." Ich wartete, aber der Mistkerl sagte nichts weiter, und seine Augen funkelten, als er mir einen Blick zuwarf. In diesem Moment verstand ich.

Er lässt mich im Regen stehen. Er wird mir kein bisschen helfen. Dieser Wichser.

Sie zog ihre aufgemalten Augenbrauen hoch. „Und wer oder was ist Pete sonst noch?"

„Ich bin Damons Nachbar, Ma'am", sagte ich höflich.

Seine Mama hob langsam den Kopf und sah ihren Sohn an. „Mmm-hmm." Es war unschwer zu erkennen, von wem Damon seine Wesensart hatte. Das hier war keine liebe alte Dame. Damons Mama war mit allen Wassern

gewaschen.
Oh ja, das würde ein furchterregender Abend werden.
Damons Mama musterte mich von Kopf bis Fuß, und meine Pulsfrequenz schoss in die Höhe. Ein Blick in die Runde hatte mir verraten, dass es hier nach Geld roch: Die meisten Anwesenden waren mit diesem gewissen teuren Flair gekleidet. In Chinos, Hemd und meinem alten Sakko fühlte ich mich entschieden underdressed.
Sie durchbohrte mich mit einem scharfen Blick. „Damons Nachbar? Dann seid ihr zwei also nicht zusammen?"
Ich hob ruckartig den Kopf und sah Damon an, flehte stumm um Rat und Beistand. Der Wichser schaute nicht mal in meine Richtung. Er rief einen Namen und ließ mich einfach dort stehen, während er um den Tisch herumging und eine Frau in einem eleganten Kleid umarmte.
Offensichtlich war ich auf mich allein gestellt.
„Nein, Ma'am. Wir sind nicht zusammen." Ganz egal, was Damon gesagt hatte. Damon war nicht hier.
Die aufgemalten Augenbrauen gingen erneut in die Höhe. „Ihr seid nicht zusammen, und trotzdem bringt er dich zu meiner Geburtstagsfeier mit. Ich verstehe." Sie grinste anzüglich. „Und? Vögelst du ihn oder er dich?"
Allmächtiger Gott. *Definitiv* keine liebe alte Dame. Ich hätte mich beinahe verschluckt. Auf gar keinen Fall würde ich diese Frage beantworten. Damon warf mir einen Blick zu und ich starrte ihn wütend an. *Wenn das hier erst mal vorbei ist…*
„Was machst du beruflich, Pete?", erkundigte sie sich in freundlichem Ton, als könnte sie kein Wässerchen trüben und als hätte sie mich nicht gerade eben gefragt, ob ihr Sohn und ich Sex miteinander hätten.

Ich hatte mich bereits wieder erholt, aber im Stillen schwor ich meinem Mistkerl von Nachbarn bittere Rache.
„Ich bin Landschaftsgärtner."
„Oh." Sie lächelte. „Das ist bestimmt interessant. Hast du auch an Damons Garten gearbeitet?"
Ich schaute zu Damon und fing seinen Blick auf. Er prostete mir mit einem Weinglas zu und ich grinste. „Ja, Ma'am. Ich habe seine Blumen bestäubt", sagte ich laut.
Damon spuckte fast den Schluck Wein aus, den er eben genommen hatte. Seine Mom jedoch lachte laut auf.
Ich beschloss, nett zu sein, selbst wenn Damon es nicht war. „Sie haben eine sehr große Familie, Mrs. Ramos", sagte ich höflich.
Ihre Augen leuchteten auf. „Sie sind wunderbar. Meine Kinder und ihre Familien führen mich jedes Jahr zum Essen aus. Ich habe meinen Geburtstag in einigen der feinsten Restaurants in San Francisco gefeiert, aber aus naheliegenden Gründen bin ich hier am liebsten."
Das verstand ich, wo doch ihr Sohn hier der Küchenchef war. Ich warf einen Blick auf die Leute, die ihr am nächsten saßen. „Und ist Mr. Ramos auch hier?"
Ihr Lächeln verblasste. „Wir haben meinen Mann vor drei Jahren verloren. Er hatte einen Herzinfarkt."
„Ich sage ihr ständig, dass sie sich einen Liebhaber nehmen soll." Damon kam herbeigeschlendert; anscheinend war sein wichtiges Gespräch beendet. Er erwiderte meinen Blick. „Sie ist immer noch jung genug, um jemanden zu finden, der *ihre* Blumen bestäubt." Er wackelte mit den Augenbrauen.
Seine Mama gab ihm einen Klaps auf den Arm. „Sei still, du. Fang nicht schon wieder damit an. Und ich bin hier noch nicht fertig. Geh und unterhalte dich mit irgendjemandem. Ich möchte mit Pete reden." Damon

lachte, aber er gehorchte. Sie klopfte auf den freien Stuhl neben ihrem. „Setz dich hierher."
Als könnte ich mich weigern. Ich setzte mich zwischen sie und Damons Bruder. Mein Herz flatterte.
„Erzähl mir von dir. Hast du Familie hier in San Francisco?"
„Nein, Ma'am. Meine Mutter ist vor gut sechs Jahren an Lungenkrebs gestorben, und mein Vater starb kurz nach ihr."
Ihre Augen weiteten sich. „Keine Geschwister?"
„Nein, Ma'am." Trotz meiner Nervosität musste ich zugeben, dass die Atmosphäre im Raum großartig war. *Es muss schön sein, eine große Familie zu haben.*
Ein explosives Prusten neben mir brachte mich dazu, mich umzudrehen. Damons Bruder schnaubte. „Da kannst du verdammt froh sein. Wenn diese Meute hier zusammenkommt, ist alles möglich." Er streckte die Hand aus. „Ich bin Max, Damons Bruder."
Ich schüttelte ihm die Hand. „Die Ähnlichkeit ist verblüffend."
Max grinste. „Du hättest Papa sehen sollen. Damon ist ihm wie aus dem Gesicht geschnitten."
„Ist er der Älteste?"
Max nickte. „Ich bin drei Jahre jünger."
„Und du bist hier der Küchenchef."
Er warf mir ein schiefes Lächeln zu. „An manchen Abenden, ja. Ansonsten leite ich mein Restaurant."
Fuck. „Tut mir leid. Ich wusste nicht, dass dir das Lokal gehört."
Max schien sich nicht daran zu stören. „Wie solltest du auch? Wir haben uns gerade erst kennengelernt." Sein Blick huschte zu Damon. „Und Damon hat uns auch nicht gesagt, dass er einen Gast mitbringt."
Seine Mutter räusperte sich. „Gibt es in absehbarer Zeit

etwas zu essen? Mir hängt der Magen schon in den Kniekehlen."

Max' Lachen war laut und dröhnend. „Ja, Mama, echt subtil." Er wandte sich an die Anwesende. „Okay, Leute. Setzt euch auf eure Plätze, bitte, damit sie anfangen können, den ersten Gang reinzubringen." Er stand auf und küsste seine Mutter auf die Wange.

Sie lachte leise, als er zur Tür ging. „Es ist immer dasselbe mit ihm. Er hat dem Manager unten die Leitung übertragen, aber wird er ihn seinen Job machen lassen?" Rundum nahmen alle eilends ihre Plätze am Tisch ein. Eltern beruhigten ihre Kinder, und der Geräuschpegel sank allmählich.

„Dann hast du also überlebt." Neben mir gab Damon ein leises, ironisches, leises Lachen von sich. „Sieht aus, als hättest du mich überhaupt nicht gebraucht."

Oh, er war noch lange nicht aus dem Schneider.

„Nett von dir, mich zu warnen", zischelte ich. „Ernsthaft? Du schleppst mich zu einem Familientreffen mit?"

Damon grinste. „Du hast noch nicht alle kennengelernt. Warte bis nach dem Essen."

Das konnte ein langer Abend werden.

Anscheinend neigte sich der Abend langsam seinem Ende zu. Als ich verstohlen auf mein Handy schaute, bekam ich einen Schock. Es war schon fast elf. *Herrgott, diese Leute können reden.*

Ich hatte für heute Abend meinen Beitrag zur Unterhaltung geleistet. Damon hatte mich seinen Geschwistern vorgestellt, und das war *höchst* aufschlussreich gewesen. Anscheinend hatten Damons

Eltern ihren sechs Kindern eine bewundernswerte Arbeitsmoral anerzogen. Seine Schwester Martella besaß einen piekfeinen Frisiersalon in Sausalito. Lauren – sie war die elegant gekleidete Frau von vorhin – hatte ein Bekleidungsgeschäft in der Nähe von Fisherman's Wharf. Leo besaß ein Autohaus in der Innenstadt. Paula, das Nesthäkchen, war fünfundzwanzig; sie hatte gerade ihr Jurastudium abgeschlossen und arbeitete in einer erfolgreichen Anwaltskanzlei. Alle waren freundlich und höflich zu mir, und alle verwickelten mich irgendwann im Laufe des Abends in ein Gespräch.

Paula schien am entspanntesten zu sein. Wir unterhielten uns über ihr Studium und ihre Ambitionen, innerhalb der Kanzlei Karriere zu machen. Als sich eine natürliche Pause im Gespräch ergab, lehnte sie sich zurück und wandte sich an Damon. „Na schön, dann frage *ich* eben, da sich ja sonst niemand getraut hat. Was läuft hier, Bruderherz? Du bringst nie ein Date zu unseren Familienfeiern mit. Warum fängst du jetzt damit an?" Sie lächelte zuckersüß. „Ist da irgendwas im Gange, wovon wir wissen sollten?" Es schien ihr egal zu sein, dass ich ganz in der Nähe saß.

Damon warf ihr einen Blick zu, den man nur als warnend bezeichnen konnte. Aber sie erwiderte seinen Blick genauso starr und hatte eindeutig nicht vor, nachzugeben. Er lachte leise. „Nein, Schwesterherz, da läuft nichts." Er suchte meinen Blick und sah mir für einen Moment in die Augen, dann widmete er sich wieder seiner Unterhaltung mit Max.

Paula zog die Augenbrauen hoch. „So, so." Ich versuchte, nicht zu grinsen, und setzte mein Gespräch mit Leo fort, der nur ein paar Jahre älter war als ich. Er erzählte mir gerade vom Garten seiner Frau, und was

für eine Katastrophe der sei, und ob ich nicht ein paar Tipps für ihn hätte? Rund um uns herum herrschte Stimmengewirr.
„Also, was ist mit Pete?“
Ich spitzte die Ohren, als mein Name fiel. Max redete leise mit Damon. Ich tat mein Bestes, um nicht in ihre Richtung zu schauen, lauschte aber angestrengt.
„Was soll mit ihm sein?“ Damons Stimme war verhalten und ruhig.
Max schnaubte. „Ach komm. Du hast seit Jahren kein Date mehr mitgebracht und der Familie vorgestellt. Der letzte war Michael, und das ist schon so lange her, dass du noch auf der Uni warst. Wahrscheinlich sind nur ich und Martella alt genug, um uns noch an ihn zu erinnern–“
„Das ist meine Sache“, sagte Damon mit einem leisen Knurren, das mich überraschte. Unsere Blicke trafen sich erneut, und ich schaute schnell weg, da es mir peinlich war, beim Lauschen ertappt worden zu sein. Nicht so schnell jedoch, dass mir Damons Gesichtsausdruck entgangen wäre. Irgendwas an seinen Augen war anders gewesen – vielleicht eine Spur weniger Aggression als sonst.
Was auch immer es war, ich war ziemlich sicher, dass ich es nicht hätte sehen sollen.

Die Gäste verabschiedeten sich einer nach dem anderen, während ich Kaffee trank – mit dem Max mich versorgt hatte – bis nur noch ich, Max, Damon und ihre Mutter übrig waren. Damon tippte auf seine Armbanduhr, um anzudeuten, dass es Zeit zum Gehen war.

Zu meiner großen Überraschung umarmte Mrs. Ramos mich herzlich.
„Es war schön, dich kennenzulernen, Pete. Sieh zu, dass Damon dich an Thanksgiving mit zu uns bringt, hörst du?“
Ich schielte nach Damons Gesicht, das gerade sehr rosa wurde. Ich versuchte nicht zu grinsen. „Sehr gern.“ Thanksgiving war normalerweise eine ruhige Zeit für mich. Es war eine angenehme Vorstellung, wieder mit Damons Familie zusammen zu sein.
Max drückte mir fest die Hand. „Hat mich gefreut, Pete. Komm irgendwann mal wieder zum Essen hierher, ja? Ich setz‘ dich an den besten Tisch.“ Er warf Damon einen Seitenblick zu, dann lächelte er mich an. „Du darfst sogar Damon mitbringen.“
Mist. Ich gab mir *große* Mühe, nicht zu lachen.
Nachdem Damon und ich uns verabschiedet hatten, verließen wir das Restaurant durch den Haupteingang. Ich sah ihn an und lächelte strahlend. „Das ist erstaunlich gut gelaufen.“
Damon verengte die Augen. „Zu gut.“ Ich wurde am Arm gepackt und in die Gasse gezerrt, in der mein Abend begonnen hatte.
„Was soll das?“
Damon trieb mich weiter voran bis zu dem roten Müllcontainer, wo er mich gegen die Wand drückte, außer Sichtweite der Straße. Mein Herz hämmerte und meine Kehle wurde trocken.
Damon starrte mich an. Seine Augen waren schwarz. Als der Kuss kam, war er so grob und brutal, wie ich gehofft hatte. Seine Zunge drang tief ein und seine Zähne zerrten an meinen Lippen. Als er meine Chino aufknöpfte, seine Hand in meine Unterhose zwängte und meinen Schwanz zusammendrückte, hätte ich am

liebsten laut gestöhnt vor Lust.
Doch dann hörte er auf. Er atmete rau und unregelmäßig.
„Nur damit das klar ist, wir sind noch nicht fertig“, knurrte er mit zusammengebissenen Zähnen. „Das sind wir erst, wenn ich dich bei mir zuhause habe, in meinem Bett.“
Ich sagte das einzige, was Sinn ergab. „Ja, Sir.“
Damon stockte der Atem und seine Hand packte meinen Schwanz fester. „Dann suchen wir uns besser ein Taxi und machen, dass wir hier wegkommen.“
Er hörte keinen Widerspruch von mir.

Die Taxifahrt war die Hölle.
Ich wollte nichts weiter als seine Hände auf mir zu fühlen. Aber was ich bekam, war ein Damon, der auf Distanz blieb. Als säße ein Walross zwischen uns. Ich verstand schon; man konnte nie wissen, ob ein Taxifahrer sich als homophobes Arschloch entpuppen würde, aber trotzdem… Ich warf einen Blick in Damons Richtung. Seine Miene war teilnahmslos, als hätte er mir nicht eben mitgeteilt, dass wir zu ihm nach Hause fuhren, damit er mich ficken konnte. Keinerlei Emotionen zu sehen. Oh ja, das war typisch Damon, dieses kleine Verwirrspielchen. Er machte das mit Absicht.
Nicht, dass dieses Wissen dazu beigetragen hätte, meinen schmerzhaft steifen Schwanz auch nur ein bisschen erschlaffen zu lassen.
„Bist du wegen irgendwas sauer auf mich?“, fragte ich. Es war ein möglicher Grund für sein Schweigen, aber

ich konnte mir nicht vorstellen, womit ich mir seinen Unmut zugezogen…

Moment mal.

Ja, klar. Alles klar, verdammt nochmal.

„Du warst nicht darauf gefasst, dass es so laufen würde, stimmt's?“, sagte ich triumphierend. „Du hast gedacht, wenn du mich einfach ins kalte Wasser schmeißt, blamiere ich mich bis auf die Knochen?“ Dass das nicht passiert war, lag nicht an mir – das lag allein an Damons Familie. Ich schnaubte. „Deine Familie kennt dich wirklich gut, was? Du hattest nicht damit gerechnet, dass sie mich unterstützen. Der Schuss ist nach hinten losgegangen.“

Damon sagte nichts.

„Ich hab‘ doch recht, oder?“

Damon sagte nichts.

Ich wollte noch etwas hinzufügen, *irgendwas,* aber das schien wenig Sinn zu haben. Damon starrte angelegentlich aus dem Fenster und schaute kein einziges Mal in meine Richtung. Ich verstand die Botschaft. Nicht reden. Ich konnte mir vorstellen, dass mehr als genug Worte gewechselt werden würden, wenn wir erstmal in seinem Haus waren. Und wenn ich so an dieses erste Mal in seinem Keller zurückdachte, würden das hauptsächlich Schweinereien sein. Wenn Teil eins von Damons Plan schon fehlgeschlagen war, würde er dafür sorgen, dass Teil zwei sehr viel erfolgreicher verlief.

Ich konnte es kaum erwarten.

Schließlich hielten wir vor seinem Haus, und inzwischen war mein Schwanz hart wie Stahl. Ich war froh, dass ich mein Hemd über der Hose trug, weil das blöde Ding schon über den Bund meiner Jeans zu linsen versuchte. Damon bezahlte den Fahrer und ging

auf die Haustür zu, ohne ein Wort zu sagen. Ich folgte ihm, denn verdammt, das hatte er doch gesagt, oder? Sein Haus, sein Bett? Ich war total hibbelig, sehnte mich danach, gefickt zu werden, und war schon sehr gespannt, wie er das angehen würde.
Als wir im Haus waren, schaltete er ein paar Lichter an und ging in die Küche, wo er einige Flaschen Wasser aus dem Kühlschrank nahm. Ich war nicht daran interessiert, mich in seiner Wohnung umzusehen: Mein Augenmerk lag darauf, uns beide aus den Klamotten und Damons Schwanz in meinen Arsch zu kriegen. Von ihm kam immer noch nichts, und inzwischen kroch ein ganz klein bisschen Besorgnis in mir hoch.
Gehört das dazu? Will Damon mich immer noch verunsichern?
Wenn ja, dann machte er das verdammt gut.
Den Flur entlang, durch eine Tür, und da waren wir. Damons Schlafzimmer. Kein Ort, den ich so bald zu sehen erwartet hätte; meinen Interessen lagen eher bei den Dingen, die er in seinem Keller hatte. Und um ehrlich zu sein, war ich irgendwie neugierig. Wie sah das Schlafzimmer eines Sexualtherapeuten aus?
Als er mich hineinführte, war ich bereits dabei, mir auszumalen, was mir bevorstand. Ich rechnete mit Handschellen an den Bettpfosten, Lederriemen an jeder Ecke, die in Fesselmanschetten endeten, einem Nachttisch voller Sexspielsachen, vielleicht Haken an der Decke…
Ich war nicht auf die Realität vorbereitet.
Es gab ein Bett. Ein ganz gewöhnliches, breites Bett mit einer schlichten blauen Tagesdecke und haufenweise Kissen. Eine gepolsterte Sitzbank am Fußende. Links und rechts vom Bett je einen Nachttisch. Zwei Türen, die beide einen Spalt offen standen: Badezimmer und Kleiderschrank. Dunkelblaue

Rollos an den Fenstern. Einen hohen, freistehenden Spiegel an der Wand gegenüber dem Fußende des Bettes. Einen Sessel daneben. Und kein einziges Sexspielzeug oder teuflisches Gerät in Sicht.

Okay. Okay. Was jetzt?

Damon blieb neben dem Bett stehen, mit dem Gesicht zu mir, und …

Küsste mich.

Dieser Kuss wies keine Ähnlichkeit mit der brutalen, Zähne-und-Zungen-Variante auf, mit der er vorhin in der Gasse aufgewartet hatte. Nein, dieser Kuss war sanft, eine leichte Lippenberührung, während er mir mit einer Hand die Wange streichelte und mit der anderen an meinem Arm entlang fuhr. Seine Zunge war in meinem Mund, leckte an mir, kostete mich; seine Hand an meinem Hinterkopf hielt mich still, während er mich erkundete.

Ich erstarrte, da ich nicht wusste, was er von mir wollte, worauf er abzielte.

Damon hielt inne und gab meine Lippen frei. Seine dunklen Augen konzentrierten sich auf meine. „Pete? Hör auf, so laut zu denken, und küss mich."

Okay. Ihn küssen. Das bekam ich hin.

Unsere Lippen trafen sich erneut, aber diesmal hob ich die Hand und rieb über das borstige, stoppelkurz geschorene Haar an seinem Hinterkopf. Ein schönes Gefühl, die Rauheit unter meinen Fingerspitzen im Vergleich zu der seidigen Berührung seiner Lippen. Er gab einen leisen, aufmunternden Laut von sich, und ich wechselte von seinen Lippen zu seinem Hals, wo sein Geruch stark war, ein berauschender, moschusartiger, männlicher Duft. Ich atmete ihn ein, während ich die Haut unter seinem Ohr küsste.

„Das fühlt sich gut an", sagte er leise.

Ich war so verdammt verloren.
Ich wartete ständig darauf, dass sich die Gangart änderte, dass *Damon* sich änderte, dass er von diesem sinnlichen, sexy Wichser wieder zu dem Bären wurde, der mich in seinem Keller gefickt hatte. Das hier war nicht annähernd der Damon, den ich kannte.
Was, wenn das hier der echte Damon ist? Der Gedanke brachte mich total aus dem Konzept.
Aber trotzdem musste ich zugeben – was er da machte, fühlte sich wirklich… gut an.
Als er mich sanft wegschob, beschleunigte sich mein Herzschlag. *Okay. Okay. Jetzt ist es soweit.*
„Stell dich ans Fußende vom Bett und zieh deine Jacke aus."
Ich befolgte die Anweisung. Damon zog seine Jacke ebenfalls aus, nahm meine und legte beide über den Stuhl. „Stell dich vor den Spiegel."
Ich starrte mein Spiegelbild an, die gerötete Haut auf meiner Brust unter dem Hemd, meine glänzenden Augen, meine Erektion, die sich deutlich unter meiner straff gespannten Hose abzeichnete. Damon stand hinter mir; Hitze strahlte von ihm aus. Er griff unter meinen Armen hindurch und begann mir langsam das Hemd aufzuknöpfen, den Blick auf den Spiegel geheftet. Ich ertappte mich dabei, seine Hände zu beobachten, die sich immer weiter abwärts bewegten bis zu meinem Hosenbund. Ich biss mir auf die Lippe, als er über meine Leistengegend strich, mit den Fingern die Konturen meiner Erektion nachfuhr.
Als er meine Hose aufknöpfte und den Reißverschluss runterzog, pochte mein Herz, und mein Schwanz zuckte erwartungsvoll.
Damon schob mir die Hose über den Hüften, sodass sie zu Boden fiel, aber er machte keine Anstalten, sie

mir ganz auszuziehen. Stattdessen rieb er gemächlich mit der Hand über die Stelle, wo meine Unterhose bereits einen feuchten Fleck bekam. Als er sich dann wieder den restlichen Knöpfen an meinem Hemd zuwandte und meinen schmerzenden Ständer ignorierte, hätte ich am liebsten geknurrt und ihm befohlen, seine gottverdammte Hand wieder dahin zu tun, wo ich sie haben wollte. Doch meine Frustration war von kurzer Dauer, als er die beiden Seiten meines Hemds auseinanderzog und mir durch die Unterhose den Schwanz rieb, bis er den Stoff obszön ausbeulte.

Damon streifte mir das Hemd ab und legte es auf den Stuhl zu den Jacken.

Ich ballte die Hände an den Seiten zu Fäusten. Ich wollte mehr, aber ich wusste es besser. Das hier war Damons Show, seine Rache dafür, dass ich ihn gefickt hatte.

Der Mistkerl versuchte, mich zum Wahnsinn zu treiben.

Er hatte eine Hand auf meinem Bauch und rieb ihn, während er mit der anderen meinen Schaft streichelte, auf und ab, ganz gemächlich, als hätte er alle Zeit der Welt. Als er mich in die Brustwarze zwickte, stöhnte ich verhalten auf. Damon lachte leise, schob seine Hand in meine Unterhose und schloss sie um meinen Schwanz.

Verdammt, das war ein fantastisches Gefühl. Seine Hände auf meiner Haut, die mich aufreizend streichelten, während ich ihm dabei zuschaute, mein gerötetes Gesicht, meine halb geöffneten Lippen, den glasigen Blick in meinen Augen. Damon küsste mich auf die Schulter und zog die Hand aus meiner Unterhose.

Nein, wollte ich schreien. *Hör nicht auf.*

„Schau in den Spiegel", sagte er mit ruhiger Stimme.

„Sieh zu.“
Ich hielt den Atem an, als er hinter mir auf die Knie ging, den Bund meiner Unterhose fasste und sie ganz, ganz langsam herunterzog. Mein erigierter Penis schnellte hoch und klatschte mit einem dumpfen Geräusch gegen meinen Bauch. Auf halber Höhe hielt Damon inne, meine Unterhose um meine Knie, und ich keuchte auf, als er meinen Hintern küsste, sanft hineinbiss, und dann…
„Was haben wir denn hier?“ Er klang belustig. Ich keuchte erneut auf, als er sachte an dem Butt-Plug zog.
„Na ja, was hattest du denn erwartet?“ gab ich zurück. „Ich wollte mich schließlich mit *dir* treffen! Da musste ich doch auf alles vorbereitet sein, stimmt‘s?“
Lachend zog Damon mir langsam den Plug heraus. „Ich weiß Initiative immer zu schätzen.“ Er spreizte meinen Hintern mit beiden Händen und drückte das Gesicht in meine Poritze, rieb seine Nase und seinen Bart an meiner Rosette, dann leckte er sie kurz. Ich bebte; meine Beine zitterten vor Anstrengung, mich aufrecht zu halten, als er mit der Zunge in mich eindrang. Aber das beendete er nur allzu bald, und ich hätte heulen können vor Frust.
Damon stand auf und stellte sich vor mich hin. Inzwischen hingen meine Hose und Unterhose um meine Knöchel und ich konnte mich nicht bewegen. Damon machte sich daran, meinen Schaft und meine Eier zu streicheln. Er hielt inne, rieb mit dem Daumen an meinem Schlitz und zog das zähe Sekret in die Länge wie einen schimmernden Seidenfaden.
Ich wusste, dass es davon noch viel mehr geben würde, bevor wir fertig waren. Dann verflüchtigten sich alle derartigen Gedanken, als er sich bückte und meinen Schwanz in den Mund nahm.

„Oh, fuck."

Damon lachte leise und ging vor mir auf die Knie, umfasste mit einer Hand meine Eier, während er an meiner Eichel lutschte. Hin und wieder ließ er seine vollen Lippen weiter an meinem Schaft entlang gleiten, nahm ihn aber nie tief genug in den Mund, um mich zufrieden zu stellen. Ich stieß sachte in diesen herrlichen Mund, aber er bewegte einfach nur den Kopf zurück und kontrollierte die Tiefe.

Als er aufhörte, wollte ich seine verruchte, schwarze Seele verfluchen.

Damon begann sein Hemd aufzuknöpfen. „Schuhe aus. Steig aus deiner Hose und Unterhose", befahl er, „und leg' sie auf den Stuhl."

Ich streifte die Schuhe ab und zog hastig meine Hose und Unterhose aus, hob sie auf, schüttelte sie aus und legte sie über den Stuhl. Als ich mich wieder zu Damon umdrehte, stockte mir der Atem beim Anblick dieser gewölbten Brust unter einer Matte aus seidigen Haaren. Seine Nippel waren aufgerichtet. Es war immer dasselbe: Ein Blick auf seinen massigen, haarigen Oberkörper reichte, um mehr Vorsaft aus meinem Schlitz triefen zu lassen.

Damon schnallte seinen Gürtel ab und machte die Hose auf. Als er sie fallen ließ, kam darunter eine schwarze Boxershorts zum Vorschein. Seine Erektion war nicht zu übersehen, und ich schwöre, ich fing an zu sabbern. Damon grinste, streifte die Boxershorts ab, und sein dicker, steifer Schwanz bog sich nach oben. Er zog die Schuhe aus und trat aus seinen Sachen. Ich war bereits nackt bis auf meine weißen Sneakersocken.

Damon richtete sich auf, legte die Arme um mich und packte meine Hinterbacken. Er drückte sie zusammen, während er langsam seinen Schwanz an meinem rieb.

Ich stöhnte auf, als er sich erneut über meinen Mund hermachte, mir die Zunge tief in den Mund schob, während seine Finger meinen Hintern streichelten, sich meiner Poritze näherten.

Oh ja. Fass mich an.

Nur, dass er es nicht tat.

Damon hob mich hoch – ich war überrascht, wie stark er war – und setzte mich sanft auf dem Bett ab. „Rutsch hoch. Kopf auf die Kissen."

Ich gehorchte prompt und spreizte die Beine, den Blick auf ihn fixiert. Er zog mir die Socken aus und dann, Gott sei Dank, war er zwischen meinen Beinen und küsste mich, und sein Körper lag warm und schwer auf meinem. Ich wölbte mich hoch, als er sich nach unten schob und aufreizend an meinen Nippeln knabberte, meine Brust streichelte. Sein Schwanz glitt an meinem entlang: ein heißer, stahlharter Bolzen aus Fleisch und Blut, bedeckt von seidiger Haut.

Ich griff nach ihm, wollte ihn berühren, seinen Rücken streicheln, aber er packte meine Handgelenke und drückte meine Hände über meinem Kopf auf das Kissen. Er sah mir kurz in die Augen, und die Botschaft war klar: *Lass sie dort.* Dann streichelte er meine Oberarme und rieb meine Brust, während er eine Spur aus Küssen bis hinunter zu meinem Schwanz zog.

Fuck. Oh ja, verdammt nochmal, ja.

Damon hielt inne, die Lippen nur wenige Zentimeter von meiner Eichel entfernt, aus der bereits die Lusttropfen quollen. Ich konnte den Blick nicht von ihm wenden. Ich hielt den Atem an und versuchte, ihn mit reiner Willenskraft dazu zu bringen, es endlich zu *tun*, verdammt nochmal, mich so tief in den Mund zu nehmen, dass seine Kehle mich umschließen würde, wenn er seine Nase in meinen Schamhaaren vergrub.

Stattdessen leckte er die Lusttropfen ab und fuhr dann mit der Zunge gemächlich an meinem Schaft entlang, den Blick auf mein Gesicht geheftet. Ich bekam keine Luft mehr, konnte mich nicht bewegen, wie gebannt vom Anblick dieser flinken Zunge, die an meinem Schaft auf und ab glitt, gegen den Eichelrand schnippte und dann die erotische Stelle darunter kitzelte, bis ich mich krümmte und wand, meinen Schwanz gegen seine Lippen drückte, weil ich mehr wollte.

Als sein Mund meinen Penis umschloss, warf ich den Kopf in den Nacken und seufzte vor Wonne. Ich stieß die Hüften nach oben und dachte nur noch daran, ihn in den Mund zu ficken.

Damon hatte andere Pläne. Er gab meinen Schwanz frei, kroch an meinem Körper nach oben, um mich zu küssen, und schloss seine große Hand um unsere beiden Schäfte. Ich stöhnte in seinen Kuss und drängte mich ihm entgegen, und mein Vorsaft machte alles glitschig. Bald stöhnten wir beide, und er packte mich und rollte uns herum, bis ich oben lag, breitbeinig über ihm.

Dann begann das Küssen erneut, aber diesmal wiegten wir uns beide, und Damon hatte die Hand zwischen uns und rieb unsere Schwänze aneinander. Ich vergaß Rache, Psychospielchen, einfach *alles*, bis auf das, was er mich empfinden ließ. Ich verlagerte mein Gewicht auf die Arme und stemmte mich hoch, während er mich auf Brust und Hals küsste und seine Finger in meine Poritze glitten. Als ich den Kopf senkte, um Damon in die Augen zu sehen, erwiderte er meinen Blick, und verdammt, in seinen Augen loderte eine solche Glut, dass mein Herz bebte. Seine Hände hörten nicht auf, mich zu berühren, mich zu streicheln, und ich konnte nicht aufhören, ihn zu küssen. Ich legte die Hand um

seinen Schaft und zog daran, während er meinen Hintern umfasste und mich sanft schaukelnd an sich drückte.
Als er meine Hinterbacken spreizte und mit einem Finger gegen meinen Anus tippte, wölbte ich den Rücken und schob mich weiter nach oben, um ihm besseren Zugriff zu geben.
„Du willst meinen Schwanz da drin haben, stimmt's?“, murmelte er an meiner Brust.
Ich stöhnte laut auf. „Als ob du das fragen müsstest.“ Mein Körper sehnte sich danach, ihn in mir zu spüren.
Damon lachte leise. „Gut zu wissen, dass wir beide dasselbe wollen.“ Er nickte mit dem Kopf in Richtung Nachttisch. „Oberste Schublade. Kondome und Gleitgel.“
Ich kniete mich hin, reckte mich nach der Schublade, riss sie auf und tastete mit den Fingerspitzen. Als ich auf die glatte Oberfläche der Flasche und auf die Folienpäckchen stieß, grinste ich. „Bingo“. Ich packte die Sachen und warf sie neben uns aufs Bett.
Damon schnappte sich ein Kondom und riss es auf. „Das mache ich gleich jetzt“, sagte er, während er die Latexhülle über seinen prallen, dicken Schaft streifte. „Dann müssen wir uns später nicht damit aufhalten, wenn ich bereit bin, dich zu ficken.“ Als das erledigt war, ließ er die Flasche aufschnappen, gab sich Gleitgel auf die Finger und verteilte es auf seinem Schwanz. Dann sah er mich an. „Ich will zusehen, wie du dich mit den Fingern fickst.“ Sein Blick hielt mich fest. „Küss mich, während du es tust.“
Fuck. Hitze durchströmte meinen Körper bei der Vorstellung, seinen harten Schwanz in mir zu haben, und mein Anus zog sich zusammen. Ich setzte mich breitbeinig auf ihn, und dann war sein Mund auf

meinem. Diesmal war keiner von uns beiden still. Unser raues, lautes Atmen erfüllte das Zimmer, als wir uns küssten und wiegten, küssten und wiegten, und mein Begehren schraubte sich immer weiter in die Höhe. Ich presste zwei Finger in meinen Anus und schob sie tiefer hinein, sobald ich mich dabei wohlfühlte. Damon streichelte meine Brust und meinen Hinterkopf. Seine Zunge schlang sich um meine und er stöhnte immer lauter vor Verlangen. Als meine Finger schließlich mühelos ein und aus glitten, gaben wir bereits leise Schreie von uns und japsten nach Luft vor Begierde auf das, was jetzt kam.

Ich zog die Finger aus meinem Anus, packte seinen glitschigen Schwanz und rutschte nach hinten, bis seine Eichel gegen mein Loch drückte.

„Tu es", drängte Damon schwer atmend.

Ich setzte mich auf ihn, senkte mich langsam auf ihn herab, bis er ganz in mir war. Mein Schwanz richtete sich ruckartig auf und Damon fing meine Lusttropfen mit den Fingern auf, die er dann in den Mund steckte, um mich zu kosten. Ich hielt still, während Damon meine Schenkel, meine Hüften, meinen Bauch streichelte. Dann beugte er die Hüften und zog mich an sich und in einen Kuss. Ein leises, zufriedenes Summen entströmte uns beiden, als er mich mit wiegenden Stößen zu ficken begann und unsere Lippen wieder und wieder zum Kuss aufeinandertrafen. Seine Hände waren auf meinem Hintern und spreizten die Backen auseinander, während er in mich hineinglitt. Er füllte mich aus, sein stattlicher Umfang dehnte mich, und ich stöhnte in seinen Mund und packte das Kopfteil des Bettes, um mich festzuhalten.

Verdammt, wie hatte ich das vermisst. Seit unserem letzten Fick war niemand mehr in mir gewesen. In den

letzten drei Wochen hatte ich mich nur mit meinem Dildo gefickt, die Erinnerung an unsere heiße Nummer auf einer Endlosschleife in meinem Kopf.
In der Realität war es wesentlich besser.
Damon packte mich und drehte uns um, so dass ich auf dem Rücken lag.
„Warte“, rief ich atemlos, und bevor er in mich hineinstoßen konnte, hob ich die Beine, legte sie ihm auf die Schultern und rollte mich zusammen, so dass sich mein ganzer Unterleib von der Matratze hob und ich mich mit seinem Schwanz ficken konnte. Damon stöhnte, stützte sich auf die Hände und ließ es mich kontrollieren. Ich stieß die Hüften nach oben, immer schneller, kam immer mehr in Schwung….
Bis er mich mit einem Kuss stoppte, die Zunge tief in meinem Mund.
Ich konnte nicht genug kriegen von seinem Mund auf meinem.
Langsam und bedächtig ließ Damon die Hüften kreisen. Sein Gesicht schwebte über meinem und unsere Blicke hingen aneinander. Meine Beine rutschten von seinen Schultern, und ich schlang sie ihm um die Taille. Er streckte sich auf mir aus und machte weiter mit diesen langsamen, tiefen Stößen, diesen trägen Kreisbewegungen seiner Hüften, mit denen er sämtliche Nervenenden in meinem ganzen Körper anspringen ließ. Er vergrub das Gesicht an meinem Hals und küsste mich dort, dann kniete er sich hin und streichelte meinen Penis. Ich stellte einen Fuß an seine Brust und rieb mit den Zehen seine Brustwarze, womit ich ihm ein leises Stöhnen entlockte. Als er sich behutsam aus mir zurückzog, ächzte ich.
Damon rollte mich sanft auf den Bauch und zog meine Hüften hoch, bis ich mit gebeugten Knien auf alle Viere

ging.
„Okay, jetzt fick dich mit meinem Schwanz“, befahl er mit heiserer Stimme.
Ich gehorchte und genoss den erotischen Soundtrack, zu dem sich unser leises Stöhnen vermischte. Ich wiegte mich vor und zurück, immer schneller, trieb mir seinen Bolzen in den Leib, bis Damon mich bremste, indem er mir beide Hände flach auf den Hintern legte. Dann drückte er mich mit seinem Körper auf die Matratze, so dass mein Schwanz unter mir eingeklemmt war. Er legte die Hände auf meine und machte mit diesen langsamen, wiegenden Stößen weiter, rollte geschmeidig die Hüften, während er mich auf den Nacken, die Schultern, zwischen den Schulterblättern küsste und mit den Knien meine Beine weiter auseinanderschob. Als er mein Kinn anhob, um mich auf den Mund zu küssen, hauchte ich ein leises Stöhnen zwischen seine Lippen.
Das hier übertraf alles, was ich je erlebt hatte. Damon spielte mich wie ein Instrument, und verdammt, mein ganzer Körper *sang* für ihn. Ich wünschte, es würde nie aufhören. Dieses langsame Hüftkreisen, mit dem er sich in mir bewegte, machte mich verrückt. Als er innehielt, sich aus mir zurückzog und sich mit sanften, sinnlichen Küssen an meiner Wirbelsäule entlang nach oben bewegte, hätte ich am liebsten geschrien, ihm befohlen, es zu Ende zu bringen, weil es einfach zu schön, zu sinnlich…
Mir gingen die Adjektive aus.
Dann rollte er mich auf den Rücken und drückte meine Knie an meine Brust. Sein Brustkorb hob und senkte sich heftig, und sein Blick wanderte an meinem Körper entlang nach oben. Als sich unsere Blicke trafen, erschauerte ich, ohne zu wissen, warum.
Damon packte mich an den Fußknöcheln und

versenkte seinen Schwanz so tief in mir, dass es mir den Atem aus den Lungen trieb. Er fickte mich mit langen Stößen, bis ich atemlos war vor Verlangen.

„Bitte, Damon… bitte.“

Verdammt. Seine Pupillen waren so stark geweitet, dass seine Augen fast schwarz waren.

Meine Beine lagen jetzt wieder auf seinen Schultern, sein Gesicht war nur Zentimeter von meinem entfernt und sein heißer Atem streifte meine Lippen. „Fass dich an“, knurrte er.

Ich griff nach meinem Schwanz und begann zu rubbeln. Mein Hodensack zog sich zusammen, und ich war schon ganz nah dran, mein Höhepunkt stand unmittelbar bevor. Damon machte jetzt nur noch kurze Stöße, den Blick auf mein Gesicht geheftet.

Er will, dass ich als erster komme.

Ich rieb fester. Mein Schwanz war schlüpfrig von Gleitgel und Vorsaft und meine Atmung wurde immer unregelmäßiger, je näher ich dem Orgasmus kam. Als ich abspritzte, schoss Sperma aus meinem Schwanz und landet auf meinem Kinn und meiner Brust. Damon stöhnte laut auf. „Scheiße, ja. Verdammt schön.“ Er hielt still, während ich erschauerte, am ganzen Körper unter Mini-Schockwellen bebte, überwältigt von einem Orgasmus, der mir den Atem raubte.

Als mein High wieder etwas abgeklungen war, begann Damon mich mit langen, tiefen Stößen so energisch zu bumsen, dass mein Kopf bald bei jedem Stoß gegen das Kopfteil des Bettes knallte. Seine Hüften zuckten, wenn er seinen Schwanz tief in mir vergrub. Er wurde schneller und fickte mich, bis ich bei jedem Stoß aufschrie, weil ich mich danach sehnte, seinen Schwanz in mir pulsieren zu fühlen.

Als sein Orgasmus ihn packte, fühlte ich ihn am

eigenen Leib; ich spürte, wie sein Schwanz in mir anschwoll, wie er am ganzen Körper zitterte. Damon küsste mich, zog den Kuss in die Länge, und seine Hände strichen sanft über meine Brust, mein Gesicht, meinen Hals. Ich umfasste seinen Nacken mit beiden Händen und erwiderte den Kuss, seufzte in seinen Mund, als er noch einmal die Hüften kreisen ließ, während sein Schwanz immer noch in mir war.

Als Damon schließlich still wurde, legte ich die Arme um ihn. „Das war fantastisch“, seufzte ich.

Damon streichelte meine Wange und lächelte. „Und nicht das, was du erwartet hattest?“

Ich lachte, und sein erschlaffter Penis rutschte aus meinem Körper. Damon hielt das Kondom fest und streifte es behutsam ab. Nachdem er es in den Mülleimer neben dem Bett geworfen hatte, streckte er sich wieder auf mir aus, den Körper zwischen meinen Beinen.

„Das war *ganz und gar* nicht das, was ich erwartet hatte“, gestand ich. Ich war durch und durch warm und gesättigt, und da war dieser köstliche Schmerz, der mir mit Sicherheit eine Weile bleiben würde.

Damon nickte. „Ich halte dich gern auf Trab“, sagte er mit funkelnden Augen.

Erst da kam es mir in den Sinn. Irgendwann im … Zuge der Ereignisse hatte ich aufgehört, darauf zu warten, dass Damon wieder zu dem Mann mutierte, der mich an sein Andreaskreuz gefesselt hatte. Stattdessen hatte ich mir einfach gestattet, das zu genießen, was geschah. Und ja, es war nicht das gewesen, was ich erwartet hatte – seltsamerweise war es irgendwie besser gewesen. Heißer.

„Sagen wir mal so. Nach dieser Performance habe ich keine Ahnung, was als nächstes kommt.“ Dann wurde

mir plötzlich bewusst, dass das ziemlich anmaßend von mir war. „Das heißt, falls es ein nächstes Mal gibt“, fügte ich hastig hinzu.
Damon kicherte. „Witzig, dass du das sagst.“ Er wälzte sich von mir herunter und streckte sich neben mir aus. „Was machst du heute in zwei Wochen? Am Wochenende um den sechsundzwanzigsten September?“
Ich überschlug es schnell im Kopf. „Ich glaube, da hätte ich Zeit, soweit ich weiß. Warum?“
„Ich würde dich gerne wohin mitnehmen.“ Er legte den Kopf schräg. „Warst du schon mal beim Folsom Street Fair?“
Die Worte allein reichten, dass mir ganz mulmig zumute wurde. „Nein“, sagte ich gedehnt, „aber da wollte ich schon immer mal hin. Ich habe mich wohl bloß nie getraut.“ Außerdem würde ich auf keinen Fall alleine hingehen.
Damon strahlte. „Dann ist es abgemacht. Du kommst mit mir.“ Er verengte die Augen. „Allerdings müssen wir vorher unbedingt noch was erledigen.“
„Ach?“ Aus irgendeinem Grund drehte sich mir der Magen um.
Er nickte. „Wir zwei werden Mr. S einen Besuch abstatten. Ich lasse nicht zu, dass mein Boy aussieht wie fehl am Platz.“
Mr. S? Den Namen kannte ich natürlich. Mr. S Leather. In San Francisco *der* Laden für alles, was mit der Lederszene zu tun hatte. Gar nicht zu reden von einer Vielzahl von Spielsachen und Gerätschaften für alle, deren Herz für BDSM schlug.
Dann traf es mich wie ein Schlag. Was ich eben beinahe überhört hätte.
„Dein… dein Boy?“ Meine Brust wurde eng.

Damon nickte erneut, und sein Lächeln verblasste. „Das heißt, wenn du noch interessiert bist."
Verschwunden war der Damon, den ich bisher gekannt hatte. *Dieser* Damon war todernst.
Das liegt ihm wirklich am Herzen. Es ist ihm wichtig.
Als die Erkenntnis kam, traf sie mich mit solcher Wucht, dass ich wie vor den Kopf geschlagen war.
Ja, ich war interessiert. Und ja, mir war es auch wichtig.
Ich gab die einzige Antwort, die unter den gegebenen Umständen angemessen war.
„Ja, Sir."

Grenzen

Pete bekommt endlich die Gelegenheit, das Folsom Street-Festival zu besuchen.
Ein Wochenende, um seine Grenzen auszuloten.
Doch letztendlich ist es Damon, dessen Grenzen in Frage gestellt werden.

Grenzen

Der Einkaufsbummel

Ich war wie ein Kind im Süßwarenladen. Nur wusste ich nicht, wo ich anfangen sollte.

Ich steuerte direkt auf die Lederklamotten zu – Shorts, Kilts und Hosen – und verdammt, schon der *Geruch* reichte, dass ich einen Steifen bekam. Die Outfits gab es auch aus Latex, nicht wirklich mein Ding, aber jedem das seine, nicht wahr?

Dazu die Halsbänder, Ballknebel, Schlagriemen, Flogger und Peitschen. *Heilige Scheiße.*

Und dann war da noch die Wand – eine ganze *Wand* – voller Dildos, die auch Emmy-Awards hätten sein können, so hübsch waren sie. Und verdammt riesig. Bronzefarben, schwarz, Mr. S hatte alles, was man sich nur wünschen konnte. Bei einigen von den Dingern kamen mir die Tränen, wenn ich nur daran dachte, etwas in dieser Größe auch nur in der *Nähe* von meinem Anus zu haben, geschweige denn drin.

Was mich wirklich faszinierte, war die Glasvitrine in der Mitte des Ladens.

Penisringe, eine Auswahl, bei der einem das Wasser im Mund zusammenlief. Fies aussehende Penissonden in allen Größen und Materialien. Und teuflische Gerätschaften, die mich gleichzeitig zusammenzucken und sabbern ließen. Spikes, dazu gedacht, dem Schwanz und den Eiern eines vom Glück begünstigten Boys köstliche Foltern zu bereiten.

Es war ein Paradies für BDSMler, und Damon hatte mich darin von der Leine gelassen.

Nicht, dass ich in diese Kategorie gepasst hätte, soviel ist klar. Ich war lediglich ein Möchtegern-BDSMler. Ich stand neben dem Regal mit den Ledershorts und starrte wie gebannt auf einen Breitbild-Fernseher, der von der Decke hing und auf dem gerade ein Hardcore-Sadomaso-Porno mit zwei Darstellern lief, die ich sofort erkannte.

Wie viele Typen schauen sich das an und kämpfen gegen den Drang an, sich gleich hier im Laden einen runterzuholen? Es juckte mich in den Fingern, mein bestes Stück in die Hand zu nehmen.

Jemand räusperte sich. „Wenn du fertig bist mit Sabbern…"

Damon stand hinter mir und beobachtete mich, ein breites, schadenfrohes Grinsen im Gesicht.

Uups.

Ich zuckte verlegen die Achseln. „Naja, was hattest du denn erwartet, wenn du mich hierher bringst?"

Damon zog die Augenbrauen hoch. „Komm mal wieder runter. Wir sind aus einem bestimmten Grund hier. Du brauchst was zum Anziehen für morgen." Sein Grinsen wurde breiter. „Und ich weiß auch schon, wo wir das finden." Er gab mir mit dem gekrümmten Zeigefinger einen Wink, ihm zu folgen… zu einem Ständer mit Slips und Jockstraps.

Heilige verfluchte Scheiße, die Dinger überließen nichts der Fantasie. Ich starrte die *sehr* kurzen Slips an, die im Schritt extrem knapp bemessen schienen. Damon zog einen heraus und gab ihn mir. „Halt' den mal. Den probierst du gleich an."

Das Leder war schwarz, glänzend und Gott, war das dünn. „Damon, wenn ich den trage, weiß jeder, der auf ein paar Meter an mich rankommt, dass ich beschnitten bin."

Da war dieses Grinsen wieder. „So ist das auch gedacht." Er wandte seine Aufmerksamkeit wieder dem Kleiderständer zu. „Jetzt brauchen wir noch einen Leder-Jockstrap. Irgendwas mit leichtem Zugriff, aber schön eng, um dieses Prachtstück von Schwanz zur Geltung zu bringen." Er durchkämmte die Kleidungsstücke, dann gab er einen triumphierenden Laut von sich und zog eines heraus. „Da. Perfekt. Mit den Knöpfen vorn und dem Reißverschluss kannst du deinen Schwanz jederzeit rausholen. Und ich habe einen Schnellzugriff auf deinen Schaft. Das nenne ich mal eine Win-win-Situation." Er drückte mir das Teil in die Hand.

Ich starrte die dürftigen Kleidungsstücke an, und erst da kam mir der Gedanke. „Ähm… wo soll ich die denn anziehen?"

Damon verschränkte die Arme vor seiner breiten Brust. „Der Slip ist für morgen, wenn wir auf das Straßenfest gehen."

„Und was trage ich dazu?" Ich hatte das dumpfe Gefühl, dass mir die Antwort nicht gefallen würde.

„Stiefel."

„Stiefel", wiederholte ich bedeutungsschwer. „Und… und sonst nichts?"

Damon lachte. „Natürlich nicht."

Ich stieß innerlich einen Seufzer aus.

„Du wirst ein Halsband um haben, und daran mache ich eine Leine fest."

Oh. Mein. Gott. Er würde mich dazu bringen, in nichts weiter als Stiefeln, Halsband und Lederslip durch die Straßen von San Francisco zu laufen. „Meinst du nicht, dass ich in diesem Outfit ein bisschen auffallen werde?"

Ich musste zugeben, die Vorstellung war sowohl ziemlich beängstigend… als auch verdammt sexy.

Damon schnaubte. „Du und alle anderen Submissiven. Wenn du dich so genierst, du zartes Pflänzchen, dann kannst du dir was überziehen, bis wir dort sind. Dann darfst du einen Striptease hinlegen und diesen umwerfenden Körper herzeigen.“ Er deutete auf den Umkleidebereich, einige mit grünen Vorhängen abgeteilte Kabinen. „Probier den Slip zuerst an, dann schaff deinen Arsch wieder hier raus. Ich will wissen, wie er an dir aussieht.“

„Du und alle anderen hier im Laden“, murmelte ich, während ich auf die einzige freie Kabine zuging. Andererseits, wenn Damon mich in diesem Aufzug die Folsom Street entlang marschieren lassen wollte, sollte ich mich vielleicht lieber ganz schnell an fremde Blicke gewöhnen.

Ich zog den Vorhang zu, streifte meine Schuhe ab und pellte mich aus meiner Jeans. Mein erster Gedanke war, dass ich Talkumpuder brauchen würde, um meinen Arsch auch nur annähernd in diesen Slip zu kriegen. Ich hielt ihn offen, stieg hinein und zerrte ihn hoch. Ein Blick in den Spiegel schickte einen prickelnden Schauer der Vorfreude über meinen Rücken.

„Scheiße, da sieht man ja jede Ader an meinem Schwanz“, murmelte ich.

„Hört sich gut an.“ Damons Stimme direkt vor dem Vorhang ließ mich erschrocken zusammenzucken. „Jetzt komm raus, damit ich das selbst sehen kann.“

Mein Puls raste immer noch, als ich hinter dem grünen Vorhang hervorkam. Damon erwartete mich, und er grinste auch noch, der Dreckskerl. Sein Blick huschte über meine Leistengegend und er nickte langsam. „Sehr schön. Wirklich sehr schön.“ Er trat näher und fasste mir an den Hintern, drückte die Pobacke kräftig zusammen und legte die andere Hand um meine

Erektion, die durch den Slip nur noch deutlicher hervortrat. „Hab ich dir schon mal gesagt, was für ein Prachtexemplar von Schwanz du hast?“

„Kann sein, dass du das mal erwähnt hast“, sagte ich atemlos und drängte mich seiner Berührung entgegen.

Natürlich nahm dieser hinterhältige, niederträchtige Scheißkerl genau da seine Hand wieder weg.

Er gab mir einen Klaps auf den Hintern. „Okay, jetzt zeig mir den Jock.“ Er schubste mich mit einer Hand auf dem Rücken in die Umkleidekabine zurück.

Aus einem hautengen Lederslip wieder *rauszukommen* war um einiges schwieriger als rein.

Der Jockstrap konnte meinen Penis gerade so fassen. Das Leder schmiegte sich um meinen Schaft und der Reißverschluss schnitt ein bisschen in die Haut, weil er dem Druck kaum standhalten konnte. Ich spähte über meine Schulter, weil ich wissen wollte, wie mein Arsch aussah. Verdammt, hier gehörten zwei Spiegel her.

Ich zog den Vorhang zurück und fand Damon im Gespräch mit einem unbekannten Mann. Anscheinend unterhielten sie sich über die Ledershorts mit Camouflage-Muster, die der Fremde gerade anprobierte. Der Typ stand mit dem Rücken zu mir, aber er kam mir trotzdem irgendwie bekannt vor. Er war ungefähr ein Meter achtzig groß und eine kompakte Masse Muskeln, mit breitem Rücken und dicken Bizeps. Bevor ich auch nur ein Wort sagen konnte, fing Damon meinen Blick auf.

„Augen auf den Boden, Pete, Arme an die Seiten. Und bleib so, bis ich was anderes sage.“

Was zum Teufel…? Ich hätte es für einen Scherz gehalten, aber ich kannte diesen Tonfall inzwischen. Rasch senkte ich den Blick.

„Wollte noch ein paar Insignien für morgen besorgen“,

sagte Damon, offensichtlich an den Fremden gerichtet. „Ihr geht zum Straßenfest? Fantastisch! Ihr müsst vorbei kommen und Hallo sagen. Ich arbeite am Mr. S-Stand.“ Es gab eine Pause. „Der sieht wirklich gut aus. Sitzt schön eng.“

„Dreh dich um“, sagte Damon.

Sein Befehlston schickte ein Erschauern direkt in meine Eier. Verdammt. Ich liebte es inzwischen, wenn er so mit mir sprach. Ich stand reglos da, obwohl mein Puls raste.

„Verdammt, ist das ein toller Arsch“, sagte der Typ, und seine tiefe, sonore Stimme erinnerte mich ein bisschen an Damon. „Darf ich?“

Damon lachte leise. „Bitte, nur zu.“

Ich hielt den Atem an, als der Typ mir mit seiner warmen Hand über den Hintern strich. „Hast du schon mal Spuren auf ihm hinterlassen?“

„Nur mit meiner Hand, aber das steht definitiv auf meiner Liste.“ Eine weitere Hand – die von Damon – drückte sanft meinen Hintern.

Da stand ich nun mitten in einem Laden, während zwei Männer meinen Arsch befummelten und darüber redeten, mit… weiß Gott was… Spuren auf mir zu hinterlassen. So etwas hätte ich nie kommen sehen – naja, vielleicht in meinen Träumen.

Dann war es vorbei, und sie ließen von mir ab.

„Jetzt kannst du dich umdrehen“, sagte Damon.

Ich wandte ihnen das Gesicht zu, und mein Schwanz war härter denn je. Doch Damon brauchte sich nur zu räuspern, um mich daran zu erinnern, wo ich hinschauen sollte. Der Fremde meldete sich zu Wort. „Ooh. Und das ist sogar noch hübscher. Du bist ein Glückspilz, Damon.“

Ich hörte zu. Dieser eine flüchtige Blick eben auf den

Typen hatte etwas in meinem Hirn in Gang gesetzt. Und diese Stimme. Ich *kannte* diese Stimme.

„Danke. Aber mit deinem Slip hast du Recht. Der sollte vorn eine Art Zwickel haben."

„Wem sagst du das", stöhnte der Typ. „Er ist viel zu eng um meinen Schniedel. Apropos, ich seh' besser zu, dass ich da wieder rauskomme. Vergesst nicht, morgen Hallo sagen zu kommen."

Damon antwortete für uns beide. „Machen wir."

Der Typ verschwand wieder in der anderen Umkleidekabine. Ich scheiterte kläglich bei dem Versuch, so zu tun, als würde ich nicht gucken.

„Der Jockstrap steht dir gut."

Erschrocken begriff ich, dass Damon mit mir sprach.

„Oh. Ja. Okay."

Er lachte leise. „Zieh dich wieder an. Ich bin da drüben, wenn du fertig bist." Er deutete… auf diese Glasvitrine in der Mitte. Die mit den ganzen teuflischen Gerätschaften.

Mein Herz setzte einen Schlag aus. *Will er etwa…*

„Pete. Anziehen. Wird's bald."

Ja. Okay. *Denk nicht drüber nach.*

„Pete."

Ich kannte diesen Tonfall. Ich eilte in die Kabine und zog den Jockstrap aus. Als ich wieder angezogen war, verließ ich die Kabine. Die Nachbarkabine war leer und der Typ von vorhin war nirgendwo zu sehen. Ich ging zu Damon, der gerade eine Auslage mit Penisringen und Butt-Plugs musterte. Er richtete sich auf, als ich mit den beiden Teilen in der Hand näher kam.

Er nahm sie mir ab. „Ich bezahl die nur schnell, und dann können wir."

Da registrierte ich die schwarze Plastiktüte zu seinen Füßen.

Damon war einkaufen. Und was auch immer er gekauft hat, er verrät es nicht.

Meine Eier kribbelten und ich bekam feuchte Hände.

Ich folgte ihm zum Tresen und wartete ein wenig abseits, während er bezahlte. Ich blickte mich um und bemerkte die vielen, in Deckenhöhe ausgehängten riesigen Fotos, die umwerfend gutaussehende Männer in Sachen von Mr. S zeigten. Eins von diesen Fotos versetzte mir einen Schock.

„Heilige Scheiße." *Jetzt* fiel mir wieder ein, wo ich diese Stimme schon mal gehört hatte.

„Stimmt was nicht?"

Ich wirbelte herum und starrte Damon an, der immer noch dieses ewige Grinsen im Gesicht hatte.

„Du hättest es mir sagen können." Ich wusste, dass das ziemlich weinerlich klang, aber *Jesus*…

Damon riss die Augen weit auf. „Ich habe keine Ahnung, wovon du redest."

Ja, klar.

Ich deutete auf das Poster. „Das war doch er, oder? In der Umkleidekabine?"

„Möglich."

Dieser Mistkerl. Natürlich hatte er es gewusst.

Ich atmete tief durch. „Ich habe mit *Dirk Caber* geredet, und du hast kein Wort gesagt? Hast du eine Ahnung, wie viele von seinen Filmen ich auf meiner Festplatte habe? Seit vier Jahren hole ich mir auf ihn einen runter, um Himmels willen." Dann traf es mich wie ein Schlag. „Ach du Scheiße – Dirk Caber hat mir an den Arsch gefasst." Einer der heißesten Pornostars, den ich je gesehen hatte, hatte meinen Arsch gestreichelt. Verdammt, er hatte meinen Schwanz bewundert.

„Sag's nicht – du hast ihn nicht erkannt, weil er angezogen war. Hatte ich dir das nicht gesagt?" Damon

lächelte. „Er ist ein Freund von mir."
Einige Erinnerungen fügten sich zusammen und ergaben plötzlich Sinn. BDSM-Videos, hier in San Francisco gedreht. Wie Dirk um Erlaubnis gebeten hatte, ehe er meinen Hintern anfasste. Seine Frage, ob Damon schon Spuren auf mir hinterlassen hätte. „Oh Gott", stöhnte ich. „Er ist auch ein Dom, stimmt's?"
Damon nickte. „Und ein verdammt guter." Er neigte sich zu mir. „Du hast mir Ehre gemacht, Boy."
Wow. Es war erstaunlich, wie *verdammt* gut es mir tat, diese paar Worte zu hören. „Wirklich?" Mir wurde innerlich warm bis in die Fingerspitzen und ich stellte mich aufrecht hin.
Damon schmunzelte. „Und damit ist dein Ego erstmal genug gestreichelt. Wir gehen jetzt nach Hause, und nach dem Abendessen unterhalten wir zwei uns mal ein wenig."
„Ach? Worüber?"
Ich bekam Gänsehaut, als er mir in die Augen sah. „Es gibt ein paar Dinge, die wir bis morgen noch klären müssen."
Ich konnte nicht anders. Ich schnaubte. „Ich sag's dir ja nur ungern, aber aufgeklärt bin ich schon."
Er gab mir vor den Augen des Kassierers einen kräftigen Klaps auf den Hintern.
„Hey, das hat wehgetan!"
Damon lachte schallend. „Boy, du hast schon Schlimmeres von mir gekriegt, also lass das Gejammer." Seine Augen wurden schmal. „Oh ja, wir müssen dafür sorgen, dass du morgen mental richtig gepolt bist."
Mir verging das Lachen, und da war wieder dieses Kribbeln auf meinen Armen und meinem Rücken. Worüber auch immer er reden wollte, es war offensichtlich ernst.

„Ja, Sir“, sagte ich ernüchtert. Ich lernte schnell. Wenn ich ihm eine Freude machen wollte, nannte ich ihn Sir.
Er gab ein Knurren von sich und drückte mir die Plastiktüte mit meinem neuen Lederslip und dem Jockstrap in die Hand. „Jetzt schaff deinen hübschen Arsch hier raus.“
Das Knurren war typisch Damon, aber dieses verhaltene Lächeln war etwas Neues.
Ich freute mich, dass ich es ihm ins Gesicht gezaubert hatte.

Ich räumte die Geschirrspülmaschine ein und warf dann einen letzten Blick durch die Küche. Nirgendwo stand überflüssiger Krimskrams herum – genau so, wie ich es mochte.
„Man kann eine Menge über einen Menschen lernen, wenn man sich anschaut, wie er lebt.“ Pete stand mit vor der Brust verschränkten Armen im Türrahmen.
Ich zog die Augenbrauen hoch. „Ach, wirklich? Und was verrät dir mein Haus über mich?“
„Das für dich immer alles genau so sein muss, wie du es haben willst. Akkurat. Aufgeräumt. Du magst Ordnung.“
Ich schnaubte. „Ich bin ein Dom, verdammt nochmal. Das hättest du dir auch denken können, ohne jemals meine Schwelle überschritten zu haben.“
Er nickte. „Ja, aber was ich sehe, bestätigt das, was ich bereits weiß.“
Ich reichte ihm eine Tasse Kaffee und bedachte ihn mit einem strengen Blick. „Habe ich dir nicht gesagt, dass du dich auf die Couch setzen und auf mich warten sollst?“

Pete biss sich auf die Lippe. „Bist du immer so herrschsüchtig, selbst wenn du mich nicht gerade fickst?"
Ich deutete mit dem Finger. „Wohnzimmer. Sofort. Bevor ich beschließe, dir diese enge Jeans runterzuziehen und dir mit dem Paddle den Hintern zu versohlen."
Er kehrte mir kichernd den Rücken und ging weg.
Oh ja, der kleine Scheißer würde das vermutlich noch genießen. So langsam konnte ich ihn einschätzen. Allerdings gab es noch jede Menge Lücken, und die wollte ich heute Abend füllen.
Ich folgte ihm ins Wohnzimmer und nickte beifällig, als ich ihn wie befohlen auf der Couch sitzen sah, die Kaffeetasse in den Händen. Ich setzte mich neben ihn und lehnte mich zurück.
„Wie alt bist du?"
Pete blinzelte und lachte.
„Was ist daran so komisch?"
Er zuckte lässig die Achseln. „Unter den gegebenen Umständen ist das eine komische Frage, finde ich." Als ich nichts sagte und ihn nur weiter anstarrte, lächelte er. „Wenn wir ficken, weißt du ganz genau, wie du mich zum Schreien bringst, wie du mich so richtig heiß machen kannst. Aber wenn es darauf ankommt, weißt du eigentlich ziemlich wenig über mich, oder?" Seine Augen funkelten. „Ich nehme an, es geht darum, welche Prioritäten man setzt. Du brauchst den ganzen Scheiß nicht zu wissen, wenn wir nur ficken."
Aber das hatten wir hinter uns gelassen, nachdem ich ihn zu Mamas Geburtstagsfeier mitgenommen hatte.
Bevor ich ihm eine scharfe Erwiderung geben konnte, lehnte er sich entspannt zurück und sagte: „Ich bin achtundzwanzig."

Ich rief mir in Erinnerung, was ich bei der Party aufgeschnappt hatte. „Du bist ein Einzelkind und deine Eltern sind verstorben.“ Er nickte. „Bist du hier in San Francisco aufgewachsen?“
„Nein, in Florida. Aber ich habe hier studiert. Nach dem Tod meiner Eltern bin ich hierher gezogen.“
„Du bist aus Florida nach San Francisco gekommen? Mann, stehst du auf Kälte oder was?“
Pete lachte. „Mir gefällt’s hier, okay? Außerdem gab es nichts, was mich in Florida gehalten hätte, nur Erinnerungen.“ Seine Gesichtszüge strafften sich.
Okay, vielleicht war er nicht so verrückt, wie ich gedacht hatte. Er saß steifer da als zuvor und seine Miene war neutral.
Ich wechselte das Thema, entschlossen, ihm ein Lächeln zu entlocken. „Und, warst du schon immer ein perverser kleiner Scheißer?“
Jesus, er hätte fast die Couch mit Kaffee vollgespuckt.
„Habe ich einen Nerv getroffen?“
Pete wurde rot. Es war eine ganz unerwartete Reaktion und absolut bezaubernd. „Als Kind habe ich Action-Figuren gesammelt. Eigentlich ganz normal, nur… Spiderman hat immer Batman gefesselt.“
Ich lachte leise. „Na also. Warum überrascht mich das nicht?“ Es lieferte mir jedoch eine schöne Überleitung. „Genau darüber wollte ich vor morgen mit dir sprechen.“
Mit Befriedigung nahm ich zur Kenntnis, wie er sich aufrecht hinsetzte und konzentrierte. „Okay.“
„Ich habe dich doch neulich gefragt, ob du mein Boy sein willst.“ Das war zwei Wochen her, aber ich erinnerte mich noch deutlich an seinen Gesichtsausdruck. Sozusagen ein ‚oh mein Gott, ist denn heute schon Weihnachten?‘ – Gesicht.

„Ja, Sir.“ Seine Stimme war leiser.
Ich wandte ihm das Gesicht zu. „Nun, es gibt da ein paar Dinge, die wir klären müssen, bevor ich dich zu dem Festival mitnehme.“
„Was zum Beispiel?“
„Limits. Grenzen.“ Ich neigte den Kopf. „Weißt du, wovon ich rede?“ Es war okay, falls er es nicht wusste. Das war schließlich der Sinn und Zweck dieses Gesprächs.
„Du meinst, dass du wissen willst, mit was für Sachen ich kein Problem hätte und welche ich nie und nimmer auch nur in Betracht ziehen würde.“
Diesmal war ich es, der lachte. „Ja, aber es wird dich wahrscheinlich überraschen, zu wie vielen Sachen du jetzt noch ‚nein danke‘ sagst, aber später nicht mehr.“
Ich trank einen Schluck Kaffee, bevor ich weitersprach. „Ein Beispiel. Mag sein, dass ich dich nicht so gut kenne. Aber trotzdem bin ich mir ziemlich sicher, das Bondage etwas ist, was du ohne Bedenken tun würdest. Batman und Spiderman waren da ein bisschen verräterisch.“
Er schmunzelte. „Ja, das nehme ich an.“
„Aber es könnte ein weiches Limit für dich sein, wo und wann das stattfindet.“
„Weiches Limit?“ Er runzelte die Stirn.
„Ein weiches Limit bedeutet, dass du etwas gern tust, aber vielleicht dabei zögerst oder es unter bestimmten Umständen nur tun willst, wenn gewisse Bedingungen erfüllt sind.“
„Wow.“ Er starrte mich mit großen Augen an.
„Was?“
Pete lächelte. „Wir machen das wirklich.“
Der Groschen war wohl endlich gefallen. Ich nickte. „Ja, so ist es.“ Ich nahm mein Handy aus der Tasche

und scrollte durch, suchte eine bestimmte Datei.
„Weißt du, du hörst dich heute ganz anders an als bei diesem ersten Mal in deinem Keller."
Ich blickte auf und stellte fest, dass er mich nachdenklich musterte. „Ach ja?"
Pete nickte langsam. „Damals warst du schroffer, derber."
„Und ich habe genau so geklungen, wie du es von mir erwartet hast."
Seine Augen weiteten sich. „Wie… woher weißt du das?"
Ich lachte leise. „Sobald du gesehen hattest, wie mein Keller ausstaffiert war, hast du gedacht, ich wäre wie einer von diesen Typen aus dem Internet. Ein Dom, wie du ihn dir immer vorgestellt hattest." Nicht, dass ich das sofort gewusst hatte. Die Erkenntnis war gekommen, als ich ihn ein bisschen besser kannte. Aber an diesem ersten Abend hatte ich eine Rolle gespielt, und er hatte das begierig aufgenommen.
Ich bekam einen Steifen bei der Erinnerung an Pete auf allen Vieren, wie er Sperma vom Boden aufschleckte, weil ich es ihm befohlen hatte. Schon daran hatte ich erkannt, dass der Boy Potenzial hatte.
„Kann sein", räumte er ein. „Aber was ist mit jetzt?"
„Jetzt müssen wir ehrlich zueinander sein. So sein, wie wir sind. Ich erwarte von dir, dass du mir nicht verheimlichst, was du von mir willst. Was hätte das alles sonst für einen Sinn? Und du musst mich so sehen, wie ich bin, und wissen, dass ich mich um deine Bedürfnisse kümmern werde." *Und um dich.* Mist. *Achtung, Käpt'n, Gefahr im Verzug.* Vielleicht sollte ich diesen kleinen Nebengedanken fürs Erste zu den Akten legen. Ganz weit nach hinten.
Er sah mich eine Zeitlang schweigend an, dann nickte

er erneut. „Das leuchtet mir ein."
Ich kicherte. „Freut mich zu hören." Ich reichte Pete das Smartphone. „Das ist eine Liste von grundlegenden Dingen. Ich möchte von dir wissen, was für dich völlig in Ordnung geht, was du vielleicht irgendwann mal gern machen würdest, wenn auch nicht gleich, und was ein hartes Limit für dich wäre." Ich grinste. „Das wäre dann deine ‚nie und nimmer'-Liste." Ich konnte mir ganz gut vorstellen, wo er die Grenze ziehen würde, aber ich hatte auch schon Überraschungen erlebt.
Pete ging die Liste durch und sog scharf den Atem ein. „Ich glaube, ich habe gerade mein erstes hartes Limit gefunden."
Ich wartete und schlürfte meinen Kaffee.
Er zog eine Grimasse. „Koprophilie."
Ja, als hätte ich das nicht kommen sehen. „Okay. Gut zu wissen. Was ist mit Natursekt?" Darauf war ich zwar selbst nicht allzu scharf, aber ich musste wissen, ob er es war.
„Vielleicht?" Das Wort kam im Schneckentempo heraus, und sein Zögern war total süß.
„Zur Kenntnis genommen."
Meine Reaktion schien ihn zu entspannen. Er atmete leichter und konzentrierte sich auf die Liste. „Also, ja. Meine ‚muss ich unbedingt haben' – Dinge sind Bondage, Spanking und Spielsachen."
Ich schnaubte. „Erzähl mir was Neues." Als er abwesend nickte und an seiner Unterlippe nagte, war meine Neugier geweckt. „Okay, ich beiße an. Was macht dich so nachdenklich?"
Er hob den Kopf „Exhibitionismus, zum einen."
Ich konnte nicht widerstehen. „Da ich dich morgen in einem knallengen Lederslip auf der Folsom Street vorführen will, würde ich meinen, dass das gut ist." Er

lachte, und ich ging aufs Ganze. „Natürlich würde das auch ein Spanking in der Öffentlichkeit mit abdecken. Oder einen Fick.“ Ich sah ihn an, ohne den Blickkontakt zu unterbrechen. „Immer noch okay?“

Er schnappte geräuschvoll nach Luft, und seine Augen wurden glasig. Das war Antwort genug. Ich grinste in mich hinein. Es sah ganz so aus, als bräuchte ich meine Pläne für morgen nicht groß zu ändern.

Zeit, ihn ein bisschen mehr zu drängen.

„Was ist mit anderen Leuten?“ Ich sprach bewusst mit ruhiger Stimme.

„Andere Leute?“ Er runzelte die Stirn. „Was meinst du damit?“

„Was, wenn ich beschließen würde, andere Leute in das mit einzubeziehen, was wir machen?“

Er schluckte. Krampfhaft. „Was genau würde das beinhalten?“

Ich zuckte die Achseln. „Dass ich sie dich berühren lasse. Dich küssen.“ Ich sah ihm in die Augen. „Dich ficken. Während ich dabei bin, natürlich.“

Verdammt, seine Augen waren riesig. „Ich… ich glaube, das könnte eins von diesen weichen Limits sein, von denen du gesprochen hast.“ Seine Stimme überschlug sich ein wenig.

Ich legte den Kopf schräg. „Dann ist das also kein absolutes ‚Nein‘, sondern ein ‚mal sehen, was ich davon halte, wenn es sich so ergibt‘?“

Er antwortete mit einem weiteren bedächtigen Nicken. „Ja.“

Das war mehr, als ich erwartet hatte. Ich war gespannt, wie er reagieren würde, wenn es soweit war. Denn jetzt war ich fest entschlossen, es darauf anzulegen, dass sich die Gelegenheit ergab.

„Du hast ‚zum einen‘ gesagt. Gibt es noch etwas

anderes?"
Er nickte. „Fisting", sagte er leise und jetzt etwas zurückhaltender. Vermutlich hatte ich ihm etwas zum Nachdenken gegeben.
Genau in diesem Moment musste ich an dieses erste Mal in meinem Keller denken. Ich hatte von Fisting gesprochen, und seine Reaktion war interessant gewesen. Er war erstarrt, aber vorher hatte ich etwas in seinen Augen gesehen, in seinem Gesicht, was mich auf den Gedanken gebracht hatte, Pete würde nicht immer abgeneigt sein, meine Hand in seinem Arsch zu haben.
„Dann ist das etwas, worauf wir hinarbeiten müssen", sagte ich, immer noch mit ruhiger, gleichmäßiger Stimme. „Schließlich brauchen wir eine ganze Menge Vertrauen zueinander, bevor wir diesen Weg einschlagen können.
Pete nickte. „Das ist okay für mich." Er klang ruhig, und ich war verdammt stolz auf ihn, weil er so offen und ehrlich gewesen war.
Das würde interessant werden.
Als sich abzeichnete, dass er mit dem Rest der Liste kein Problem hatte, traf ich eine Entscheidung.
„Ich möchte, dass du heute Abend zu dir nach Hause gehst."
Herrgott, er schaute drein wie ein getretenes Hündchen, und der Anblick ging mir ans Herz. „Ich… ich kann nicht bei dir übernachten?"
Ich schüttelte den Kopf. „Du solltest jetzt eine Weile allein sein und über das nachdenken, was wir besprochen haben." Ich milderte den Schock ein wenig ab. „Aber morgen Abend habe ich etwas ganz Besonderes mit dir vor."
Seine Augen weiteten sich. „Was denn?"
„Freunde von mir geben eine Party. Sie haben eine

Wohnung mit Blick auf die Folsom Street.“ Das Beste hatte ich mir bis zuletzt aufgehoben. „Es ist eine Sex-Party. Warst du schon mal bei einer?“

Verdammt, seine Augen waren riesig. „Nein.“ In diesem Moment wusste ich, was er dachte – nicht, dass das allzu schwierig gewesen wäre: „Sex-Party“ ging schließlich Hand in Hand mit „andere Leute“.

„Dann wird das bestimmt eine interessante Erfahrung.“ Ich hatte Pläne für diesen knackigen Arsch. „Und hinterher kommst du wieder hierher und übernachtest bei mir.“ Ich würde ihn nahe bei mir haben wollen, vor allem, wenn bei der Party alles wie vorgesehen lief.

Pete würde mein Boy sein, mit Haut und Haaren.

Showtime!

Ich hatte mich noch nie im Leben so nackt gefühlt. Glücklicherweise war es heute warm; so fror ich mir wenigstens nicht den Arsch ab. Ich fasste immer wieder nach dem Halsband, das Damon mir vor unserem Aufbruch umgelegt hatte. Wie er mich angesehen hatte, als er die Schnalle schloss… Es reichte, um mich die Brust herausstrecken und den Kopf hochhalten zu lassen. Eine Lederleine war an einem D-Ring vorne am Halsband befestigt; das andere Ende hielt Damon in der Hand. Ein langsames, beifälliges Nicken sorgte dafür, dass ich mich drei Meter groß fühlte, aber noch besser war der Kuss, der als nächstes kam. Es war, als würde er meinen Mund für sich beanspruchen.
„Ist es so, wie du es dir vorgestellt hast?"
Ich schnaubte. „Gott, nein."
Ich hatte Leder erwartet, ein ganzes Meer davon. Ich hatte jede Menge Gurte und Riemen über breiten, haarigen Brustkästen erwartet. Chaps und Lederjeans, die muskelbepackte Oberschenkel umschlossen und pralle, imposante Penisse zur Schau stellten. Eine Flut von Männern und den Geruch und Geschmack von Testosteron in der Luft.
Aber… Kinderwagen? Mütter mit *Kinderwagen*?
Ich hatte viel über das Straßenfest gelesen, über seine Anfänge und über die Typen, die daran teilnahmen. Da ich nie genügend Mut aufgebracht hatte, selbst hinzugehen, hatte ich mich damit begnügt, Unmengen von Fotos anzustarren. Aber die Realität war ganz anders.
Die Straße war brechend voll, aber nicht auf die Art,

wie ich es erwartet hatte. Ja, sicher, es war laut; an verschiedenen Punkten entlang der Strecke gab es Musik, und wo ich auch hinschaute, überall war etwas los. Aber trotzdem machte mir die gesamte Szenerie den Eindruck, als wäre Folsom irgendwie… verwässert worden.

„Sag mir, was du denkst“, drängte Damon.

„Es geht weniger um meine Erwartungen, sondern mehr um das, womit ich nicht gerechnet hatte.“

Er folgte meinem Blick. „Ja, man sieht eine Menge Sportklamotten, nicht?“

Allerdings, und das ging so weit, dass es mehr Freizeitkleidung als Leder zu geben schien. Einige liefen in langen Shorts mit heraushängenden Ärschen herum.

„Es ist nicht nur das“, protestierte ich. „Es ist die enorme Vielfalt an Körperformen.“ Ja, es gab die schlanken, fitten, muskulösen Männer, die ich erwartet hatte, aber es gab auch die jämmerlich Unfitten. Ich senkte die Stimme und neigte mich zu Damon. „Es ist richtig ironisch, finde ich. Diejenigen, die viel Haut zeigen sollten, tun es nicht, während diejenigen, die sich um Himmels willen *wirklich* nicht so freizügig zur Schau stellen sollten, fast nackt herumlaufen. Oder manchmal sogar ganz nackt.“ Dann kamen mir Zweifel. Es war doch sicher gut, dass sie sich wohl genug fühlten, um ganz sie selbst zu sein? Meine Brust wurde eng und ich schluckte. Bodyshaming war etwas für Arschlöcher.

Damon lachte leise. „Ich hoffe, du beziehst mich bei deiner letzten Aussage nicht mit ein.“

Ich schnaubte. „Von wegen. Du siehst umwerfend gut aus, und das weißt du auch.“ Dann klappte ich den Mund zu. Ich hatte nicht vorgehabt, so ehrlich zu sein.

Damon legte mir einen Arm um die Taille und küsste mich auf die Wange, eine überraschend zärtliche Geste.

„Gut zu wissen, dass meine Bemühungen gewürdigt werden." Er richtete sich auf. „Ich will gar nicht abstreiten, dass Folsom sich in den letzten Jahren verändert hat. Da war dieser eine Typ, der jedes Jahr kam. Sein Ding war es, sich nackt mitten auf den Bürgersteig zu legen und sich einen runterzuholen. Und wenn er fertig war, ist er aufgestanden, ein Stück weitergegangen und hat es wieder getan. Letztes Jahr, da war er auch hier und hat sein Ding gemacht, aber umringt von einer Gruppe Japanerinnen, alle in Pink gekleidet, die kichernd mit dem Finger auf ihn gezeigt und Fotos gemacht haben. Ich weiß noch, dass ich damals gedacht habe: *Ich sehe schon vor mir, wie sie nach Hause kommen und ihren Leuten ihre Urlaubsfotos zeigen. ‚Sowas machen sie in Amerika'"* Er schüttelte den Kopf. „Folsom wird allmählich zu einem Touristenspektakel."
Für Touristen gab es allerdings genug zu gucken. Lederklamotten, Latex, Typen mit Hundemasken, die auf allen Vieren krochen – komplett mit Hundeschwanz-Butt-Plugs – oder Typen, bei denen der Pimmel aus den Shorts herausragte… Es gab sogar ein paar Furries.
„Und wenn du jetzt schon denkst, es wäre viel los", sagte Damon mit einem Wink in Richtung Straße, „dann warte erst mal bis nach drei Uhr. Dann wird es *richtig* voll."
Bisher hatte ich vor allem Verkaufsstände gesehen. Es gab jede Menge Händler, die Lederklamotten, Latex, und sonst alles Mögliche verkauften, aber es gab auch Stände für Community-Gruppen, für das schwule Rugby-Team und einen Stand, wo man sich auf HIV testen lassen konnte. Als wir die Straße entlang gingen, kamen wir am Stand von Kink.com vorbei. Sie hatten ein Dungeon-Szenario aufgebaut, das mir jedoch nicht

den Eindruck machte, als wäre es typisch für BDSM. Es wirkte eher wie eine verwässerte Version. Als ich etwas in dem Sinn zu Damon sagte, nickte er zustimmend.

„Das hier ist mehr zur Show.“ Er deutete auf einige Männer auf der Bühne. „Die beiden da sind Porno-Darsteller, wie alle Typen, die hier auftreten. Sie kommen mehr vom Modeling als vom BDSM. Schau.“

Ich sah zu, wie ein Mann einen anderen über eine Bank legte und ihm einen Klaps auf den Hintern gab.

„Siehst du? Hier wirst du keine Flogger oder Peitschen sehen, nicht mal Paddles. Mit der Hand klatscht es schön laut, und darauf sind sie aus. Und achte auf ihre Gesichter. Sie versuchen, so auszusehen, als wären sie fies, aber eigentlich…“

Ich nickte. Wir kamen zum Stand von Mr. S, neben dem eine Bühne samt gepolsterter Bank, Andreaskreuz und einem von Haken und Ösen gesäumten Bondage-Tisch aufgebaut war. Männer in allen Formen und Größen drängten sich um die Bühne und schauten zu.

„Hey, da ist dein neuer Bewunderer“, meinte Damon, stupste mich am Arm an und grinste.

Auf der Bühne fesselte Dirk Caber gerade einen Freiwilligen aus dem Publikum mit schwarzem Seil und gab einen laufenden Kommentar dazu ab. Ich verstand nicht, was er sagte, aber die Leute lachten. Ganz offensichtlich wusste er, was er tat, das musste ich zugeben.

„Sie machen den ganzen Tag über Flogging- und Bondage-Demos“, sagte Damon.

Auf der gegenüberliegenden Straßenseite fand eine weitere Vorführung statt, diesmal in Puppy-Play, an der ein großer Typ und drei Männer in Hundekostümen beteiligt waren. Hier wurde das Gedränge dichter, und

Damon ließ mich mitten in einer Horde von Männern anhalten, die zuschauten, wie ein paar eingeölte Typen „Twister“ spielten. Die Teilnehmer waren ebenfalls Pornostars, und wie es aussah, amüsierten sie sich prächtig.
„Hey, Damon!“ Einige der Zuschauer wurden auf uns aufmerksam und begrüßten Damon mit Handschlag. „Wir hatten uns schon gefragt, ob du kommst.“
Damon deutete mit dem Kopf auf mich. „Wir haben uns Zeit gelassen. Er ist zum ersten Mal hier.“
Ein Riese von einem Mann direkt vor uns grinste mich an. „Süß.“ Er sah mir in die Augen. „Du wirst eine Menge Spaß haben.“ Bald wurde deutlich, dass wir inmitten von sieben oder acht von Damons Freunden standen, den hin und her fliegenden Begrüßungen nach zu schließen. Es entging mir nicht, wie warm und freundlich ihre Stimmen waren, wenn sie mit ihm sprachen. Und mir nickten sie zu und lächelten mich an.
Ich sah mir die Show an – jedenfalls das, was ich davon sehen konnte, bei den vielen Zuschauern vor der Bühne hier. Es war kaum genug Platz, um auch nur einen Schritt in irgendeine Richtung zu machen.
„Knie dich hin. Gesicht zu mir.“
Damons leiser Befehl riss mich aus meiner Konzentration. Ich blinzelte. „Hier?“ Damon nickte, und ich blickte mich erstaunt um. „Aber… hier ist kein Platz. Wir sind eingeklemmt.“
Damon grinste. Unter den Leuten um uns herum schien sich eine Welle auszubreiten, in deren Zentrum wir standen. Die Männer vor uns machten einen Schritt nach vorn, so dass ich gerade genug Platz hatte, um Damons Befehl zu befolgen. Diejenigen links und rechts von uns rückten etwas näher, fast so, als wollten

sie uns abschirmen.
Wie *machte* er das nur?
„Reicht das, Damon?“, fragte einer der Männer vor uns mit gedämpfter Stimme und halb gesenktem Kopf.
„Vollkommen. Danke, Jungs.“ Damon sah mir in die Augen und deutete auf die kleine Lichtung, die sie geschaffen hatten. „Auf die Knie, Pete.“ Immer noch grinsend ruckte er kurz an der Leine.
Auf keinen Fall. Ich wollte mehr wissen, bevor ich mich auf das einließ… was auch immer er da gerade andeutete.
„Und was mache ich dann da unten?“ Meine Bauchmuskeln verkrampften sich und ich hatte ein Flattern im Magen. Ich hatte Herzrasen und Gänsehaut am ganzen Körper.
„Du bläst mir einen, bis ich dir meine Ladung in den Hals spritze.“ Damon fasste in den Schritt seiner engen Lederjeans, wo der Umriss seiner Erektion deutlich zu sehen war.
Ich schluckte. Nicht, dass ich etwas gegen einen kleinen Blowjob in der Öffentlichkeit gehabt hätte – ganz im Gegenteil: Mein Schwanz wäre beim bloßen Gedanken daran steinhart geworden, hätte Damon ihn nicht heute Morgen im schlaffen Zustand in einen Peniskäfig gesperrt. Aber nicht, wenn ich dafür im Knast landen konnte. „Ähm, Damon? Hier sind überall Schilder. Kein Sex.“
„Pfft. Das hat nichts zu bedeuten.“ Damon deutete mit dem Kopf auf die verschworene Gruppe von Männern um uns herum. „Sie geben uns Bescheid, falls die Bullen auftauchen. Und bei diesem Publikum wird sich keiner beschweren, glaub mir.“ Seine Augen funkelten. „Oder treibe ich dich gerade ein bisschen zu weit? Ist es das?“ Er legte den Kopf schräg. „Ich habe dein

Safewort noch nicht gehört.“ Seine Lippen zuckten. Dieser Mistkerl. Er wusste bereits, dass ich es tun würde.
Ich wandte ihm das Gesicht zu und ließ mich langsam auf die Knie sinken.
„So ist’s brav.“ Damon schnurrte beinahe. „Hände hinter den Rücken, die rechte Hand um dein linkes Handgelenk.“
Ich gehorchte. Damons praller Schwanz war nur wenige Zentimeter von meinem Mund entfernt, kaum gebändigt von der Lederjeans. Ich leckte mir die Lippen, als Damon den Reißverschluss runterzog und ihn rausfischte; er war dunkelrot, die Haut über der breiten Eichel straff gespannt. Damon umfasste den unteren Teil und hielt ihn in einem Neunzig-Grad-Winkel. „Jetzt mach den Mund auf und nimm ihn tief rein.“
Das ließ ich mir nicht zweimal sagen.
Ich blendete die Menschenmenge aus, den Lärm, die Möglichkeit einer Verhaftung, und lutschte diesen prachtvollen Schwanz. Verdammt, ich liebte seinen Geschmack, schon seit dem ersten Mal. Damon machte süchtig.
Er unterdrückte ein Stöhnen, umfasste meinen Hinterkopf mit beiden Händen und hielt meinen Kopf fest, während er mich in den Mund fickte, seinen Schwanz schneller zwischen meine Lippen gleiten ließ.
„Scheiße, anscheinend kann er das echt gut“, flüsterte eine Stimme neben mir.
Damon lachte leise. „Dieser Mund ist pures Gold.“ Er blickte auf mich herab, lächelte, und meine Brust schwoll vor Stolz, als er mit unerwartet sanften Fingern meinen Hinterkopf streichelte. Ich ging wieder an meine Aufgabe, fest entschlossen, ihm Ehre zu machen.

„Ist das dein Boy, Damon?“ Eine tiefe Stimme hinter mir – der Riesenkerl, der vorhin mit mir gesprochen hatte.
Mein Herz hämmerte, aber ich leckte und lutschte weiter an diesem dicken Schwanz, den Blick auf Damons behaarten Bauch geheftet, und bewegte den Kopf schneller vor und zurück.
Damon packte mich an den Haaren und zerrte meinen Kopf hoch, sodass sein Schwanz aus meinem Mund rutschte. Als sich unsere Blicke begegneten, lächelte er. „Sagen wir mal, er bewirbt sich gerade um den Posten.“
Ach nee. Na, wenn dieses Wochenende mein Vorsprechen sein sollte, würde ich eine Performance hinlegen, die Damon glatt umhaute.
Der würde sich wundern.
Ich widmete mich wieder meiner Aufgabe, Damon den besten Blowjob seines Lebens zu geben.
„Anfassen okay?“
Ich kam kurz ins Stocken, machte aber weiter, den Blick starr nach vorn gerichtet.
„Tu dir keinen Zwang an. Nur fick‘ ihn nicht.“
Ich verschluckte mich fast an Damons Schwanz. Er entzog ihn mir, und dann waren seine Finger unter meinem Kinn und hoben meinen Kopf an, so dass wir uns in die Augen sahen. Er lächelte. „Das heben wir uns für später auf, hmm?“, sagte er leise.
Oh. Mein. Gott.
Warme Hände strichen über meinen nackten Rücken, und ich versuchte, nicht zu zucken, als sie meinen Hintern erreichten. „Das sieht ja echt heiß aus“, sagte die Stimme von eben. Ich erschauerte, als zwei Finger gegen die hintere Naht meines Lederslips drückten. „Kommt ihr heute Abend zu RDs Party?“
„Und ob.“ Damons Blick hielt meinen fest, und ich

konnte den Schauer nicht unterdrücken, der mich überlief. Er steckte mir seinen Schwanz wieder zwischen die Lippen, und ich lutschte weiter. Meine Zunge folgte der dicken Ader, die am Schaft entlanglief, und Damon nickte beifällig und bewegte geschmeidig die Hüften, glitt in meinem Mund ein und aus.
„Irgendeine Chance, dass ich dort mit ihm spielen kann?"
Damon lachte hämisch. „Du willst bloß diesen heißen kleinen Arsch ficken."
Die fremden Hände drückten meinen Hintern. „Auf jeden Fall." Zum zweiten Mal verschluckte ich mich fast an Damons Penis, als ein beharrlicher Finger sich unter das Leder schlängelte, als wollte er sich in die Spalte zwischen meinen Arschbacken einwühlen.
„Wie ist sein Pimmel denn so?"
Damon lachte leise. „Tut mir leid, Tate, er steckt im Käfig."
„Och, Mist."
Damons Blick war auf mein Gesicht geheftet, als er zu Tate sagte: „Aber sein Arschloch gehört ganz dir." Er starrte mich an, und ich wusste, worauf er wartete. Mein Safewort.
Wie um meine Ahnung zu bestätigen, warf er mir einen weiteren eindringlichen Blick zu. „Ist das okay für dich, Pete?" Er wich zurück, entzog mir seinen Penis.
Mein Herz wummerte wie eine Auto-Stereoanlage mit voll aufgedrehtem Bass. „Ja, Sir." Ich kämpfte darum, mit ruhiger Stimme zu sprechen.
Damon wandte sich an Tate, der hinter mir stand. „Er hat ein enges, hungriges kleines Loch, das deine Finger richtig einsaugt."
Das brachte mein Herz zum Rasen. Ich atmete schwer und mir trat der Schweiß auf die Stirn, als ein warmer

Körper sich von hinten an mich presste und eine starke Hand um meine Taille glitt und meinen Bauch streichelte. Lippen drückten sich an meinen Hals, jagten mir einen Schauer über den Rücken.

Mit Damons dickem Schwanz im Mund stöhnte ich leise. Lust strömte durch meinen Körper bis runter in meine Eier.

„Fühlt sich das gut an?“, fragte Damon mit leiser Stimme und fickte mich weiter in den Mund. Mit jedem gemächlichen, gleitenden Stoß drang er tiefer ein.

Ich nickte. Reden stand außer Frage. Trotzdem brachte ich ein Aufkeuchen zustande, als zwei Finger ihren Weg unter meinen gelockerten Lederslip fanden und an meiner Rosette rieben. Ich strengte mich an, still zu halten, mich auf Damons Schwanz zu konzentrieren – aber verdammt, bei dem sexy Finger, der an meine Hintertür klopfte, kämpfte ich da auf verlorenem Posten.

Als ein feuchter Finger langsam in mich eindrang, hätte ich fast geschrien, weil es sich so *verdammt* gut anfühlte. Einen Schwanz im Mund zu haben hinderte mich daran, und das war vermutlich auch gut so. Die Straße war beileibe nicht still, aber ein laut gestöhntes „Oh Gott, ja“ war ziemlich unverkennbar und hätte mit Sicherheit verraten, dass hier gerade irgendeine Form von Sex stattfand.

„Verdammt, er ist wirklich eng, was?“, flüsterte Tate und schob mir seinen Finger tiefer in den Hintern. Gleich darauf zwängten sich zwei Finger neben Damons Schwanz in meinen Mund. „Mach sie schön nass“, wies Tate mich an.

Ich befolgte den Befehl, aber Tate zog seine Finger nach ein, zwei Sekunden wieder weg. Gleich darauf steckten beide in meinem Hintern, und ich hatte wieder einen heißen, harten Schwanz im Mund. Tate begann mich im Gleichtakt mit Damons Stößen in den Arsch zu ficken. Ich warf mich seinen Fingern entgegen, wollte mehr, stöhnte leise um den prallen Schaft in meinem Mund herum. Als Tates Finger an meine Prostata stießen, erschauerte ich heftig und lutschte fester an Damons Schwanz.

„Gut so, Boy", lobte Damon und begann mich mit vollem Körpereinsatz in den Hals zu ficken. „Wird Zeit, dass wir das hier zu Ende bringen", sagte er atemlos, dann steigerte er das Tempo und drang noch tiefer ein. „Du schluckst, was ich dir gebe."

Ich konnte es kaum erwarten, sein Sperma wieder zu schmecken.

Der „große Moment" war dann allerdings wenig spektakulär, jedenfalls für mich. Mein Lederslip füllte sich mit Hitze, als sich eine Flut von Sperma aus meinem eingesperrten Pimmel ergoss. Es war nicht annähernd so befriedigend wie ein richtiger Orgasmus. Tate zog langsam die Finger aus meinem Hintern und ich trauerte ihnen sofort nach. Doch ich schob meine eigene Enttäuschung und Frustration beiseite und konzentrierte mich darauf, Damon zum Abspritzen zu bringen. Ich bewegte den Kopf schneller auf und ab, bearbeitete sein bestes Stück, bis sein Körper sich versteifte. Damons Schaft schwoll an, und ich zog mich ein wenig zurück, als sein warmes Sperma meinen Mund füllte. Ich schluckte alles und nuckelte an der Spitze, um auch noch die letzten Tropfen zu erwischen, bis Damons raue Atemzüge mir verrieten, dass sein Schwanz zu empfindlich war und ich aufhören sollte.

Tates Hände landeten auf meinen Schultern und sein warmer Atem streifte mein Ohr. „Ich freu' mich schon drauf, diesen knackigen kleinen Arsch heute Abend bei der Party zu sehen", flüsterte er. Ich erschauerte bei dem Gedanken, was dieser Riese von einem Mann wohl mit meinem armen kleinen Loch vorhatte. *Wird Damon ihn mich ficken lassen?* Denn im Moment war ich mir nicht sicher, ob ich das wollte. Na schön, damals vor ein paar Wochen hatte mir die Vorstellung gefallen, als Damon vorgeschlagen hatte, mich mit seinen Freunden zu teilen. Aber jetzt, wo es so aussah, als könnte es möglicherweise wahr werden…

Dann entspannte ich mich. *Wenn ich „Nein" sage, ist das ein Nein.* Das war schließlich der Sinn und Zweck von Limits, oder?

Damon streichelte meine Wange und hob meinen Kopf, so dass ich ihn ansehen musste. „Gut gemacht, Boy." Sein Blick war warm.

Das Lob ließ mein Herz höher schlagen. Er war zufrieden mit mir.

Er griff unter meine Achseln und hievte mich auf die Füße, dann küsste er mich auf den Mund. „Du schmeckst immer noch nach meiner Wichse", murmelte er an meinen Lippen. „Und wenn du deine Sache heute Abend genauso gut machst, darfst du kommen." Er grinste. „Ohne den Käfig." Als er mich in die Arme nahm und mich an seinen warmen Körper drückte, die Hände auf meinem Rücken, schmolz ich dahin.

Ich war fest entschlossen, es gut zu machen. Ich wollte mehr von dem hier, mehr von Damon.

Und wenn das bedeutete, mich von seinen Freunden ficken zu lassen, dann würde ich das bereitwillig tun.

Alles, um ihn in meinem Leben zu behalten.

Von der Ausstattung her war die Party ziemlich schlicht gehalten, aber es war alles vorhanden, was nötig war. Der Boden war mit schwarzer PVC – Folie ausgelegt, das verbliebene Mobiliar mit schwarzer Plastikfolie verhüllt, und RD hatte ein paar Slings und zwei Spanking-Bänke aufgebaut. Kondome, Gleitgel, Handtücher und Wasserflaschen standen bereit. Perfekt.

Laut Einladung waren Spielsachen selbst mitzubringen, nicht dass ich viel dabei gehabt hätte. Pete versuchte ständig, einen Blick in meinen Rucksack zu erhaschen; allerdings stellte er sich dabei nicht allzu geschickt an.

„Du siehst es noch früh genug“, sagte ich kichernd. Ich musste zugeben, er sah verdammt gut aus. Der Jockstrap umrahmte seine Pobacken perfekt und sein Schwanz, inzwischen aus dem Käfig befreit, beulte das Leder bereits aus. Das neue Halsband, das ich bei Mr. S gekauft hatte, sah um seinen Hals fantastisch aus, aber diesmal hatte ich die Leine weggelassen.

Er blickte sich mit großen Augen um, nahm alles in sich auf. Ich fand es herrlich, wie seine Augen beim Anblick der Sling aufleuchteten – was gut war, denn mit der hatte ich etwas vor. Dann schaute er nochmal *ganz* genau hin und erstarrte.

An der Party nahmen vielleicht zehn, elf Männer teil. Tate, Ray und Jake hatten die Sling bereits in Gebrauch, und Ray sah aus, als wäre er im Himmel. Jakes Arm steckte bis zum Ellbogen in Rays Hintern, und Rays lautes Stöhnen widerhallte von den Wänden, bis Tate ihm den Mund mit einem harten Schwanz stopfte.

Ich trat näher zu Pete und raunte ihm ins Ohr: „Wir sollten erst mal laufen lernen, bevor wir losrennen,

hm?“ Ich lachte leise.
Jesus. Pete fuhr so schnell herum, dass er sich dabei wahrscheinlich ein Schleudertrauma einfing. „Das… du willst, dass wir *das* machen?“
Ich hielt eine Hand hoch und wackelte mit den Fingern. „Ich glaube, wenn die hier in deinem Arsch steckt, reicht das vollkommen. Meinst du nicht auch?“
Er nickte so vehement, dass ich in Gelächter ausbrach. „Entspann dich. Und außerdem nimmt Ray wahrscheinlich schon dein halbes Leben lang Jakes Arm. Für sie geht das in Ordnung. Das heißt nicht, dass es für mich auch in Ordnung geht, okay?“
„Alles klar.“ Er atmete nicht mehr ganz so hastig und entspannte sich sichtlich. Ich blickte mich um und entdeckte einen wuchtigen Holzstuhl mit gepolstertem Sitz. Genau das, was ich brauchte.
„Ich glaube, du brauchst etwas, worauf du dich konzentrieren kannst“, sagte ich leise und führte ihn zu dem Stuhl. Dort blieb ich stehen und grinste ihn an. „Wie lange ist es her, seit ich dir zum letzten Mal ordentlich den Hintern versohlt habe?“
Ich sah die Enttäuschung in seinen Augen aufflackern. Man musste kein Genie sein, um sich auszurechnen, was er gerade dachte. *Er geht mit mir zu einer Sex-Party, um mir den* Hintern *zu versohlen?* Ich lächelte innerlich und tat mein Bestes, um das flattrige, leere Gefühl tief in meinem Innern zu ignorieren. *Oh, was ich nicht alles mit dir vorhabe, Boy.*
„Hat’s dir die Sprache verschlagen? Ich nehme doch an, du möchtest den Hintern versohlt haben?“
Es machte ihm Ehre, dass er nichts weiter sagte als „Ja, Sir.“
Ich setzte mich auf den Stuhl und deutete auf meinen Schoß. „Komm her.“

Er legte sich über meine Knie, so dass seine Genitalien zwischen meinen Oberschenkeln waren und seine Füße in der Luft hingen, und stützte sich mit den Händen auf dem Boden ab. Ich streichelte seinen warmen Hintern, die runden, aber festen Backen.
„Verdammt, ist das ein schöner Arsch." Tate zwinkerte mir von weitem zu. „Und du weißt, dass ich nachher da rein will, nicht?"
Ich lachte leise. „Wenn ich ihn erstmal aufgewärmt habe." Ein weiteres Mal rieb ich genüsslich über beide Hinterbacken, dann holte ich aus und schlug kräftig zu.
„Uff." Durch Petes Körper ging ein leichter Ruck, dann lag er wieder still. Ich rieb die Stelle, wo der Klaps getroffen hatte, dann haute ich auf die andere Backe. Während der nächsten fünf Minuten machte ich so weiter, ohne mich an ein Muster zu halte, um ihn nicht zur Ruhe kommen zu lassen.
Zeit für ein bisschen Abwechslung.
Ich drückte gegen sein äußeres Bein, bis er es beugte und den Fuß auf den Boden stellte. Dann zog ich seine Pobacken auseinander, beugte mich vor und blies kühle Luft über seine Rosette, um zu sehen, wie sie sich zusammenzog. Ich griff zwischen seine gespreizten Beine, schob den Jockstrap beiseite und streichelte seine Genitalien. Als aus dem Ächzen, das er von sich gab, ein leises, lustvolles Stöhnen geworden war, schlug ich erneut zu, dann begrapschte ich gleich wieder seinen Pimmel und seine Nüsse. So machte ich immer abwechselnd weiter, bis er sich auf meinem Schoß wand.
Diesmal achtete ich darauf, dass mein Klaps direkt über seiner Poritze landete. Er erschauerte, und ich rieb mit dem Mittelfinger sanft über seinen Anus, was mir einen urtümlich klingenden, beifälligen Laut einbrachte. Ich

behielt seinen Schwanz in der Hand, während ich ihm den Hintern versohlte, Schlag um Schlag, und fühlte, wie er zuckte und mit jedem Klaps steifer wurde.
„Ja, das gefällt dir, stimmt's?" Ich gab ihm einen besonders saftigen Klatscher auf die Stelle, wo sein Hintern in die Oberschenkel überging.
„J-ja, Sir", stammelte er. Als ich dasselbe nochmal machte, ächzte er und streckte den Hintern hoch, als wollte er um mehr betteln.
Man sollte mir nicht nachsagen können, dass ich meinem Boy nicht gab, was er brauchte.
Als ich aufhörte, waren seine Hinterbacken feuerrot. Aber ich wusste, dass ich noch nicht fertig war.
„Steh auf", befahl ich. „Und zieh den Jockstrap aus."
Pete rappelte sich hoch und gehorchte eilig. Als er nackt vor mir stand, war sein Schwanz steinhart und ragte steil nach oben.
Ich grinste. „Oh ja, das hat dir wirklich gefallen, was?"
Pete errötete auf diese bezaubernde Art, die er an sich hatte.
„Herrgott, nun schau sich das einer an." Jake stieß einen Pfiff aus. „Ich wette, dieser Arsch ist jetzt richtig schön warm." Er stand neben Ray und wischte sich gerade den Arm sauber. Ray hing mit einem verträumten Lächeln auf dem Gesicht schlaff auf der Liegefläche der Sling.
Ich kicherte. „Ja, und ich bin noch nicht fertig mit ihm." Ich klopfte auf meine Oberschenkel. „Hintern hierher, Boy." Als Pete die Stirn runzelte, lächelte ich. „Hast du als Kind nie Schubkarre gespielt? So will ich dich haben, deinen Arsch direkt vor mir, die Beine links und rechts von meiner Taille, deine Schenkel auf meinen."
Er wandte mir den Rücken zu, ging in die Hocke und

hob ein Bein nach dem anderen vom Boden, bis er auf die Unterarme gestützt dalag, die Schenkel weit gespreizt, und dieser prachtvolle Arsch genau da war, wo ich ihn haben wollte.
Ich konnte nicht widerstehen.
Ich drückte die prallen Rundungen auseinander, beugte mich vor, soweit ich konnte, und leckte langsam über sein Loch.
„Oh, *Fuck*“, sagte er leise und senkte zitternd den Kopf.
Ich wollte mehr von diesen leisen Seufzern, diesen verhaltenen Lustschreien. Ich wollte ihn so weit kriegen, dass er mich anbettelte, ihn zu ficken.
Ich zog die flaumigen Backen auseinander, hielt sein Loch mit den Fingerspitzen offen und tauchte erneut ein, versenkte meine Zunge in seiner Wärme. Dann machte ich es nochmal. Und nochmal. Und nochmal, bis Pete am ganzen Körper zitterte und seine Schreie lauter wurden. Erst da versenkte ich einen Finger in der dunklen Wärme und tastete nach seiner Prostata.
Pete erschauerte. „Ja, oh ja“, stöhnte er und stemmte sich meiner Hand entgegen, folgte den Empfindungen.
„Ja, du lässt dich gern von mir fingern.“ Ich griff nach seinem Schwanz, der steif und gerade nach unten hing, und packte ihn an der Wurzel. Pete ruckte mit den Hüften und fickte meine Hand, bis ich fest zudrückte. „Lieg still.“
Er erstarrte und atmete laut und unregelmäßig. Ich hielt seinen dicken Schaft fest und bewegte meinen Finger in seinem Hintern ein und aus. Jedes Mal, wenn meine Fingerspitze über seine Prostata glitt, wurde sein Zittern stärker. Ich machte weiter, so lang ich konnte, dann zog ich den Finger langsam heraus und ließ Pete dort auf meinem Schoß liegen, immer noch bebend.
„Tate, schmeißt du mir mal Gleitgel rüber?“ Für das,

was ich vorhatte, würde Spucke nicht reichen.
Tate warf mir ein Päckchen zu. Ich gab mir etwas davon auf die Hand und ließ zwei Fingern in Petes immer noch enge Öffnung gleiten. Er erschauerte und streckte mir den Hintern entgegen, und ich lachte leise. „Nicht so gierig, Boy. Geduld." Ich fickte ihn ein paar Minuten lang mit den Fingern und genoss die Laute, die er von sich gab, die unverkennbar befriedigten Seufzer. Als ich einen dritten Finger hinzunahm, versteifte er sich für einen Moment, doch dann entspannte er sich wieder und kam jedem tiefen Eindringen meiner Finger entgegen.
Ich machte eine Pause und beugte mich über ihn. „Willst du es mit vier Fingern versuchen?"
Petes Stöhnen war Antwort genug.
Ich streckte den Daumen zur Seite und drang behutsam mit vier Fingern in ihn ein, ließ mir viel Zeit, weil er sehr eng war. Aber nach einer Weile entkrampfte sich sein Anus, und ich konnte sie sachte ein und aus bewegen.
Ich hielt inne, die Finger immer noch in seinem warmen Arsch. „Fühlt sich das gut an?"
Pete versuchte sich umzudrehen und mich anzusehen, aber ich knurrte: „Augen geradeaus!" Sein Kopf sank wieder herab und er zog die Schultern hoch. „Und du hast meine Frage nicht beantwortet."
„Es fühlt sich verdammt gut an, hör doch nicht dauernd mittendrin auf!", platzte er heraus.
Ich gab ein verhaltenes, boshaftes Lachen von mir. „Wer hat hier das Sagen?" Ich bewegte die Finger, füllte ihn aus, bis meine Daumenspitze fast auch mit drin war. „So ein schönes Loch, ganz weit offen für mich. Eines Tages steck' ich dir meine ganze Hand rein und fick' dich damit."

„Gott, du bist so *fies*!“
Meine Finger glitten mit einem schmatzenden Geräusch ein und aus. „Da drin bist du wie heiße Seide, Boy.“ Etwas schneller und härter als zuvor. Petes Hüften zuckten und er stöhnte auf.
Er stöhnte sogar noch lauter, als ich aufhörte und meine Finger herauszog. Sein Anus war gedehnt und klaffte auf.
Er war bereit für meine Überraschung.

Mein Loch fühlte sich so leer an.
Ich sehnte mich danach, dass Damon es wieder ausfüllte, aber er rührte sich nicht. Ich wagte nicht, mich umzuschauen, nicht nach diesem ersten Mal vorhin. Ich konnte nichts weiter tun, als gespannt zu warten. Meine Haut kribbelte von Kopf bis Fuß.
„Weißt du noch, als du mich an dein Bett gefesselt hattest, Petey-Boy?“
Oh… ach du Scheiße.
„Ja“, antwortete ich vorsichtig. Ein eisiger Schauer rann mir über den Rücken. *Oh Gott, jetzt kommt die Rache.*
„Weißt du noch, wieviel Spaß es dir gemacht hat, mich mit diesem Dildo zu ficken? Mit diesem langen, *dicken* Dildo?“ Er klang schadenfroh. Da wusste ich, jetzt ging es mir an den Kragen – oder jedenfalls meinem Arsch.
Bevor mir eine passende Erwiderung einfiel, stupste etwas gegen mein Loch. Es war glitschig, kalt – und groß.
„Atme“, sagte Damon leise. „Lass ihn einfach in dich reingleiten.“
Was auch immer es war, womit er mich ficken wollte, es war nicht biegsam. Es war kalt und hart, wie…

„Das ist ein Glas-Dildo, oder?“ Ich atmete tief, versuchte mich zu entspannen, und wurde belohnt, als der Dildo in meine Öffnung flutschte. Verdammt, ich spürte, wie weit er mich dehnte. Wie er mich ausfüllte. Damon sagte nichts, sondern schob den Dildo langsam ein wenig weiter vor. Ich bekam Gänsehaut auf Armen und Brust. „Warum fühlt sich das so… anders an?“ Ich hatte schon öfter einen Dildo benutzt, aber dabei hatten mich nie solche Wellen von Lust durchströmt.

„Das dürfte an den Noppen liegen.“ Er schob ihn noch tiefer hinein und ich stieß ein lautes Stöhnen aus, als der Dildo an die perfekte Stelle stupste. „Na bitte.“ Ich hörte ihm an, dass er lächelte.

Als Damon mich mit dem Dildo zu ficken begann, verschlug es mir vollends die Sprache. Ich warf mich ihm entgegen, wollte mehr. Die Haare auf meinen Armen sträubten sich und ich atmete in rauen, abgehackten Zügen. Ich konnte seine Stöße nicht hart genug erwidern; wollte nur noch eins: mich wieder und wieder auf diesen soliden Glas-Phallus aufspießen und spüren, wie er über meine Prostata glitt. Aber meine Körperhaltung machte mir das unmöglich, und ich war gezwungen, zu nehmen, was Damon mir gab.

Ich blickte mich kurz um und merkte, dass wir im Mittelpunkt des Interesses standen. Alle sonstigen Aktivitäten waren zum Erliegen gekommen, da die Männer uns beiden zuschauten. Ray war nicht mehr in der Sling; er stand an Jake gelehnt da und sah immer noch ziemlich weggetreten aus.

„Lass mich dich hören“, rief Damon und lenkte meine Aufmerksamkeit damit wieder auf sich.

„Was willst du hören?“, keuchte ich. „Wie viel lieber ich deinen Schwanz in mir hätte als dieses Stück hartes, kaltes Glas?“ Es fühlte sich gut an, fühlte sich *fantastisch*

an – aber es war nicht Damon.
Seine warme Hand streichelte und drückte meinen Hintern, während er mich schneller fickte. Die Noppen auf dem Glas-Schaft ließen Funken an meinem Rückgrat entlang tanzen, steigerten meine Lust.
Tate ging vor mir in die Hocke und fasste mich am Kinn, drückte meinen Kopf hoch. Mit der anderen Hand hielt er mir seinen Penis hin. Seiner war dicker als Damons und triefte bereits. „Wie wär's damit? Willst du fühlen, wie dir *der hier* den Arsch aufreißt?"
Ich erschauerte, konnte meine Reaktion nicht unterdrücken. Ein besonders harter Stoß von Damon gab meinem Körper einen Ruck nach vorn und trieb mir den Atem aus den Lungen. Als er den Dildo aus mir herauszog, hätte ich am liebsten geheult vor Frust.
„Auf die Füße mit dir, und schaff deinen Arsch rüber in die Sling", befahl Damon. Ich war zu sehr damit beschäftigt, hastig von seinem Schoß zu krabbeln, um triumphierend die Faust in die Luft zu stoßen.
Tate hob mich hoch wie ein Baby und legte mich auf die breite, lederne Liegefläche der Sling. Ich hätte ihm gedankt, aber ich wusste, dass er dabei nur mit seinem Schwanz gedacht hatte. Seine großen, dicken Finger strichen über meine Brust und meinen Bauch und schlossen sich dann um meinen Schaft. Als er die andere Hand weiter abwärts bewegte und über meinen Sack gleiten ließ, verspannte ich mich.
Damon war sofort zur Stelle.
„Das reicht jetzt." Seine Stimme hatte eine Schärfe, die ich noch nie gehört hatte, und ich erschauerte. Damons warme Hände berührten meine Knöchel, befestigten die Schlaufen, die meine Beine stützten.
Tate stand neben mir, und sein dicker Schwanz stand waagerecht vor. „Kriegen wir eine Kostprobe?"

Mein Blick hing an Damon, während ich auf die Frage wartete, die er mir gleich stellen würde.
Aber er fragte nicht.
Er warf mir ein Lächeln zu, eins von der Sorte, das mich innerlich immer bibbern ließ wie Wackelpudding.
„Nein, nicht heute“, sagte er schließlich, ohne auch nur einmal in Tates Richtung zu schauen. „Heute gehört Pete ganz mir.“
Das enttäuschte Gebrummel hätte mir Befriedigung verschaffen sollen, doch stattdessen empfand ich nur überwältigende Erleichterung.
„Hier.“ Jake warf Damon ein Kondom zu. „Aber du hältst mich nicht davon ab, mir anzuschauen, wie du seinen Arsch durchpflügst.“
„Nur zu“, sagte Damon schmunzelnd, während er das Kondom anlegte und dann eine Handvoll Gleitgel darüber strich. Er stellte sich zwischen meine gespreizten Beine und brachte sich in Position. Ich fühlte die Wärme seiner Eichel an meiner Öffnung. Unsere Blicke trafen sich. „Bereit für einen Fick?“
Alles, woran ich denken konnte, war das letzte Mal, als er mich genommen hatte. Das war kein Fick gewesen, beim besten Willen nicht. Es hatte sich angefühlt, als würde er mit mir Liebe machen. Und so sehr ich es auch liebte, wenn Damon mich hart rannahm, ich sehnte mich danach, das zu fühlen, was ich in der Nacht nach der Geburtstagsfeier gespürt hatte.
Etwas fehlte hier, etwas ganz Entscheidendes.
Dann traf mich plötzlich die Erkenntnis.
„Küsst du mich?“ Meine Stimme zitterte.
Damon lächelte, beugte sich über mich und gab mir einen überwältigenden Kuss. Seine Zunge schlüpfte zwischen meine Lippen, kostete mich, erforschte mich. Ich ließ die Halteschlaufen los und schlang die Arme

um ihn, drückte seinen straffen, haarigen Körper an mich. Er fasste nach den Ketten am oberen Ende der Sling und drang langsam und bedächtig in mich ein, ohne den Kuss zu unterbrechen.
Ich hauchte einen leisen Seufzer zwischen seine Lippen. „Oh, ja. Es ist ein schönes Gefühl, wenn du in mir bist.“
Er hielt inne, hob den Kopf und sah mir in die Augen. „Bist du mein Boy, Pete?“
Ich schluckte. „Dein Boy, Sir. Ganz und gar.“ Und das meinte ich verdammt ernst, jedes einzelne Wort. Ich wollte ihm gehören, mit Herz, Leib und Seele. Noch nie hatte ich mir etwas so sehr gewünscht.
Damon strahlte über das ganze Gesicht. „Dann habe ich jetzt wohl einen Boy.“ Er zog sich behutsam aus mir heraus und mein Puls raste. „Halte dich an den Ketten fest.“
Ich keuchte auf und packte die Lederschlaufen, die an den Ketten hingen.
Er drang wieder in mich ein, füllte mich mit einem Stoß bis zum Anschlag, und ich stöhnte. Damon grinste. „Wird Zeit, dass ich mir nehme, was mir zusteht.“
Bevor ich auch nur Luft holen konnte, rammte er sich tief hinein und begann mich mit rhythmischen Stößen zu ficken. Innerhalb von Minuten schrie ich meine Lust hinaus und mein Schwanz war so hart, dass er wehtat. Damon machte unbarmherzig weiter und drang jedes Mal bis zu den Eiern in mich ein. Und bei jedem einzelnen verdammten Stoß traf er meine Prostata.
„Damon, oh fuck, Sir…“ Das waren so ungefähr die einzigen Worte, die Sinn ergaben.
Seine Hüften schnellten vor und zurück, und er fickte mich wie eine Maschine, brachte mich mit jedem wuchtigen Stoß mehr um den Verstand. Sein Blick war

auf mein Gesicht geheftet, seine Wangen gerötet und seine Haut glänzte vor Schweiß. Meine Sinne waren erfüllt von seinem Duft, dem Geruch nach Sperma und dem kruden Aroma von Sex.

Über mir packte Damon die Ketten fester, stieß ein letztes Mal brutal zu und erstarrte dann. Ich fühlte, wie sein Schwanz in mir anschwoll, und dann kam er mit einem heiseren Schrei. Ich spürte das Pulsieren, als er sich in das Kondom ergoss, und das gab mir den Rest. Ich kam, ohne dass er meinen Schwanz berühren musste.

Ich bebte, als warmes Sperma auf meinen Oberkörper spritzte; einige Tropfen landeten sogar auf meiner Wange. Damon ließ die Ketten los, und als er sich vorbeugte, um mich zu küssen, fielen Schweißtropfen von seiner Stirn auf mein Gesicht und meine Brust. Er legte eine Hand an meine Wange und starrte mir in die Augen. „Mein Boy." Seine Finger strichen über das Lederhalsband um meinen Hals.

Ich legte meine Hand über seine. „Dein Boy."

In diesem Moment spielte es keine Rolle, dass das nicht reichte. Ich war Damons Boy, und das würde genügen müssen. Ich schob meine geheimsten Wünsche beiseite und lächelte ihn an; er sollte nicht einmal flüchtig zu sehen bekommen, was sich hinter dem Lächeln verbarg. Er wollte einen Boy.

Ich wollte Damon. Ganz und gar. Rund um die Uhr, sieben Tage die Woche.

Ich fuhr den Wagen in die Auffahrt und stellte den Motor ab. Die Straße war dunkel und still, kein Wunder um diese Uhrzeit. Sonntagnacht und die Welt lag im Schlaf, machte sich bereit für den Anfang einer neuen Woche.

Ich wollte nicht, dass meine Nacht je endete.

Pete hatte auf der ganzen Heimfahrt kein Wort gesagt. Anfangs hatte ich mir nichts dabei gedacht. Allenfalls, dass er nach dem Fick in der Sling wahrscheinlich noch auf Wolke sieben schwebte. Aber etwas an der Atmosphäre im Auto störte mich.

Ich wusste, warum ich es nicht bemerkt hatte. Ich war selbst in Gedanken versunken gewesen, seit wir RDs Wohnung verlassen und uns auf den Weg zum Auto gemacht hatten. Zum ersten Mal seit sehr langer Zeit wollte ich jemanden in meinem Leben haben.

Es gab Zeiten, da sagte ich mir, dass ich als Single besser dran war. Keine Streitereien, niemand, der mich nervte, niemand, der meinen gewohnten Tagesablauf durcheinanderbrachte. Aber es gab auch Zeiten, da wollte ich nicht nur immer für mich sein. Ich wusste, warum ich vor dem Gedanken an eine Beziehung zurückschreckte. *Gebranntes Kind scheut das Feuer* war ein verdammt gutes Sprichwort, und ich wusste nur zu gut, wie zutreffend es war. Schließlich hatte ich es selbst erlebt.

Ein Schauer überlief mich. *Verfluchter Mistkerl.* Es war Jahre her, seit er ein Teil meines Lebens gewesen war, und in Gedanken verfolgte Michael mich immer noch.

„Bist du okay?" Petes zögernde Frage drang zu mir durch.

Es lag aufrichtige Besorgnis in seiner Stimme – einer

Stimme, deren Klang mir immer vertrauter wurde.
Scheiß drauf. Warum vergeudete ich noch Zeit? Neben mir saß ein hinreißender Mann, den ich immer interessanter fand, der mir zunehmend wichtiger wurde. Was hatte es für einen Sinn, stur zu bleiben? Was brachte mir das ein, abgesehen von Einsamkeit?
Mein Haus war dunkel und leer. Es brauchte nicht so zu sein.
Ich brauchte nur den Mund aufzumachen und…
Ich knipste das Licht über unseren Köpfen an und wandte ihm das Gesicht zu. „Danke, dass du heute mitgekommen bist."
Petes Miene erhellte sich. „Danke, dass du mich mitgenommen hast. Es war… fantastisch. Und die Party war auf jeden Fall ein Erlebnis."
Ich lachte. „Ein gutes, hoffe ich."
Er schmunzelte. „Es hat mir die Augen geöffnet, gelinde ausgedrückt." Er betrachtete mich schweigend; sein blondes Haar wirkte fast weiß in dem grellen Licht. „Damon, ich…" Er verstummte und nagte an seiner Unterlippe.
Ich wusste, was das bedeutete. Komisch, wie schnell ich seine Marotten und Schwächen kennengelernt hatte.
„Sag mir, was du auf dem Herzen hast."
Pete blinzelte. „Oh, es ist nichts. Nicht weiter wichtig."
Es sah nicht nach „nichts" aus.
Ein höchst merkwürdiger Gedanke huschte mir durch den Kopf. *Was, wenn er dasselbe empfindet? Wäre das nicht total verrückt?* Ich schob den Gedanken beiseite. Von dem Moment an, als Pete neben seinem Bett gekniet und mich „Sir" genannt hatte, hatte ich gewusst, was er wollte. Nun, das hatte er gekriegt.
Zu schade, dass *ich* mehr wollte.
Himmelherrgott nochmal. Jetzt zeig schon Rückgrat und sag ihm,

was du empfindest.
Normalerweise hörte ich immer auf mein Bauchgefühl. Ich hob die Hand und legte sie an seine Wange. Sein Atem stockte, und das ließ meinen Puls rasen.
„Pete, wegen heute Nacht." Ich holte tief Luft und machte mich bereit für den Schritt ins Ungewisse. „Was hältst du davon, die Nacht mit mir zu verbringen?" Ich wollte nicht, dass er nach Hause ging. Ich wollte ihn in meinem Bett haben, ihn die ganze Nacht in den Armen halten. In Gedanken ging ich meine Termine für die nächsten paar Tage durch und grinste innerlich. Ich würde mir einen Tag frei nehmen. Hoffentlich konnte er das auch tun.
Ich wollte Zeit mit ihm. Wenn ich die bekam, würde ich vielleicht sagen können, was ich wirklich wollte.
„Ich finde, das klingt wunderbar", sagte er leise. „Wann musst du morgen früh aufstehen?"
Ich lächelte. „Um ehrlich zu sein, ich wollte mir morgen frei nehmen. Das ist der Vorteil, wenn man selbstständig ist."
Verdammt, dieses Lächeln… Man hätte es an einen Generator anschließen und sämtliche Straßenlaternen im ganzen Viertel damit betreiben können.
„Bei mir steht erst ab Donnerstag wieder etwas an", sagte er. „Und selbstständig bin ich auch."
„Perfekt", flüsterte ich, beugte mich vor und küsste ihn auf die Lippen. Er gab einen leisen, zufriedenen Laut von sich, legte den Arm um mich und zog mich an sich. Ich küsste ihn inniger, erkundete seinen Mund mit der Zunge, genoss seinen Geschmack und seinen Geruch, diesen warmen Duft, der etwas tief in meinem Inneren berührte.
Licht durchflutete den Innenraum des Autos, als die Außenbeleuchtung unter dem Vordach über meiner

Haustür plötzlich anging.
Ich blinzelte und spähte durch die Windschutzscheibe.
„Damon, da steht jemand auf deiner Veranda“, sagte Pete mit gedämpfter Stimme.
Ich runzelte die Stirn. „Um diese Uhrzeit?“ Rasch löste ich meinen Sicherheitsgurt. Pete folgte meinem Beispiel und wir stiegen aus. Ich schloss das Auto ab und ging mit großen Schritten aufs Haus zu, Pete an meiner Seite.
„Wer ist da?“, rief ich.
„Du warst schon immer eine Nachteule.“
Die tiefe Stimme versetzte mir einen schmerzhaften Stich. Das konnte nicht sein. Ich blinzelte und beschattete meine Augen, als eine hochgewachsene, schlanke Gestalt unter dem Vordach heraustrat.
Heilige, gottverdammte Scheiße.
Er war älter geworden, seit ich ihn zum letzten Mal gesehen hatte, aber das war ich ja auch.
„Michael?“ Meine Stimme klang atemlos. „Was zum Teufel willst du hier?“

Brüche

Pete weiß nicht, woran er ist, als Michael, Damons Ex, plötzlich auf der Matte steht. Und das auch noch im unpassendsten Moment.
Damon hatte geglaubt, seine Wunden seien längst verheilt. Falsch gedacht.
Und wie soll es jetzt weiter gehen?

Brüche

Was zum Teufel…?

„Ich werfe doch nicht etwa gerade deine Pläne über den Haufen, oder?“, fragte Michael grinsend. „Von dort, wo ich war, hat es so ausgesehen, als hätte ich gerade irgendwas unterbrochen.“ Er musterte mich von Kopf bis Fuß. „Nettes Outfit.“

Scheiß auf ihn. Ich wusste, dass er nur zu gern gefragt hätte, wer Pete war – und noch wichtiger, was er mir bedeutete – aber das Recht dazu hatte er schon vor Jahren verloren. „Es ist spät, Michael.“ Ungefähr achtzehn Jahre zu spät, wenn ich ehrlich war.

„Zu spät, um auf einen Drink mit reinzukommen und ein bisschen zu plaudern? Komm schon, nur ein Glas.“

Ich zog die Augenbrauen hoch. „Um der alten Zeiten willen?“ Ich konnte es immer noch nicht fassen, dass er hier vor mir stand. Er trug sein Haar um einiges kürzer als damals im College, und er hatte ein paar Pfund zugelegt. Aber sonst hatte er sich kaum verändert, abgesehen von den Falten um seine Augen.

Das Grinsen war eindeutig noch dasselbe.

Dann wurde mir klar, dass er Pete keinerlei Beachtung schenkte, ihn nicht einmal angesehen hatte, und das ärgerte mich. Ich wandte mich an Pete und legte ihm eine Hand auf den Arm. „Geh nach Hause. Ich komme nachher noch rüber.“ Mir war nicht zum Lächeln zumute, aber ich rang mir trotzdem eins ab. Ich wollte nicht, dass Pete sich Sorgen machte.

Ja, ja. Das konnte ich mir wohl abschminken.

Pete schaute von mir zu Michael. „Wenn du meinst.“ Gott, er hielt sich ganz steif. Was ich ihm nicht verdenken konnte. Ich hatte in absichtlich emotionslosem Ton gesprochen. Das hatte er zwar nicht verdient, nachdem wir gerade einen so fantastischen Tag miteinander erlebt hatten, aber ich wollte nicht zuviel über unsere Beziehung preisgeben.
Unsere Beziehung ging Michael einen feuchten Dreck an.
Ich nickte. „Ich komme schon klar. Bin gleich da.“ Ich wollte nicht noch energischer werden und hoffte, er würde mitziehen. Später würde ich ihm alles erklären.
Pete warf Michael einen letzten Blick zu, dann nickte er langsam. Er überquerte den Rasen und steuerte auf seine Haustür zu. Ich wartete, bis er drinnen war, dann wandte ich meine Aufmerksamkeit wieder Michael zu.
„Einen Drink, was?“
Er zuckte die Achseln. „Oder sowas in der Art. Außerdem bin ich neugierig, was du seit dem College so mit deinem Leben angefangen hast.“
Es lag mir auf der Zunge, zu schreien: ‚Nun, das wüsstest du, wenn du nicht abgehauen wärst, oder?‘ Die Worte zurückzuhalten kostete mich alle Mühe. Als wäre ich nicht auch neugierig, was er all die Jahre so gemacht hatte.
„Dann kommst du wohl besser mit rein.“
Einen Drink, das war alles, was er kriegen würde. Im Moment hatte ich einen Boy in die Arme zu nehmen, einen Boy, der wahrscheinlich schon am Durchdrehen war. Ich war nicht dumm. Pete hatte Michaels Namen bei Mamas Geburtstagsfeier gehört, als ich mit Max geredet hatte. Also wusste er, dass Michael eine Art Ex von mir war, und dass er mir einmal viel bedeutet hatte.
Verdammt, dein Timing ist echt beschissen, Michael.

Ich machte die Haustür auf und trat beiseite, um ihn einzulassen. Verstohlen warf ich einen Blick nach nebenan und sah gerade noch, wie sich die Jalousien in Vorderfenster bewegten. Mein Herz sank. Was Pete jetzt wohl gerade dachte? Nach dem Tag, den wir zusammen erlebt hatten, nach der... Verbundenheit zwischen uns fragte er sich jetzt bestimmt, was zum Teufel hier vor sich ging.
Nun, das fragte ich mich auch.
Ich machte die Tür hinter mir zu und schob den Riegel vor. Michael stand unbeholfen im Flur herum, daher deutete ich in Richtung Wohnzimmer. „Geh schon mal durch." Er war nicht der einzige, der einen Drink brauchte. Ich folgte ihm und steuerte direkt auf den Barschrank zu. „Ich hätte Whisky, Rum und Wodka da. Bin mir nicht sicher, ob ich was zum Mischen habe."
Ich war kein großer Trinker: Ich holte mir meine Highs auf andere Arten.
„Whisky ist okay. Pur."
Ich nahm zwei Tumbler-Gläser aus dem Schrank und schenkte in jedes ungefähr zwei Fingerbreit Whisky ein. Eins von den Gläsern gab ich Michael, und dann ignorierte ich den freien Platz auf dem Sofa neben ihm und setzte mich in den Lehnsessel neben dem offenen Kamin. Er presste die Lippen zusammen, aber das kümmerte mich einen Dreck. Er hatte schon vor langer Zeit alle Brücken zu mir abgebrochen. Im Moment wollte ich nichts weiter als Antworten.
Michael nippte an seinem Whisky und lehnte sich dann zurück. „Hübsch hast du's hier", sagte er mit einem Blick durch den Raum.
„Oh nein." Ich schüttelte den Kopf. „Wir machen keinen Smalltalk. Du kommst hier nicht nach achtzehn Jahren einfach reinspaziert und tust so, als wäre das ein

Freundschaftsbesuch."
„Kann ich mir nicht ein bisschen Zeit nehmen und mich an das Frage-und-Antwortspiel herantasten?", scherzte er.
Ich trank einen großen Schluck und stellte dann mein Glas weg. „Nein, verdammte Scheiße, das kannst du nicht", sagte ich sehr klar und deutlich. „Achtzehn gottverdammte *Jahre*, Michael." Meine Stimme wurde lauter und überschlug sich ein wenig.
Er blinzelte. „Ich kann mich nicht erinnern, dass du früher so eine ordinäre Ausdrucksweise gehabt hättest."
„Nun ja, ich bin nicht mehr der Mann, den du sitzen lassen hast. Ich habe mich verändert. Dein Verschwinden hatte viel damit zu tun." Und war *das* nicht die Wahrheit?
Michael zuckte zusammen. „Meine Güte, musst du denn so dramatisch klingen? Du tust ja, als wäre ich einfach so ohne ein Wort verschwunden. Schließlich habe ich dir einen Brief geschrieben und alles erklärt."
Ich ballte die Fäuste und zwang mich, zu atmen, aber es nützte nichts. Die ganze Wut, die Kränkung, der Schmerz und die Qualen, die ich seinetwegen durchgemacht hatte, alles, was ich damals eingestampft, unterdrückt, so tief vergraben hatte, wie es verdammt nochmal nur ging – all das kochte jetzt wieder hoch, als wäre es nie weg gewesen.
„Einen beschissenen Brief. Einen *einzigen*, gottverdammten *Scheiß*-Brief, in dem stand, dass du diesen fantastischen Job an der Ostküste in Aussicht hättest, und was für eine Riesenchance das doch wäre. Einen Brief, um mir zu sagen, dass du mir für unsere gemeinsame Zeit dankst und dass ich sicher irgendwann jemanden finden würde, der mich glücklich macht. Tja, dann halt' dich jetzt mal gut fest, Kumpel.

Ich war *verdammt* glücklich – mit *dir*, und zwar bis zu dem Moment, als ich entdeckt habe, *wie*viel genau ich dir bedeute."

Michael gab einen tiefen Seufzer von sich. „Du hast mich immer mehr geliebt als ich dich."

Gott, wenn ich jetzt neben ihm gesessen hätte – ich glaube, ich hätte ihn erwürgt.

„Drei Jahre, Michael. Wir waren drei gottverdammte Jahre lang zusammen. Meinst du nicht, dass du mir mehr schuldig warst als einen einzigen Brief? Herrgott, im letzten Semester vor dem Examen waren wir ständig am Pläne schmieden. Wir wollten zusammenleben."

„Und genau deshalb habe ich den Job in New York angenommen!", brüllte er.

Ich erstarrte. „Was? Was zum Teufel soll das heißen?"

„Wir waren zweiundzwanzig, um Himmels willen!" Michaels Augen waren geweitet, seine Wangen gerötet. Er holte ein paarmal tief Luft und bemühte sich sichtlich, die Beherrschung zurückzugewinnen. „Damon, du hast das alles so furchtbar ernst genommen. Es war… erdrückend, jedenfalls manchmal. Und je näher wir dem Examen kamen, desto öfter hast du von unserer Zukunft gesprochen."

„Weil ich dachte, wir hätten eine", sagte ich mit zusammengebissenen Zähnen. „Weil ich dachte, wir lieben uns." Erst jetzt sah ich klar. Ich hatte *ihn* geliebt. Michael hingegen?

Ich sackte in mich zusammen, als mich die Realität mit der ganzen Wucht eines Vorschlaghammers traf.

„Du hast mich nicht geliebt, oder?"

Michael machte große Augen und wurde rot bis unter den Hemdkragen. „Ich… Anfangs schon, das dachte ich jedenfalls. Ich meine, wir waren doch echt heiß zusammen, oder?"

Ich sagte nichts. Das wollte ich nicht leugnen. Der Sex war phänomenal gewesen.

Nur… ich hatte geglaubt, zwischen uns sei mehr. Offensichtlich nicht.

„Ich habe wohl kalte Füße gekriegt“, sagt er schlicht. „Ich hatte mich um die Stelle in New York beworben, ohne mir allzu große Hoffnungen zu machen. Schließlich hatte ich gerade erst mein Examen in der Tasche. Aber ich wurde genommen.“

„Warum hast du mir denn nichts davon gesagt? Vor allem das mit den kalten Füßen. Anstatt mich auf diese Art zu verlassen? War dir nicht klar, dass mir das wehtun würde?“ Jetzt ergab alles einen Sinn. Warum er immer so ungern mit mir über unsere Pläne für die Zeit nach dem Examen geredet hatte. Ich hatte bereits gewusst, was ich beruflich machen wollte. Psychologie war eins meiner stärksten Fächer gewesen, und ich hatte gewusst, dass ich Therapeut werden wollte. Das mit der Sexualtherapie war später gekommen, entstanden aus einem wachsenden Interesse an Beziehungen heraus.

Aus dem, was nach Michaels Weggang begonnen hatte.

„Du musst bei unserem Abschluss doch schon gewusst haben, dass du den Job in der Tasche hattest. Und doch hast du nichts gesagt.“

„Das wollte ich ja. Ich schwöre.“

„Aber du hast es nicht getan“, betonte ich. „Du bist am Ende des Semesters nach Hause gefahren – und hast mir einen Brief geschickt. Ich habe dich angerufen. Gott, ich weiß gar nicht mehr, wie viele Male pro Tag ich dich angerufen habe, nachdem ich den Brief gelesen hatte. Aber du hast nie zurückgerufen. Ich habe bei deinen Eltern angerufen, aber von denen habe ich nur erfahren, dass du nach New York gezogen warst. Keine

Nachsendeadresse, so sehr ich sie auch angebettelt habe. Ich habe verdammt nochmal *gebettelt*, Michael."
Herrgott, der Schmerz, den ich längst überwunden geglaubt hatte, schnürte mir die Brust zusammen, drehte mir den Magen um und pochte hinter meinen Schläfen.

„Falls es was hilft, meine Leute haben mich ziemlich zur Schnecke gemacht, weil ich dich so behandelt habe."

„Gut", platzte ich heraus. „Und jetzt sag mir, was du hier willst." Als er erneut blinzelte, durchbohrte ich ihn mit einem Blick. „Es ist achtzehn Jahre her, und du beschließt aus einer Laune heraus, mir einen Besuch abzustatten? Einfach nur so? Um diese Uhrzeit? Das kaufe ich dir nicht ab. Zum einen hast du herausgefunden, wo ich wohne. Das deutete auf Vorsatz. Also warum jetzt?"

Er schluckte. „Ich nehme an, ich bin dir eine Erklärung schuldig. Und es tut mir leid wegen der Uhrzeit. Ich habe stundenlang auf deiner Veranda gesessen und gehofft, dass du nicht verreist bist oder so. Wenn du in einer Stunde nicht gekommen wärst, hätte ich aufgegeben." Er holte tief Luft. „Ich bin immer noch in New York, arbeite immer noch bei derselben Firma… und ich habe jemanden kennengelernt."

„Schön für dich", sagte ich verbittert. „Du bist hoffentlich nicht hier, um mich zu deiner Scheiß-Hochzeit einzuladen. Denn wenn du das tust, spuck' ich dir ins Gesicht, das schwöre ich bei Gott. Nicht mal du könntest so geschmacklos sein."

Seine Miene wurde düster. „Es wird keine Hochzeit geben. Er…" Michael schloss die Augen und senkte den Kopf.

Mir wurde etwas mulmig zumute. So wenig ich ihn

glücklich sehen wollte – zum Ausgleich für alles, was ich seinetwegen durchgemacht hatte – mir graute vor dem Gedanken, dass ich meine letzte Bemerkung über jemanden gemacht haben könnte, der gestorben war. Das erschien mir… kleinlich. Gemein.

Michael hob den Kopf. „Er hat mich vor zwei Monaten verlassen. Nachdem wir zehn Jahre zusammen waren. Er hat mich für einen anderen Mann verlassen."

Für einen Moment war ich perplex. „Warum erzählst du mir das?" Was zum Teufel hatte das mit mir zu tun?

Michael trank sein Glas leer und verzog kurz das Gesicht. „Ich war in Therapie. Mir ging es nicht gut, nachdem Nate mich verlassen hatte. Ich konnte nicht schlafen, ich hatte keinen Appetit, und irgendwann habe ich begriffen, dass ich Hilfe brauchte. Eins von den Themen, die in meinen Therapiesitzungen zur Sprache kamen, warst du. Wichtiger noch, wie ich dich behandelt hatte."

Ach du Scheiße. „Du willst damit abschließen können? Deshalb bist du hergekommen? Du hast endlich mal das dicke Ende abgekriegt, und dadurch ist dir klar geworden, was du mir zugemutet hattest?"

Seiner bestürzten Miene nach zu schließen hatte ich den Nagel auf den Kopf getroffen.

Ich stand auf, ging zu ihm und blieb direkt vor ihm stehen, so dass er zu mir aufblicken musste. „Wie hattest du dir das vorgestellt, Michael? Wolltest du einfach hier aufkreuzen und um Verzeihung bitten, weil du mich wie Scheiße behandelt hattest, und dann würde ich dich in den Arm nehmen und sagen: ‚Na, na, Baby, alles wird gut'? Ich meine, echt jetzt?" Ich starrte ihn ungläubig an. „Du hast wirklich keinen blassen Schimmer, was ich deinetwegen durchgemacht habe, oder? Dass ich deinetwegen jede nachfolgende

Beziehung in Zweifel gezogen habe, weil ich mich immer gefragt habe, was zum Teufel ich getan hatte, dass du mich auf diese Art verlassen hast? Wie sehr ich es gehasst habe, dass einfach alles an deinem Verschwinden aus meinem Leben *außerhalb meiner Kontrolle* war?"

Das war das einzige Gute, das aus dieser schrecklichen Episode hervorgegangen war. Das Kontrollbedürfnis. Das Bedürfnis, derjenige zu sein, der die Kontrolle hatte. Nicht, dass ich die Absicht gehabt hätte, dieses Wissen mit Michael zu teilen.

Dann wurde mir schlagartig klar, dass ich endlich das Rätsel um Michaels Verschwinden gelöst hatte. Es war *vorbei.* Ich konnte die Jahre voller Fragen und Zweifel endlich hinter mir lassen. Denn jetzt hatte ich jemanden in meinem Leben, der das Potential hatte, mir mehr zu bedeuten, als Michael mir jemals bedeutet hatte.

Nebenan war ein Boy, der mich brauchte. Ein Boy, den *ich* brauchte wie die Luft zum Atmen.

„Es tut mir leid, dass er dich verlassen hat. Ich bin froh, dass du endlich gemerkt hast, was es für ein Gefühl ist, verletzt zu werden. Wirklich verletzt zu werden. Und ich bin froh, dass du Hilfe bekommst." Ich holte tief Luft. „Aber ich werde dir nicht verzeihen. Nicht dass du überhaupt um Verzeihung gebeten hättest." Ich legte den Kopf schräg. „Aber deshalb bist du gar nicht hier, oder? Du bist nicht hier, um dich zu entschuldigen, oder weil du um Verzeihung bitten willst. Du bist nur gekommen, um dich selbst besser zu fühlen." Michael versteifte sich, und ich wusste, ich hatte ins Schwarze getroffen. „Du gehst jetzt besser. Und ich will dich nie wieder sehen." Ich holte ein weiteres Mal zittrig Atem. „Tut mir leid, falls du etwas anderes erwartet hattest, aber weißt du was? Im

Moment ist mir das scheißegal. Ich habe ein Leben zu leben, und zwar eins, in dem du nicht mehr vorkommst.“ Dann gab ich nach. Ich konnte es mir leisten, höflich zu sein, oder? Schließlich hatte ich Pete.

Ich bemühte mich um einen sanfteren Tonfall. „Lebwohl, Michael.“

Michael starrte mich an, als hätte ich den Verstand verloren, und ich starrte einfach zurück. Zu guter Letzt sackten seine Schultern herab. „Ich habe es wahrscheinlich nicht anders verdient.“ Er stand auf und reichte mir das leere Glas, dann machte er sich niedergeschlagen auf den Weg zur Haustür. Dort wartete er, bis ich sie entriegelt hatte. Er musterte meine Lederjeans und die Weste, die glänzenden schwarzen Stiefel. „Jetzt hast du mir gar nicht gesagt, was es mit dem Outfit auf sich hat. Und auch nicht, was du jetzt machst.“

„Und das werde ich auch nicht“, sagte ich ruhig, wobei ich mir alle Mühe gab, meine Emotionen im Zaum zu halten. Ich fühlte mich… zum Zerreißen gespannt, als könnte jeden Moment die Hölle losbrechen.

Michael machte den Mund auf, wie um noch etwas hinzuzufügen, und ich streckte ihm die Hand entgegen. Ein Händedruck war so ziemlich alles an Höflichkeit, was ich im Moment aufbringen konnte. Ich sah ihm nach, als er langsam die Auffahrt entlang ging, an meinem Auto vorbei, und dann links um die Ecke bog. Ich wartete, bis er außer Sicht war, dann sackte ich gegen den Türrahmen. Ich fühlte mich wie durch die Mangel gedreht.

Aus dem Augenwinkel nahm ich Bewegung wahr und drehte gerade rechtzeitig den Kopf, um Petes Jalousien erneut flattern zu sehen. Ich schloss meine Haustür ab und überquerte den Rasen zwischen meinem und Petes

Haus.

Ich hatte mit Pete etwas Wichtiges zu besprechen.

Wenn die Party vorbei ist…

Ich schaute zum wahrscheinlich zwanzigsten Mal auf die Uhr und versuchte, nicht darüber nachzudenken, was gerade in Damons Haus vor sich ging. Nachdem ich schon zwei-, drei Mal durch die Jalousien gespäht hatte, zwang ich mich, vom Fenster wegzugehen. Als die Minuten verstrichen, sagte ich mir, dass mit einem längeren Gespräch zu rechnen war. Dem Wenigen, was ich über Michael wusste, hatte ich entnommen, dass er und Damon sich seit Jahren nicht mehr gesehen hatten. *Natürlich* hatten sie viel zu bereden.

Ich gab mir große Mühe, nicht daran zu denken, dass Michael Damons Ex war. Und noch größere Mühe, mir nicht ins Gedächtnis zu rufen, wie Damon mich weggeschickt hatte. Denn so hatte ich mich gefühlt. Weggeschickt, als nebensächlich abgetan, und das raubte mir jede Freude an dem, was ich heute erlebt hatte. Bis zu dem Moment, als dieses verdammte Außenlicht anging, war mir das gesamte Wochenende… idyllisch vorgekommen. Unglaublich. Fantastisch. Alles daran. Lederklamotten einkaufen zu gehen. Vor Damon zu knien und ihm mitten auf einer belebten Straße einen zu blasen, während ein Wildfremder die Finger in meinem Hintern hatte. Und diese gottverdammte Party…

So berauschend es gewesen war, von Damon in dieser Sling gevögelt zu werden, mit pochendem Herzen zu warten, ob er einen seiner Freunde mitmachen lassen würde oder nicht – ein Moment hatte sich mir eingeprägt und ging mir nicht aus dem Kopf. Diese zerbrechlichen Minuten, bevor das Licht auf der Veranda aufgeblitzt war. Diese Zeitblase, als ich ganz

knapp davor gewesen war, Damon zu sagen, was ich wirklich für ihn empfand. Wenn er mich ernsthaft als seinen Boy haben wollte, war das wunderbar – nur, dass ich mehr wollte.
Und ich hatte furchtbare Angst, dass die Antwort „Nein“ lauten könnte, falls ich ihm sagte, was ich wollte. Dass er mich auf diese Art nach Hause geschickt hatte, verschlimmerte meine Ängste nur. Dann schob ich diesen Gedanken beiseite. Sonst würde ich mich nur aufregen. Die Logik sagte mir, dass Damon einen Grund gehabt haben musste, so mit mir zu reden.
Ich wollte das wirklich glauben.
Komisch, wie das alles angefangen hatte. Mit einer Wette, die ich absichtlich verloren hatte, weil ich dadurch bekam, was ich wollte – Damon, wie auch immer ich ihn haben konnte. Der Teil von mir, der auf Leder und Fesseln stand, freute sich über die Wende, die die Ereignisse genommen hatten. Aber jetzt ging es nicht mehr nur um Fetischsex. Da war die Nacht in Damons Bett – das war so weit von einem Fick entfernt gewesen, einfach unglaublich. Damon hatte mich bis ins Mark erschüttert und einem Hunger in mir geweckt, wie ich ihn noch nie erlebt hatte.
Ein weiterer Blick auf die Uhr. *Wie lange wollen die eigentlich noch reden?* Die Tasche mit meinen Lederklamotten war immer noch im Kofferraum von Damons Wagen. Ich war froh, dass ich mir für den Nachhauseweg eine Jogginghose übergezogen hatte – Damon hatte mich ausgelacht, weil ich nicht in meinem ultraknappen Lederslip zum Auto laufen wollte. Das Halsband lag jedoch immer noch um meinen Hals, und ich wollte, dass es dort blieb.
Noch einmal durch die Jalousien gelinst. Ja, ja, dadurch verging die Zeit nicht schneller, aber scheiß drauf… nur

dass diesmal das Licht auf Damons Veranda wieder an war und sich dort etwas regte. Ich ließ die Jalousie los und trat hastig zurück. Er sollte nicht denken, dass ich ihm nachspionierte. Außerdem – nur weil es so aussah, als ob Michael gerade ging, hieß das noch lange nicht, dass Damon schnurstracks herüberkommen würde, oder?
Als ich Schritte auf dem Kiesweg hörte, pochte mein Herz, und ich bekam innerhalb von Sekunden feuchte Hände. *Endlich.* Ich war an der Tür, ehe er richtig angeklopft hatte, und riss sie auf. Da stand Damon in seiner Lederkluft, die Hände an den Seiten, mit einem Gesicht wie…
Oh Gott. Seine Augen. In seinem Blick lag der nackte Schmerz.
„Bist du okay?“ Ich trat beiseite, um ihn einzulassen, und machte die Tür hinter ihm zu. Dabei verfluchte ich mich für meine sinnlose Frage. Natürlich war er nicht okay. Jeder Trottel konnte das sehen. Dann verflogen alle derartigen Gedanken, als Damon auf mich losstürmte und mich gegen die Wand drängte, die Hände an meinem Gesicht. Seine Lippen suchten meine.
Ich fragte nicht, weshalb. Ich versank in dem Kuss, öffnete mich für ihn, hieß die Wildheit dieser sinnlichen Attacke willkommen. Ich wollte auf die Knie fallen, mein Gesicht an seinen Bauch drücken und die Arme um ihn schlingen, mich an ihn klammern und ihn nie wieder loslassen. Mein Hinterkopf prallte mit einem dumpfen Geräusch gegen die Wand, und er küsste mich immer noch. Seine Zunge erforschte meinen Mund und seine Hände umfassten meinen Kopf, hielten mich fest. Als ob ich irgendwo anders sein wollte.
Damon riss sich so jäh von mir los, dass mir die Luft

wegblieb, wich zurück und sah mir in die Augen. „Gott, ich brauch' dich." Er strich mit den Fingerspitzen an der Kante meines Halsbands entlang.
„Du hast mich", hauchte ich. „Nimm, was du brauchst."
Er stockte kurz. „Boy, das habe ich vor." Er schnappte sich mein eines Handgelenk, drückte es über meinem Kopf gegen die Wand und machte dann dasselbe mit meiner anderen Hand, wobei er mich mit dem Körper gegen die Wand presste. Seine Lippen waren wieder auf meinem Mund, und er küsste mich mit glühender Leidenschaft. Verdammt, er war so gierig… ich stöhnte in den Kuss, wollte mehr. Als er innehielt und mir erneut tief in die Augen sah, stellten sich meine Nackenhaare auf.
„Weißt du noch, als wir neulich über Limits gesprochen haben? Vertrauen? Bluttests?"
Ich nickte und schluckte.
„Ich bin negativ. Du bist negativ."
Heilige Scheiße. Ich bekam keine Luft mehr.
Damon durchbohrte mich mit einem eindringlichen Blick. „Schweigen ist keine Einwilligung. Du weißt es besser."
Oh Gott. Ich holte mühsam Atem. „Fick mich, Sir. Fick mich ohne Kondom." Das bisschen mühsam erkämpfte Luft wich schlagartig wieder aus meinen Lungen, als er mich herumriss und mit dem Gesicht voran gegen die Wand drückte. Ich stemmte die Handflächen gegen den Verputz, den Kopf zur Seite gedreht, so dass meine Wange auf die kühle Oberfläche traf, und erschauerte, als er meine Jogginghose mit einem Ruck bis zu den Knöcheln herunterzog. Ich nahm das unverkennbare Ratschen eines Reißverschlusses wahr – und das ebenso unverkennbare

Geräusch, als er spuckte.
Damons Atem wärmte mein Genick. „Mehr kriegst du nicht. Du bist schon noch glitschig genug da drin. Ist noch nicht so lange her, dass ich in dir war.“ Er schlug gegen meinen Oberschenkel. „Stell den Fuß auf die Stuhllehne hier. Mach die Beine breit.“
Ein Schauer überlief mich und bereitete mir Gänsehaut, als ich seinen Anordnungen nachkam, meine Jogginghose wegstrampelte und ihm in Erwartung der bevorstehenden Penetration den Hintern entgegenstreckte. Er ließ mich nicht lange warten. Damons heißer, unverhüllter Penis schob sich langsam, aber beharrlich zwischen meine Hinterbacken und hielt erst inne, als er bis zum Anschlag in mir vergraben war und der dicke Schaft mein Loch dehnte. Damons Hand war an meinem Hals, hielt mich ruhig, während er ein paarmal träge ein und aus glitt. Der anfängliche Schmerz verflog rasch.
Sein Atem kitzelte mein Ohr. „Dieses Loch gehört mir“, knurrte er mit zusammengebissenen Zähnen, dann stellte er seinen Fuß neben meinen auf den Sessel und rammte mir mit einem wuchtigen Stoß seinen Schwanz in den Leib. Er drängte sich an mich und bumste mich mit kurzen, schnellen Stößen. Ich hörte nur noch meine eigenen Schreie und das laute Klatschen von Haut auf Haut. Damon drückte meinen Kopf gegen die Wand, packte mich mit der anderen Hand an der Hüfte und zog mich bei jedem Stoß ruckartig nach hinten. Sein offener Reißverschluss schnitt in meine Arschbacken, ich prallte jedes Mal gegen die Wand, wenn sein Körper gegen meinen klatschte – und es war einfach herrlich.
„Oh Gott, ja“, stöhnte ich. „*Benutz* mich, verdammt.“
Wenn er mich so haben wollte, nur als Loch für seinen

Schwanz, dann konnte er mich haben. Ich gehörte ihm mit Haut und Haar, mit Herz und Seele.
Damon wurde langsamer. Seine Lippen streiften meine Schulter, als er mich dort küsste und dann sanft zubiss. Der Schmerz war geradezu exquisit. Ich versuchte, den Kopf noch weiter zu drehen und seine Lippen einzufangen, doch er ließ mich nicht, sondern drückte mich weiterhin fest gegen die Wand. Er küsste mich auf den Hals, eine unerwartet sanfte Berührung seiner Lippen. „Wird Zeit, dass ich in diesem Arsch abspritze“, sagte er leise. Dann machte er weiter, füllte mich mit seinem heißen Schaft und legte ein gnadenloses Tempo vor, ohne auch nur ein einziges Mal nachzulassen. Seine Hand blieb an meinen Kopf, hielt ihn an Ort und Stelle, während er immer schneller wurde, immer brutaler zustieß. Er ächzte bei jedem Stoß, immer lauter und rauer, bis ich wusste, dass er soweit war.
Damon spießte mich auf seinen Schwanz, und ich spürte, wie er kam. Noch nie zuvor hatte jemand ohne Kondom in mir abgespritzt. Alle meine Sorgen wegen Michael, meine Ängste und Zweifel verflogen, als Damon sich an mich drückte, seine Hände über meinen, und ich ihn immer noch in mir pulsieren fühlte. Es spielte keine Rolle, dass ich nicht gekommen war. Ich war nicht dumm. Das hier war für Damon.
Seine Atmung verlangsamte sich, und seine Brust war schweißnass an meinem Rücken. „Mein“, murmelte er und küsste mich erneut auf die Schulter.
„Dein.“ Ich ergriff seine Hand und hob sie an das Halsband um meinen Hals. Das Halsband, das er mir umgelegt hatte. „Dein“, wiederholte ich.
Als hätte es daran je einen Zweifel gegeben.
Sein Schwanz steckte immer noch fest in mir. Damon

beugte sich vor und küsste mich auf den Mund – einer von diesen seitlichen Küssen, die immer so unbeholfen aussehen, aber einer, nach dem ich mich gesehnt hatte, seit ich diese ersten warmen Spritzer in mir gefühlt hatte.

Als er seinen Schwanz behutsam herauszog, erschauerte ich, da er stattdessen einen Finger in meine jetzt schmerzende Öffnung steckte. „Gib mir diese Wichse."

Ich drückte sie heraus, und Damon fiel hinter mir auf die Knie, zog meine Arschbacken auseinander und vergrub das Gesicht dazwischen. Seine warme Zunge leckte an meinem Loch, fuhr über meinen Hodensack, wo sein Sperma heruntergelaufen war. Seine Bartstoppeln kratzten an meiner Haut, seine Zunge linderte den Schmerz in meinem malträtierten Anus, den er mit den Fingern offen hielt. Als er fertig war, stand er auf und drehte mich um.

Ich wartete nicht erst auf weitere Anweisungen, sondern schlang ihm die Arme um den Hals und küsste ihn innig, schmeckte seine Wichse auf seinen Lippen. Damon erwiderte den Kuss und umklammerte dabei mit beiden Händen meinen Kopf, wie um mich an der Flucht zu hindern.

Ach, Blödsinn. Ich war da, wo ich sein wollte. Ich hätte ihn gern gefragt, ob er sich besser fühlte, aber meine Intuition riet mir, zu schweigen.

Damon gab meinen Mund frei und sah mich an, die Stirn in Furchen gelegt, und mein Herz wurde schwer.

Wir sind noch nicht über dem Berg.

„Pete, ich…" Er schluckte.

Für einen Moment war ich ratlos, doch dann traf es mich wie ein Schlag. *Ach du lieber Himmel. Damon ist nervös.* Ich erstarrte und mir wurde ganz mulmig zumute, weil ich nicht wusste, was jetzt auf mich

zukam. Ein Gedanke schoss mir durch den Kopf, und mir wurde kalt. *Sag mir nicht, dass das ein Abschiedsfick war.* Dann machte ich mir bewusst, dass das unlogisch und dumm war. *Er hat gesagt, dass ich ihm gehöre, oder? Dann ist das, was er mir zu sagen hat, bestimmt nicht ‚Adios, Pete'.*
„Ich liebe dich."
Ich blinzelte. Ich blinzelte nochmal. Mein Hirn wollte anscheinend nicht anspringen. „Du…" Ich verstummte. Was auch immer ich erwartet hatte, das war es nicht.
Damon legte den Kopf schräg. „Du willst mich dazu bringen, es nochmal zu sagen, stimmt's?"
„Nur, weil ich beim ersten Mal geträumt haben muss, glaube ich. Weil es sich für einen Moment so angehört hat, als hättest du gesagt, du liebst mich."
Damon schnaubte. „Ich kann dich lieben und dir gleichzeitig den Hintern versohlen, das ist dir doch klar, oder?"
Das war *mein* Damon. „Ich verlasse mich drauf." Aber ich konnte ihn nicht einfach hängen lassen, nicht, wenn er gerade einen so großen Schritt gewagt hatte. „Und ich kann einstecken, was immer du zu geben hast, und dich auch lieben."
Gott, er war so still. „Meinst du das ernst?"
Meine Arme lagen immer noch um seinen Hals, also zog ich ihn ein bisschen enger an mich. „Das wollte ich dir vorhin sagen, bevor wir… unterbrochen wurden." Noch näher. „Ich liebe dich. Ja, ich will dein Boy sein, aber ich will auch dein Mann sein, ob ich dein Halsband trage oder nicht." Unsere Lippen berührten sich fast. „Willst du das auch?" Verdammt, ich zitterte, und mir war schwindelig. Das war… Damon, der mir sagte, dass er mich liebte. Damon, der sich benahm, als könnte er nicht glauben, dass ich seine Liebe erwiderte.

„Herrgott, ja!“ Dann lagen seine Lippen auf meinen, und ich versank erneut in einem Kuss, bei dem sich meine Zehen kringelten. Nur dass dieser anders war. Dieser Kuss besiegelte etwas, und das wusste ich.
Doch selbst solche Küsse müssen irgendwann enden. Damon riss sich mit einem Seufzer von mir los. „Okay. Wir sollten uns frischmachen.“
„Und dann?“
Er lächelte. „Und dann setzen wir uns auf die Couch und reden miteinander. Ich muss dir erzählen, was heute Abend passiert ist… und jetzt kann ich das auch.“
„Weil du dir den Zorn aus dem Leib gefickt hast?“, scherzte ich.
Er schüttelte den Kopf. „Weil du jetzt weißt, was ich für dich empfinde. Und wenn das mit uns funktionieren soll, dann müssen wir beide wissen, wo wir hinwollen.“
„Grenzen?“, sagte ich mit einem Lächeln.
Er lachte leise. „Genau.“ Dann gab er mir einen Klaps auf den Hintern. „Und jetzt ab ins Bad.“
Ich unternahm einen Versuch, ihn zornig anzustarren. „Entschuldige mal! Wessen Haus ist das?“
Er grapschte nach meinem Hintern und drückte ihn zusammen. „Wessen Arsch ist das?“
„Deiner.“ In dieser Hinsicht konnte ich nicht widersprechen.
Damon nickte selbstzufrieden. „Dann ist es egal, ob es dein Haus ist oder meins. Was ich sage, gilt.“
Wenn er es so ausdrückte...
„Ja, Sir.“ Das sagte ich mit leiser Stimme, aber von ganzem Herzen.

Ich hatte schon ziemlich lange nicht mehr mit einem anderen Mann zusammen geduscht, ohne dass das hinterher in einem Fick geendet hatte. Aber ich musste zugeben, es gefiel mir. Pete wusch mich mit einer Fürsorge, die fast an Ehrfurcht grenzte, und meine Kehle wurde eng. Ich sagte mir, dass es nur ein emotionaler Abend gewesen war, dass ich müde war…

Das war völliger Blödsinn. Dieser Mann war mir unter die Haut und ans Herz gegangen wie kein anderer seit – Oh nein. Ich würde nicht an ihn denken. Nicht, wenn ich einen wundervollen Mann in den Armen hielt, der mir gerade gesagt hatte, dass er mich liebte. Kein Vergleich.

Als wir abgetrocknet und jeder in einen Bademantel gehüllt waren, lotste ich Pete ins Wohnzimmer, setzte mich auf die Couch und klopfte auf meinen Schoß. „Leg dich auf den Rücken, Kopf hierher."

Pete legte sich zurecht und nahm sich Zeit, um es sich bequem zu machen. Als er soweit war, die Füße am anderen Ende der Couch auf der Armlehne hochgelegt, streichelte ich ihm über den Kopf. „Danke, dass du für mich aufgeblieben bist."

Er warf mir einen ungläubigen Blick zu. „Denkst du etwa, ich hätte ins Bett gehen können, ohne zu wissen, was los ist?"

Ich blickte auf ihn hinab. „Hast du dir Sorgen gemacht?" Er verstummte, und ich streichelte seine Wange. „Sag mir die Wahrheit."

„Ein bisschen. Ich meine, ich weiß, du hattest gesagt, dass ich dein Boy bin, aber ich wusste auch, dass er dein Ex ist, und als er einfach so hier aufgekreuzt ist…"

Seine Stirn glättete sich. „Willst du wissen, wann ich aufgehört habe, mir Sorgen zu machen? Als du mich ohne Kondom gevögelt hast. Das hat… verdammt, das hat so viel gesagt."

„Genau das war auch meine Absicht. Du solltest keine Zweifel haben. Und das bringt uns direkt zu unserem Thema… nämlich, wie es jetzt weiter geht." Ich lächelte. „Jetzt kommen wir zu dem Teil, wo du mir sagst, was *du* dir von all dem hier erwartest, wo es für *dich* hinführen soll. Ich bestreite das Gespräch schließlich nicht allein. Wir sind hier zu zweit."

Gott, es war, als wäre er zur Statue geworden.

„Pete?" Ich umfasste sein Kinn und sah ihm in die Augen.

Schließlich stieß er einen Seufzer aus. „Es ist ja nicht so, als wüsste ich nicht, was ich will. Ich weiß nur nicht…"

Jetzt verstand ich. „Du traust dich nicht, es mir zu sagen." Als er nickte, schloss ich die Augen. Nicht ganz das, was ich mir erhofft hatte.

„Sir?" Seine Finger tasteten zaghaft nach meinen. Ich öffnete die Augen und sah ihn an. Pete holte tief Luft. „Ich möchte dein Boy sein. Wenn ich eins gelernt habe, seit wir das hier angefangen haben, dann ist es, dass ich mich dir unterwerfen will. Alles, was wir bisher gemacht haben, war … einfach fantastisch. Aber…"

„Aber?"

Er sah mir fest in die Augen und schluckte. „Ich will mehr. Ich will nicht für eine Session in deinem Keller oder im Schlafzimmer zu dir rüberkommen und dann wieder nach Hause gehen und mein eigenes Leben weiterleben bis zum nächsten Mal. Ich will ein Teil deines Lebens sein." Er unterbrach den Blickkontakt nicht. „Ich will morgens entweder an deiner Seite oder auf dem Fußboden neben deinem Bett aufwachen, je nachdem, was wir gerade tun. Versteh mich nicht falsch. Ich sage nicht, dass ich rund um die Uhr, sieben Tage die Woche dein Sub sein möchte. Ich suche keinen Vollzeit-Master. Ich glaube, das könnte ich gar nicht."

Ich wollte das ganz sicher nicht. „Mal sehen, ob ich das richtig verstanden habe." Gott, das hoffte ich, denn das hier entwickelte sich gerade zum besten Tag meines Lebens seit langer, langer Zeit. „Du sagst, dass du mein Partner sein und mein Leben mit mir teilen willst, aber dabei willst du das, was wir jetzt haben, nicht verlieren. Du willst damit sagen, dass du alles willst – einen Master *und* einen Lover."

Petes Atem stockte und er erschauerte leicht. „Ja", flüsterte er.

Ich biss mir auf die Lippe. „Du willst nicht viel, was? Hat dir schon mal jemand gesagt, was du für ein gieriger Boy bist?" Seine Augen weiteten sich, und ich konnte ihn nicht mehr länger piesacken. „Dann bin ich wohl genauso gierig, denn ich will auch alles haben." Ich strich mit den Fingerspitzen über das Gesicht, das ich inzwischen so gut kannte. „Ich hatte mir vorgenommen, dich zu fragen, ob du zu mir ziehen willst. Ich wollte warten, bis wir von der Party wieder zuhause sind, um das Thema anzusprechen, aber das… ist leider schiefgegangen." Ich lächelte ihn reumütig an. „Dumm gelaufen, hm?"

Pete atmete ein wenig schneller. „Ob ich… ob ich zu dir ziehen will?"

„Na ja, nicht gleich heute Nacht", scherzte ich. „Aber ja, wenn du meinst, dass du bereit dafür bist, können wir darüber reden." Ich breitete die Arme aus. „Komm her, Boy."

Im Handumdrehen hatte ich einen warmen,

hinreißenden Mann in den Armen, der rittlings auf mir saß, die Arme um meinen Hals, die Lippen auf meinen, und das waren die süßesten Küsse aller Zeiten. Ich konnte nicht aufhören, ihn zu berühren, seine Arme und seinen Rücken zu streicheln, um mich zu vergewissern, dass das alles echt war.
Als wir uns voneinander trennten, sah ich ihm erneut in die Augen. „Boy", sagte ich leise. Er konzentrierte sich auf mich, und ich lächelte. „Nur damit du's weißt, ich werde immer dein Master sein. Auch wenn ich es manchmal ein bisschen zurückschraube, ist dieser Teil von mir nie ganz weg. Wenn wir das hier also wirklich machen wollen, muss dir das von Anfang an klar sein."
Pete nickte. „Ich verstehe… Sir."
„Aber nicht rund um die Uhr, sieben Tage die Woche. Das will ich auch nicht", versicherte ich ihm. „Außerdem haben wir vieles gemeinsam zu entdecken. Ich habe immer noch deine Liste, erinnerst du dich?"
„Liste?" Pete runzelte die Stirn, dann starrte er mich mit großen Augen an. „Oh Gott. *Die* Liste."
Ich grinste. Das versprach höchst unterhaltsam zu werden. Aber nicht heute. Ich war völlig fertig, und die Aussicht darauf, mit Pete in den Armen zu schlafen, war sehr willkommen. „Darüber reden wir jetzt aber nicht. Bett. Wir können morgen weiterreden, vor allem, wenn du immer noch vorhast, dir den Tag frei zu nehmen und ihn mit mir zu verbringen."
„Das klingt großartig."
„Also dann, runter von mir, damit wir ins Bett gehen können."
Pete kletterte von meinem Schoß und wartete neben der Couch, bis ich aufgestanden war. Nachdem er die Haustür verriegelt hatte, gingen wir in sein Schlafzimmer und machten die Tür zu. Es gab noch

viel zu bereden, aber das konnte warten bis morgen. Für das, was von der Nacht noch übrig war, hatte ich andere Pläne.

Das musste ein Traum sein.

Ich war in meinem Bett, aber Damon war bei mir, an meinen Rücken geschmiegt. Seine warmen Hände rieben über meinen Bauch und meine Brust, und sein Atem strich durch meine Nackenhaare. Wir lagen seit gut zehn Minuten schweigend da, und das war völlig okay für mich. Ich war froh, das alles aufsaugen und auf mich wirken lassen zu können. Die Tatsache, dass keiner von uns beiden das Bedürfnis zu reden verspürte, verriet mir sehr viel. Schlafen kam im Moment nicht in Frage. Der Lampenschein durchflutete mein Schlafzimmer mit Wärme.

„Es tut mir leid." Damon küsste mich auf die Schulter.

„Was denn?" Ich war aufrichtig verwundert.

„Dass ich vorhin so mit dir geredet habe. Ich wollte dich nur dort weg haben, um rausfinden zu können, was los war. Und er hatte es nicht verdient, zu wissen, wie wichtig du mir bist. Deshalb war ich so reserviert."

Ich hatte mir geschworen, es nicht anzusprechen. Aber da er selbst davon angefangen hatte, fasste ich mir ein Herz. „Okay, das verstehe ich. Aber weißt du was? Es hat verdammt wehgetan."

Ich fühlte, wie er sich versteifte, doch dann entspannte er sich wieder. „Das habe ich verdient. Ich hätte dich nicht so wegschicken dürfen, ohne dir alles zu erklären. Aber um ehrlich zu sein, als ich ihn dort gesehen habe…"

Ich legte eine Hand über seine. „Das war bestimmt ein

Schock nach der langen Zeit. Ich hätte wahrscheinlich genauso reagiert.“ Wahrscheinlich. Ich drehte mich auf die Seite, um ihn ansehen zu können, den Kopf auf einen Arm gebettet. „Können wir jetzt über ihn reden?“ Ich wollte es nicht zu weit treiben, und wenn er jetzt sagte, dass mich das nichts anging, na schön. Aber ich wollte es wissen. Dieser Mann hatte ihm offensichtlich einmal viel bedeutet.

Damon legte mir eine Hand an die Wange. „Da gibt es nicht viel zu reden. Aus welchen Beweggründen auch immer er mich unbedingt sehen wollte, es sind zwei Dinge dabei herausgekommen. Ich habe endlich die Antworten bekommen, die ich brauchte, um dieses Kapitel meines Lebens endgültig abschließen zu können. Und du kennst ja das Sprichwort. Wenn sich eine Tür schließt… Jetzt darf ich eine neue Tür aufmachen, ein neues Kapitel beginnen. Mit dir.“

„Er hat dir wehgetan“, platzte ich heraus. Ich hatte es gesehen. Der Schmerz hatte sich auf seinem Gesicht abgezeichnet, in seinem Blick gelegen.

Damon seufzte. „Nur, als mir klar wurde, dass er mich nie geliebt hatte. Nicht so, wie ich ihn geliebt hatte. Und das sage ich dir nur, weil ich nicht will, dass wir Geheimnisse voreinander haben. Du musst wissen, dass du mich alles fragen kannst, okay?“ Er lächelte. „Und außerdem musst du auch wissen, worauf du dich einlässt.“

Ich streichelte die breite, haarige Brust, die ich so gut kannte und genoss es, wie er erschauerte, als ich seine Nippel streifte. „Wir werden Regeln haben, oder? Wenn wir spielen?“

Er nickte. „Aber du musst verstehen, dass die Regeln manchmal auf unser Alltagsleben abfärben werden. Wie gesagt, ich kann das nicht einfach abstellen.“

„Das ist okay für mich", antwortete ich wahrheitsgemäß. Wenn ich ehrlich war, hatte ich mir genau das schon immer gewünscht. „Aber eins würde ich doch gern ansprechen… da du gesagt hast, wir können über alles reden."

Er lachte verhalten. „Ich weiß doch schon, was du willst. Du hast es ja ziemlich deutlich durchblicken lassen." Er ließ eine Hand über meine Hüfte gleiten und streichelte meinen Hintern. „Und wir werden auch darauf hinarbeiten, das verspreche ich dir."

Für einen Moment war ich ratlos. Dann begriff ich. Seine Hand… Oh, Mann.

Ich erschauerte unwillkürlich, und Damon zog mich an sich.

„Nicht jetzt", sagte er sanft. „Solche Gespräche sind etwas für tagsüber, wenn wir beide klar denken können."

„Und daran hatte ich gar nicht gedacht", bekannte ich. Als er mich fragend ansah, lächelte ich. „Ich will das, was wir damals nach der Geburtstagsfeier deiner Mutter hatten."

Er runzelte die Stirn. „Und was war das?"

„Da hast du mit mir Liebe gemacht." Gott, wie sehr ich mir das wünschte.

Damons Stirnrunzeln verschwand, und sein Lächeln breitete sich bis zu den Augen aus. „Du liest meine Gedanken." Er rollte mich auf den Rücken und legte sich auf mich, die Arme links und rechts von meinem Kopf aufgestützt. Verdammt, ich liebte das Gefühl, von seinem Körpergewicht in die Matratze gedrückt zu werden, die Beine um seine Taille und die Arme um seinen Hals schlingen und mich an ihm festhalten zu können, während er uns beide zum Höhepunkt brachte. Ich hatte diese intime Nähe vermisst. Gefesselt an seinem Andreaskreuz zu hängen, in einer Sling, was auch immer… ja, das waren Momente, die mir immer noch einen Schauer über den Rücken jagten, die einem Teil von mir gerecht wurden, von dem ich immer gewusst hatte, dass es ihn gab. Aber wenn wir so waren wie jetzt, als Liebespaar…

Es war, als wäre meine Seele in zwei Hälften geteilt, und Damon passte perfekt zu beiden. Ja, ich weiß, das klingt furchtbar kitschig, aber es war *meine gottverdammte Wahrheit*, und es war mir scheißegal, wer das wusste.

Ich gehörte ihm, endlich ganz und gar *ihm*, und ich hätte nicht glücklicher sein können.

Petes Unterschenkel ruhten auf meine Schultern, und ich blickte auf ihn hinab, als ich meinen mit Gleitgel überzogenen Schwanz in Position brachte. Seine Hand glitt sanft an seinem steifen Pimmel auf und ab. Ich drückte gegen den gut geschmierten Ringmuskel, aber nicht fest genug, um einzudringen. „Wem gehört dieses Loch?“, fragte ich leise und sah ihm in die Augen.

„Dir.“ Seine Brust hob und senkte sich und ich nahm seinen Geruch wahr, einen männlich-herben Duft, der meinen Schaft stahlhart machte.

Ich nickte und rieb meine Eichel aufreizend an seiner Rosette. Pete stöhnte leise und ich wusste, es würde nicht mehr lange dauern, bis er zum Abspritzen bereit war. „Halt‘ es zurück, so lange du kannst.“

Er verdrehte die Augen. „Das sagt einer, der heute schon weiß Gott wie oft gekommen ist.“

Ich grinste. „Das sagt der Mann, der es sich anders überlegen und dich in einen Keuschhalter stecken kann, falls ihm danach ist.“

Seine Augen weiteten sich. „Du würdest doch nicht… Moment, was rede ich da? Natürlich würdest du.“
Ich drückte etwas fester und spürte, wie der Ring ein wenig nachgab. Ich hatte nicht vor, ihn noch länger aufzugeilen. Er hatte vorhin meinen Schwanz weggesteckt wie ein Weltmeister, ohne Gleitgel, abgesehen von einem Klecks für sein Loch, und kein einziges Mal gefragt, ob er kommen durfte.
Das verdiente eine Belohnung.
Ich hakte die Arme unter seine Knie, beugte mich vor und drückte ihm die Beine an die Brust, als ich in ihn eindrang. Ich ließ mir Zeit dabei und schnappte nach Luft bei dem herrlichen Gefühl, das mich nie ungerührt ließ. Als ich ganz in ihm war, hielt ich inne. Unsere Münder waren nur Zentimeter voneinander entfernt. „Lieb‘ dich, Boy.“
Ich war mir nicht sicher, ob sein langgezogener Seufzer davon kam, dass mein Schwanz ihn dehnte, oder von meiner Erklärung. Wahrscheinlich war es fifty-fifty. Ich küsste ihn, während ich genüsslich ein und aus glitt und sein heißer Schwanz an meinem Bauch rieb.
„Lieb‘ dich, Sir“, flüsterte er und griff unter seine Knie, so dass ich mich aufrichten und in einen Rhythmus finden konnte, ein gemächliches Schaukeln, das uns beide dorthin bringen würde, wo wir sein wollten.
Klebrig und voller Sperma auf Wolke sieben, gefolgt von einer erholsamen, ruhigen Nacht.
Der ersten von vielen.

Nimm meine Hand

Dezember

„Dann gehen wir also heute auf eine Weihnachtsfeier?", fragte ich und schaute mir im Spiegel dabei zu, wie ich mich in die enge Lederjeans zwängte, die Damon mir letzte Woche geschenkt hatte. „So eine mit Christbäumen und Girlanden?" Ich hatte so das Gefühl, dass das nicht diese Art von Feier war.
„Wohl kaum. Sie findet nur zufällig während der Feiertage statt. Und da gibt's keine Girlanden und keine Bäume, nur jede Menge schwarzes Vinyl, eine Sling und haufenweise Gleitgel und Kondome. Spielsachen muss man selbst mitbringen." Damon trat hinter mich, legte mir die Arme um die Taille und knabberte an meinem Hals. „Ich will mit meinem Boy angeben."
„Du willst mich nur ablenken", sagte ich vorwurfsvoll und starrte mit finsterer Miene in den Spiegel. Nicht, dass ich auch nur das Geringste dagegen gehabt hätte. Wenn er mich dort küsste, brachte mich das immer auf Touren.
„Schuldig. Ich möchte nicht, dass du dich jetzt nur darauf konzentrierst." Ich erschauerte, und er umarmte mich fester. „Du weißt doch noch, was ich gesagt habe? Du kannst jederzeit – "
„Ich werde es mir nicht anders überlegen", beharrte ich. Ich hatte lange genug davon fantasiert und war mehr als bereit für die Realität. „Außerdem arbeiten wir schon seit Monaten darauf hin." Die lange Vorarbeit, die Dildos, die Gespräche… Das alles hatte nur mein Verlangen vergrößert. Die Tatsache, dass Damon das nicht zum ersten Mal machte, hatte meine anfänglichen

Ängste deutlich gemindert, als er mir gesagt hatte, dass wir das wirklich tun würden.
Mich bis Dezember warten zu lassen – das war der qualvolle Teil.
Damon sah mir im Spiegel in die Augen. „Setz dich für einen Moment zu mir."
Ich wusste, was das bedeutete. Ich wartete, bis er auf dem Bett saß, ein paar Kissen im Rücken und die Beine weit gespreizt, so dass ich mit dem Rücken zu ihm dazwischen sitzen konnte. Ich lehnte mich an ihn, er legte die Arme um mich, und das war gleich viel besser. Dies war mein sicherer Ort, wo wir beide offen über alles reden konnten, was wir auf dem Herzen hatten.
Damon küsste mich auf die Schläfe. „Ich weiß, dass du diesen Mammut-Dildo verkraften kannst. Aber wir wissen beide, dass es ganz etwas anderes ist, wenn ich dir meine Hand reinschiebe. Meine Hand ist nicht nur irgendein Ding, mit dem ich dich ficken kann."
„Das weiß ich", sagte ich leise. „Ich habe nicht vergessen, was du gesagt hast. Enger kann eine Verbindung nicht sein." Meine Gefühle hatten sich geändert. Als er damals im Sommer zum ersten Mal von Fisting gesprochen hatte, war mir dazu nur eingefallen, wie verdammt *geil* sich das anhörte. Aber jetzt? Jetzt ging es mehr um die Verbundenheit auf einer anderen Ebene, die wir dadurch erreichen konnten. Eine, die höchstes Vertrauen und intimste Vertrautheit erforderte. Ich wusste, dass er mich keine verdammte Sekunde aus den Augen lassen würde, um sicherzugehen, dass er mir nicht wehtat und dass ich so viel wie möglich von der ganzen Sache hatte. Es war ein wunderbares Gefühl, zu wissen, dass nicht nur ich das wollte: Damon konnte es selbst kaum erwarten.
„Hast du meine Anweisungen befolgt?"

Ich nickte. „Ja, Sir." Ich hatte heute Morgen eine Stunde lang stillgesessen und mich mental vorbereitet. Ich hatte mir vorgestellt, von Damons Pranke gedehnt zu werden, hatte mir seinen konzentrierten Blick ausgemalt, der auf mich geheftet sein würde, während er seine Hand in mir hatte. Das hatte gereicht, um mir einen Ständer zu bescheren. Im weiteren Verlauf des Tages hatte ich dieses Gefühl des Verlangens und der Sehnsucht gut festgehalten.
Ich war froh, dass er mich nicht fragte, ob mein Arsch für ihn bereit war. Einen Einlauf zu machen war schlimm genug, ohne hinterher darüber reden zu müssen – oder auch nur daran zu denken–. Und apropos Darmreinigung? *Der* Stimmungskiller Nummer eins.
„Können wir?" Damon küsste mich auf den Kopf.
Ich reckte den Hals, um ihn anschauen zu können. „Hast du nicht was vergessen?"
Er schmunzelte. „Als ob du das zulassen würdest." Ich sprang schnell aus dem Bett und lief zur Kommode neben dem Spiegel. Damon folgte mir schmunzelnd. Gleich darauf legte er mir mein Halsband um. Das gab mir jedes Mal einen Kick. *Mein* Halsband. Nicht das lederne, das ich beim Folsom Street Festival getragen hatte. Dieses war mehr wie eine schwere Kette mit einem Vorhängeschloss, und ich trug es für mein Leben gern. Wie ein kleiner Junge, scherzte Damon immer, weil ich es immer sofort anlegte, wenn ich von der Arbeit nach Hause kam. Er konnte lachen, soviel er wollte – es war meins, für mich gekauft und der greifbare Beweis, dass ich ihm gehörte. Heute würde ich es zum ersten Mal tragen, wenn wir auf eine Sexparty gingen. Wir waren seit Folsom bei keiner mehr gewesen, und ich konnte es kaum erwarten. Die Party

damals war fantastisch gewesen.
Diese hier versprach überragend zu werden.
„Besser?" Damon sah mir im Spiegel in die Augen.
„Besser." Sein Halsband zu tragen, so dass alle seine Freunde wussten, dass ich ihm gehörte?
Ober-affen-geil.

„Ist das ratsam? Pete mit Ray allein zu lassen?" Jake schmunzelte. „Andererseits – wenn jemand ihm sagen kann, was auf ihn zukommt, dann ist das Ray."
Da hatte er nicht unrecht. Ray war ein Experte, wenn es um Fisting ging. Ich schaute zu Ray und Pete, die auf der anderen Seite des Raums in einer Ecke auf dem Boden saßen und sich leise unterhielten. „Dann lassen wir sie mal reden." Rund um sie herum war die Party in vollem Gange. RD schien mehr Leute eingeladen zu haben als beim letzten Mal, und die Luft war bereits von Geräuschen erfüllt. Haut klatschte auf Haut, Paddles sausten auf Ärsche nieder, und Typen wurden unter Ächzen und Stöhnen gefickt.
Ich lachte in mich hinein. Pete und Ray schienen nichts von all dem wahrzunehmen; sie redeten einfach weiter, was sie merkwürdig deplatziert wirken ließ. „Man könnte meinen, sie wären bei einem Kaffeekränzchen, wenn man sie so sieht." Ich war froh, dass Pete Freundschaften schloss. Ich spielte oft mit den Leuten hier, und ich wollte, dass er sich hier wohlfühlte.
Nicht, dass ich in letzter Zeit gespielt hätte. Das wahre Leben war mir dazwischen gekommen, aber auf die bestmögliche Art.
„So langsam haben wir uns schon gefragt, ob was

passiert ist. Du hast dich schon seit einer ganzen Weile nicht mehr bei so einer Fete blicken lassen. Ich glaube, Folsom war die letzte." Jake lächelte breit. „Denk' nicht, ich hätte sein Halsband nicht bemerkt. Sind Glückwünsche angebracht?"

„Jau. Und ich war beschäftigt. Mir war gar nicht klar, wieviel Kram ich habe, bis Pete eingezogen ist und wir für alles Platz finden mussten." Wir hatten eine Weile gebraucht, um uns ans Zusammenleben zu gewöhnen – und an die Gewohnheiten des anderen – aber mir gefiel die Art, wie die Sache voranging.

Jake staunte. „Wow. Ihr lebt zusammen? Wow. Das ist toll!"

„Er hat sein Haus letzte Woche zum Verkauf ausgeschrieben. Ich glaube, ernster kann man es nicht meinen."

„Das kannst du laut sagen!" Jake grinste verschmitzt. „Hoffentlich bringt ihm der Weihnachtsmann dieses Jahr ein paar ganz versaute Geschenke."

Petes Geschenke waren bereits verpackt und versteckt, wo er sie nicht finden würde. Ich konnte es kaum erwarten, sein Gesicht zu sehen, wenn er sie auspackte. Ich hatte einen ganzen Vormittag bei Mr. S Leather verbracht und überlegt, was ich ihm schenken sollte. Dann hatte ich gedacht, *ach, was soll's*, und jede Menge Spielsachen gekauft.

Weihnachten würde ein *Riesenspaß* werden.

Jake gab mir einen Rippenstoß. „Tate beobachtet Pete schon, seit ihr gekommen seid, und schmachtet ihn an. Du weißt, wie er auf Blonde steht. Und seien wir doch ehrlich, er hätte diesen süßen Arsch sofort genagelt, wenn du ihm beim letzten Mal grünes Licht gegeben hättest." Er sah mich fragend an.

Ich wusste, was er wissen wollte. „Wir haben… darüber

geredet, mit anderen zu spielen." Diesbezüglich war die Entscheidung noch offen, aber so oft, wie Pete das Thema ansprach, dachte er immer noch positiv darüber. „Nun ja, was auch immer geschieht, eins ist nicht zu übersehen. Du bist glücklich."
Ich musste lächeln. „Da hast du recht. Und meine Mom ist es auch. Weißt du, was sie gesagt hat, als ich sie angerufen und ihr erzählt habe, dass Pete bei mir einzieht? Sie sagte, sie hätte schon nicht mehr zu hoffen gewagt, dass ich jemals jemanden finde, der es mit mir aushält."
Jake biss sich auf die Lippe. „Na sowas aber auch."
Ich warf ihm einen finsteren Blick zu. „Das klingt verdächtig danach, als wärst du mit ihr einer Meinung."
„Ich hab' nichts gesagt."
In diesem Moment blickte Pete auf und sah mich an. Ich nickte lächelnd, um ihn wissen zu lassen, dass er sich von mir aus gern weiter unterhalten konnte, wenn er wollte. Denn es sah so aus, als wäre Ray genau der Richtige, um seine Fragen zu beantworten.
Allerdings würde ich ihn nicht zu lange reden lassen. Sein Arsch hatte eine wichtige Verabredung mit meiner Hand.
Das Schwierigste an diesem ganzen Abend war es, meine eigenen Gefühle vor ihm zu verbergen. Ich meine, ich wollte das auch – so sehr, dass ich schon die ganze Woche wie auf glühenden Kohlen saß. Aber was mich überraschte war die Tatsache, dass ich nervös war. Diesen Teil hatte ich anfangs nicht verstanden. Ich hatte eine Menge Typen gefistet – von solchen, für die es das erste Mal war und die jemanden haben wollten, der verdammt genau wusste, was er tat, bis zu denen, die fast meinen ganzen Arm verkraften konnten wie nichts. Also warum zum Teufel war ich nervös?

Dann kam mir die Erleuchtung.
Ich hatte keinen von diesen anderen Typen geliebt. Ich lebte nicht mit ihnen zusammen. Ich fühlte mich nicht mit ihnen verbunden.
Das hier war neu für mich, und ich wollte es mit Pete erleben.

„Weißt du, was für mich der beste Teil ist?", fragte Ray. „Wenn er die Hand wieder rauszieht."
„Wirklich?" Ich versuchte das zu begreifen. „Nicht, wenn er sie in dir bewegt?"
Ray schüttelte den Kopf. „Denk mal dran, wenn du einen Butt-Plug da drin hast. Wenn man den rauszieht, gibt es doch so ein… Ploppen, stimmt's? Fühlt sich das nicht gut an? Wenn du die Muskeln von innen her öffnest?"
Jetzt, wo er es sagte… „Ja."
„Und wenn er seine Hand in dir drin hat, ist das eine Mischung aus Lust und Schmerz. Wenn er gut ist, kann er das steuern, wie er will."
Ich schaute kurz zu Damon, der mir ein warmes Lächeln zuwarf. „Oh, er *ist* gut."
Ray lachte in sich hinein. „Mann, dich hat's ja ganz schön erwischt."
Ich hatte nicht vor, das bestreiten. Ich war bis über beide Ohren verliebt. Seit drei Monaten schon, und es wurde immer besser.
„Und noch was. Du weißt, dass es sich ganz anders anfühlt als ein Plug, oder? Ich meine, die Dinger sind glatt, aber eine Hand fühlt sich fast… gezackt an."
Ich schnaubte. „Hört sich an wie der Drachen-Dildo, mit dem er mich im letzten Monat üben lassen hat."

Ray machte große Augen. „Respekt. Diese Biester sind *gigantisch*." Er kicherte. „Tja, wenn du so einen verkraften kannst, hast du vielleicht mehr Spaß an deinem ersten Mal als ich damals an meinem. Es kann sein, dass er seine Hand nicht beim ersten Versuch ganz reinkriegt." Er hielt inne. „Denk an Poppers. Das ist echt nützlich. Du nimmst eine Nase voll, sobald er drin ist, und du bist für eine Weile startklar."
„Was bewirkt es?" Ich hatte noch nie Poppers genommen, und ich war neugierig.
„Davon kriegst du einen Rausch, der ungefähr drei Minuten lang anhält und dann wieder nachlässt. Es treibt deinen Puls in die Höhe und wirkt Wunder für dein Innenleben, weil es die Muskeln entspannt. Und ja, du wirst ein, zwei Sekunden lang ziemlich high." Er sah mich eindringlich an. „Willst du einen Rat?"
„Gerne." Ich wollte so viel wie möglich von der ganzen Sache haben.
„Denk' dran, wenn du gefistet wirst, musst du den Kopf ausschalten und den Körper ein. Klingt komisch, aber ich erklär's dir. Wenn ich gefistet werde und zuviel darüber nachdenke, was gerade passiert, und mich verspanne, dann habe ich einen Trick, der echt gut funktioniert. Ich bringe ihn dazu, seine Hand nicht mehr zu bewegen, sie in mir einfach ganz still zu halten, und dann schließe ich die Augen und scanne gedanklich meinen Körper ab. Ich fange am Scheitel an, kontrolliere die einzelnen Muskeln und ende an den Fußsohlen. Es ist wie eine Art Meditation und macht mir meinen Körper stärker bewusst, lässt mich bewusster fühlen." Er grinste. „Seine Hand in mir zu haben? Bestes Gefühl aller Zeiten. Aber ich mache das nur auf Partys oder sonst irgendwo anders als in meiner Wohnung."

„Warum?“
Er errötete. „Oh Mann, ich könnte das nie bei mir zuhause machen. Meine Nachbarn würden mich zu Teufel jagen. Wenn ich durch einen Faustfick komme, röhre ich wie ein Hirsch.“ Er wackelte mit den Augenbrauen. „Also mach dich auf was gefasst. Oh, und hast du mal diese Natur-Dokusendungen über neugeborene Rehkitze gesehen, wie wacklig sie auf den Beinen sind?“ Er kicherte. „Das bist du. Hinterher. Ich weiß nicht, warum, aber in einer Sling zu liegen und sich eine Hand reinstecken zu lassen ist tierisch anstrengend. Soll heißen, es macht einen total fertig.“ Er warf einen Blick zu Damon. „Aber weißt du, was es noch viel besser machen wird? Diese Verbindung zwischen euch beiden. Ich *liebe* anonymen Sex, aber ich würde mich nie von einem Fremden fisten lassen.“
„Weil du ihm vertrauen musst, stimmt’s? Du musst ihn kennen, und du brauchst die Gewissheit, dass er dich kennt.“
Ray nickte langsam. „Genau. Es ist das ultimative High. Und du wirst es *lieben*.“
Das reichte mir. Ich wollte Damon verdammt nochmal *auf der Stelle.*
Eine Hand berührte mich an der Schulter. „Bereit zum Spielen?“
Ich blickte zu ihm auf. „Oh ja.“ Bevor Damon noch ein Wort sagen konnte, war ich auf den Beinen. Gut, dass ich die Lederhose gleich bei unserer Ankunft ausgezogen hatte. Ich hatte einsatzbereit sein wollen. Und dass hier so viele nackte Typen herumliefen hatte es mir sehr viel leichter gemacht, auch nackt zu sein. Ich lächelte vor mich hin. Es war wie zuhause. Da hatten wir beide meist nicht sonderlich viel an.
Dafür gab es schließlich Jalousien, oder?

„Viel Spaß", sagte Ray mit einem Grinsen, das ich erwiderte, ehe Damon mich an der Hand nahm und zu der Ecke führte, wo die Sling aufgebaut war.
Showtime.

Pete strich mit einer Hand über das Rahmengestell der Sling. „An das Schätzchen hier kann ich mich erinnern."
Ich warf einen Blick auf seinen Schwanz, der bereits steil nach oben zeigte, und kicherte. „Das sehe ich." Mit einem raschen Griff hatte ich ihn in der Hand und streichelte ihn genüsslich ein paar Mal, wobei ich bemerkte, dass er bereits triefte. „Es wundert mich nicht, dass du die Hose ausgezogen hast. Der hier hätte deinen Reißverschluss gesprengt. Boy, du platzt gleich, was?"
Er lachte. „Nein, noch nicht."
Ich schnappte ihn mir, hob ihn in die Sling und steckte seine Füße in die Halteschlaufen. Er umklammerte die Ketten, den Blick auf mich geheftet, und ich lächelte. „Ich weiß, du bist ungeduldig und alles, aber ich wollte dich erst ein bisschen aufwärmen."
Seine Augen leuchteten auf. „Mit Spielsachen?"
Ich öffnete den Reißverschluss meiner Lederjeans und fischte meinen Ständer heraus. „Ich dachte mehr an das hier." Ich klatschte ihn in meine Handfläche.
Pete grinste. „Als ob ich zu diesem Prachtstück je Nein sagen würde."
Ich packte ihn und zog ihn nach vorn zu mir, so dass sein Hintern über die Kante hing, dann strich ich mir Gleitgel auf den Schaft und gab einen Klecks auf seinen Anus. Gleich darauf war ich zuhause, steckte bis zum

Anschlag in ihm, die Hände auf seinen Schenkeln, und zog ihn im Gleichtakt mit meinen Stößen auf mich zu. Petes steifer Schwanz hüpfte auf seinem Bauch auf und ab. „Ich liebe das Gefühl, in dir zu sein."
„Ich liebe es… wie dein Schwanz… sich in mir anfühlt", sagte er mit einem seligen Lächeln und warf einen Blick auf die Sling. „Können wir… zuhause… so eine haben?"
Ich versuchte, nicht an das große Paket zu denken, das in der Garage versteckt war. „Wir werden sehen." Einige von den Jungs waren näher gekommen, um uns zuzuschauen, aber ich blendete sie aus. Es gab nur mich und Pete. Ich hatte Handtücher, Gleitgel und ein paar Spielsachen in Reichweite bereitgelegt, aber ich wollte ihn entspannt und glücklich haben.
Das war ein Kinderspiel. Mein Boy liebte es, gefickt zu werden. Sein Schwanz triefte ihm wie verrückt den ganzen Bauch voll, aber er hütete sich, ihn anzufassen. In unserem Bett zuhause, beim Liebe machen, da war das okay, aber während einer Session?
Da gehörte dieser hübsche Schwanz nur mir.
Pete stöhnte vor Lust, und ich wusste, es war Zeit. Widerwillig zog ich mich aus ihm zurück und griff nach einem Handtuch. „Arsch hoch." Als er gehorchte, schob ich das Handtuch darunter. Sein Blick fiel auf meinen feuchtglitzernden Schwengel, und ich wusste, was er wollte. Ich stellte mich neben seinen Kopf, hielt ihm meinen Schwanz hin, und schon war er voll dabei. Sein heißer Mund umschloss meinen Schaft. Fuck, er konnte lutschen wie ein gottverdammter Staubsauger, und ich war viel zu knapp davor. „Nimmst du, was ich dir gebe?"
Seine Augen glänzten, und ich könnte schwören, er lutschte noch fester. Das war's. Ich spritzte ihm meine

Wichse in den Hals und hielt dabei seinen Kopf fest, damit wirklich kein Tropfen daneben ging. Als er langsam an meinem Schwanz entlang leckte, ihn mit der Zunge säuberte, erschauerte ich. Pete ließ den Kopf wieder auf die Liegefläche der Sling sinken und grinste. „Ich glaube, ich bin jetzt bereit für den Hauptgang."
Ich verstaute meinen erschlafften Dödel wieder in der Hose und griff nach einem dicken, flexiblen Dildo. Pete kicherte, als ich ihn sehen ließ, wie ich den Dildo mit Gleitgel bestrich. „Nachdem ich mit diesem Drachen-Pimmel gespielt habe? Das ist, als würdest du mich mit einem Bleistift vögeln."
Ich lachte, als ich den Dildo in sein geweitetes Loch einführte. „Da müsste ich dir recht geben." Ich schob den schwarzen, feuchtglänzenden Schaft weiter vor, bis er zu zwei Dritteln in ihm steckte, dann hielt ich einen zweiten Dildo hoch. „Wenn ich dich nicht mit zwei von den Dingern gleichzeitig ficken würde." Geduldig und behutsam schob ich den zweiten neben dem ersten hinein, und Pete gab ein leises Stöhnen von sich. Dann verfiel ich in einen Rhythmus und ließ ich die beiden Dildos abwechselnd ein und aus gleiten, bis Petes Stöhnen deutlich lauter geworden war. „Gefällt dir das?"
„Fantastisches… Gefühl. Voll. Aber wenn sich beide bewegen… fuck…" Er umklammerte die Ketten und spannte die Bauchmuskeln an, als ich ihn mit beiden Dildos fickte.
Ich konnte nicht widerstehen. „Stell' dir vor, wie es sich anfühlen würde, wenn du zwei richtige Schwänze auf einmal in dir hättest."
Gott, da machte er große Augen. „Darüber… müssen wir nochmal reden." Ich hielt einen Dildo still und bewegte den anderen ein und aus, schneller und tiefer,

und er stöhnte. „Verdammt, ja, darüber müssen wir *unbedingt* reden."
Ich lachte und zog behutsam die Dildos raus, dann nahm ich das letzte Spielzeug zur Hand. „Hab' was Neues für dich."
Er staunte mit offenem Mund. „Ach du heilige Scheiße. Das sieht aus wie ein Warnkegel mit Riefen."
Keine schlechte Beschreibung. Die Spitze war geformt wie eine Penisspitze, aber da endete die Ähnlichkeit auch schon. Zum anderen Ende hin wurde das Teil so breit, dass ich es an der Basis gerade noch mit einer Hand umgreifen konnte. „Es wird sich echt gut anfühlen, und es wird dich für mich aufdehnen." Ich trug eine dicke Schicht Gleitgel auf und drückte dann die Spitze in seinen Anus. Sie schlüpfte mühelos hinein, aber er stöhnte, als ich das Spielzeug hin und her drehte und es ihm langsam tiefer in den Leib schob, wobei ich gelegentlich den Winkel änderte.
„Die Riefen… sind klasse", keuchte er, als ich etwas tiefer eindrang.
Ich ließ das Spielzeug stecken und streifte meine schwarzen Nitril-Handschuhe über. Als meine Finger großzügig mit zähflüssigem Gleitmittel bestrichen waren, zog ich den Kegel bis auf wenige Zentimeter heraus. Dann schob ich ihn wieder hinein, zusammen mit zwei von meinen Fingern, und Pete stöhnte beifällig auf.
„Ja, ich dehne dich ganz weit auf, Boy." Dann waren drei Finger in ihm, und die ganze Zeit schraubte ich den Kegel in sein Loch und drehte ihn wieder heraus, rein und raus, bis seine Atmung unregelmäßig wurde. Ich nahm einen vierten Finger hinzu, zwängte meine Hand tiefer hinein und bewegte gleichzeitig den Kegel weiter ein und aus, bis mehr von meiner Hand als von dem

Spielzeug in ihm steckte.
Ich hielt meine Hand still und warf einen prüfenden Blick auf Pete. Sein Blick war auf mich geheftet, und er hielt immer noch die Ketten umklammert. Ich lächelte, drang behutsam ein paar Zentimeter tiefer ein und hielt dann inne. „Hier kampieren wir jetzt einfach ein bisschen“, sagte ich leise, ließ meine Hand seine Öffnung langsam dehnen und spürte, wie der Muskel sich allmählich für mich öffnete. „Okay?“
Pete gab ein leises, heiseres Lachen von sich. „Kampieren. Das gefällt mir.“ Er nickte. „Es ist mehr als okay. Fühlt sich… oh, fuck, fühlt sich echt gut an.“ Er versuchte ein Lächeln. „Besser als der Drache jedenfalls.“
Ich gab ihm einen Moment Zeit, um sich an die Dehnung zu gewöhnen; wenn ich ganz drin war, würde die Sache sehr viel ernster werden, das wusste ich. Als ich spürte, dass er bereit war, steckte ich meinen Daumen zu den übrigen Fingern und glitt ganz, ganz langsam tiefer hinein, während ich den Kegel herauszog. Und plötzlich war ich bis zum Handgelenk in ihm.
„Oh, fuck!“, stöhnte er und verkrampfte sich sofort.
Darauf war ich gefasst gewesen. „Atmen, Pete. Langsam atmen und bis zehn zählen. Ich bewege mich nicht. Na komm, zähl‘ für mich.“
Pete begann zu zählen. Seine Stimme bebte, und ich hielt still und wartete auf die Anzeichen, dass sein Körper sich entspannte. Und als das geschah, sah ich es klar und deutlich.
„So ist’s brav“, sagte ich beruhigend. „Wir machen erst weiter, wenn du soweit bist.“ Ich griff nach der kleinen, bernsteinfarbenen Flasche, hielt sie ihm unter die Nase, und er atmete tief ein.

Gut gemacht, Boy. Ich war verdammt stolz auf ihn.

Mein Puls raste ein wenig schneller, und ich konzentrierte mich auf meinen Körper, wie Ray es mir geraten hatte. Gott, es war fantastisch, wie sich meine Muskeln entspannten. Ich spürte seine Hand in mir, diese riesige Pranke, und jetzt verstand ich auch, was Ray mit ‚gezackt' gemeint hatte. „Verdammt, deine Knöchel…" Es war ein merkwürdiger Moment, als sich die berauschenden Empfindungen mit einer guten Dosis Drogenrausch mischten.

Damon nickte. „Und wenn ich sie leicht bewege, spürst du das."

Ich starrte ihn an. „Mach' es." Ich atmete tief und zwang mich, ruhig zu bleiben. Die Bewegung seiner Hand war ganz sachte, ein kleiner Stups, nicht mehr, aber verdammt – den fühlte ich. Er hielt erneut still, den Blick auf mich geheftet, und ich wusste, Worte waren nutzlos.

Wir brauchten keine Worte mehr.

Damon ließ seine Hand ein klein wenig in mir vibrieren, und da war ich und tanzte auf dem schmalen Grat zwischen Lust und Schmerz entlang. Nur… es war eher Unbehagen als Schmerz.

„Fühlst du meine Hand?" Ich nickte. „Versuch' sie mit den Gesäßmuskeln zu packen und dann wieder loszulassen." Ich tat, was er verlangte. Den Moment, als Damon es auch fühlte, konnte ich unmöglich verpassen. Damon lächelte. „Oh wow. Ja. Okay, mach weiter, aber jetzt stellt dir bildlich vor, wie meine Hand hineingleitet. Ich drehe sie nicht, in Ordnung? Ich mache einfach so weiter, bewege sie nur ganz leicht vor

und zurück. Mehr brauchst du nicht, um zu kommen."
Ich folgte seiner Anregung und verfiel in einen Rhythmus aus Anspannen-Loslassen-Anspannen-Loslassen. Dabei stellte ich mir vor, wie seine Hand ganz langsam tiefer eindrang. Ich atmete bewusst gleichmäßig, und dann wurde mir plötzlich klar, dass Damon synchron mit mir atmete, dass wir in diesem… fast meditativen Moment gefangen waren, während er sich sanft in mir bewegte.
Da wusste ich, dass ich für mehr bereit war.
„Jetzt", flüsterte ich. Damon legte eine Hand auf meinen Bauch und rieb langsam, während er seine andere Hand ein und aus bewegte, nicht mehr als ein paar Zentimeter, aber ich spürte es. Ich fühlte seine Knöchel, als er die Finger ein wenig krümmte. Verdammt, war das geil. Ich verlor jegliches Zeitgefühl, nahm nichts anderes mehr wahr als diese Hand in mir und Damons Blick, der unverwandt auf mich gerichtet blieb. Hin und wieder hielt er inne, und jedes Mal, wenn er diese sanften Bewegungen in mir wieder aufnahm, stöhnte ich vor Lust. Das Ganze war ein unvergleichlicher Genuss, ganz anders als ich es mir vorgestellt hatte. Kein brutaler Faustfick, kein wildes Raus und Rein, nur diese gemächliche, fast ehrerbietige Bewegung, mit der er mich in ein-, zwei-Zentimeter-Stößen dem Orgasmus näher brachte. Ich spürte jeden einzelnen von ihnen. Inzwischen war ich schweißgebadet, mein Brustkasten arbeitete wie ein Blasebalg und ich wusste, dass ich hiervon zum Höhepunkt kommen würde.
„Fass dich an", sagte Damon, den Blick auf mein Gesicht geheftet.
Ich griff nach meinem Schwanz und begann zu reiben, und Damon steigerte das Tempo ein wenig, ohne auch

nur einmal den Blickkontakt zu unterbrechen. Ich spritzte ab und gab ein tiefes, nicht enden wollendes Stöhnen von mir, so verdammt *laut*, ich hätte schwören können, dass jeder im Umkreis von fünf Meilen es hörte. Ich glühte vor Hitze, mein Sperma schoss aus mir heraus, und ich konnte das Stöhnen immer noch nicht zurückhalten. Damon kam zur Ruhe; seine Augen leuchteten, und es war ein berauschendes Gefühl, das hier mit ihm zu teilen.

Dann kam der Moment, als er seine Hand herauszog. Ich spannte mich an, und da war es, das fantastische Gefühl, als seine Knöchel aus meinem Loch herausflutschten. Ich stöhnte auf, da ich nicht wollte, dass es schon vorbei war.

„Ich weiß", sagte er leise. Er streifte die Handschuhe ab, so dass die Innenseite nach außen gekehrt war, und warf sie auf den Boden. Nachdem er sich die Hände und Unterarme mit einem Handtuch abgewischt hatte, begann er das Ritual, mich sauber zu machen. Davon bekam ich kaum etwas mit; ich war benommen, zittrig und schweißnass und immer noch total high von der Unmittelbarkeit des Ganzen. Ich hätte mich vermutlich nicht bewegen können, und ich hatte mich noch nie so… nackt gefühlt. Damon entfernte alle Spuren von Sperma und Gleitgel, hob mich aus der Sling und trug mich zu einer mit Vinyl überzogenen Couch. Dort hielt er mich einfach nur in den Armen, küsste mich auf die Wangen und streichelte meine Brust und meinen Bauch mit sanften, beruhigenden Bewegungen.

Nach einer Weile fasste er mich am Kinn und sah mir in die Augen. „Bist du okay?"

Ich lachte schwach. „Mann, ich bin total alle."

„War es so, wie du es dir vorgestellt hattest?"

„Nein, verdammt. Es war viel besser." Es war etwas,

das ich wieder machen wollte. Immer wieder.
„Du warst fantastisch."
Ich hob die Hand und streichelte seine Wange. „Weißt du was? Ich glaube, zum Fantastisch-sein gehören immer zwei." Ich grinste. „Obwohl… drei sind vielleicht auch ganz gut. Wollte ich nur mal sagen."
Damon lachte triumphierend. „Aha. Da hat es jemandem aber richtig gut gefallen, zwei Dildos im Arsch zu haben."
Ich sah ihn argwöhnisch an. „Du hast gewusst, dass es mir gefallen würde, oder?"
Er zuckte die Achseln. „Ich wollte nicht, dass du irgendwas versäumst. Ich weiß, wir haben darüber gesprochen, andere Leute mit einzubeziehen. Aber in Wirklichkeit bleibt das allein dir überlassen."
Zum ersten Mal sah ich, wie es sein konnte. „Wir spielen zusammen?"
Er nickte. „Immer. Und wenn du nicht mehr glücklich bist, sagst du das, und es hört sofort auf." Er beugte sich vor und küsste mich sanft auf die Lippen. „Andere Männer kommen und gehen, aber es wird immer nur einen Damon und Pete geben. Mich und meinen Boy. Den ich liebe."
Wärme durchströmte mich. „Das gefällt mir", murmelte ich. Das brachte mir einen weiteren zärtlichen Kuss ein.
Damon betrachtete mich aufmerksam. „Du hast drei gesagt. Ist das ein hartes Limit?"
Ich kannte diesen forschenden Blick. „Wieso?"
Er zuckte lässig die Achseln. „Ich habe mich nur gefragt, wie viele Kerle ich für deinen ersten Gangbang in meinen Keller quetschen könnte, das ist alles." Seine Augen funkelten, und ich wusste, er hatte dieses verräterische Zucken meines Schwanzes gesehen.

Ich lachte. „Um dich zu zitieren: Lass uns mal nicht rennen, bevor wir laufen können, okay? Ich glaube, darauf müssen wir hinarbeiten.“ Wem versuchte ich hier etwas vorzumachen? Daran dachte ich schon, seit er es damals im Sommer zum ersten Mal erwähnt hatte.
Damon grinste, und ich wusste, er ließ sich nicht täuschen. „Vielleicht. Ich dachte, wir geben dem Ganzen mal zwei Monate. Im Februar wirst du vermutlich fragen, wer alles kommt.“ Er schnaubte. „Abgesehen von dir, natürlich.“
Mit Damon würde das Leben nie langweilig werden. Und ich hatte vor, jede Minute davon zu genießen.

Petes Geschenk
Impressum

Petes Geschenk
Originaltitel: Pete's Treat

Aus dem Englischen übersetzt von Feliz Faber
Cover Art von Meredith Russell

Petes Geschenk

Der Valentinstag naht, und Damon hatte noch nie etwas dafür übrig, es mit Blumen zu sagen. Er hat etwas viel… Grundlegenderes im Sinn.
Pete plagt sich damit herum, was er Damon kaufen soll. Was schenkt man bloß jemandem, der nichts braucht?
Was Pete betrifft, er glaubte, alles zu haben, was er sich je gewünscht hat… bis jetzt…

Nach Lage der Dinge

Damon

Januar

Es konnte kaum etwas geben, was ich lieber sah. Pete auf allen vieren, den langen schlanken Rücken ausgestreckt und den Arsch in der Luft, wenn mein dicker Schwanz hineinglitt, diese Hinterbacken teilte und Pete jedes Mal erschauern ließ, wenn ich zustieß.

Dann lächelte ich vor mich hin. *Wem will ich hier etwas vormachen?* Ich liebte es, wenn Pete auf dem Rücken lag, Mund und Augen weit offen, während ich ihn nagelte. Wenn Pete auf meinem Schaft saß und seine Finger sich in meine Schultern gruben, wenn er seine schmalen Hüften rollte, die Bauchmuskeln angespannt, und seine Nippel darum bettelten, dass ich an ihnen lutschte, knabberte und zog. Wenn ich Pete mit meinem Körpergewicht auf die Matratze drückte und meine Hüften einsetzte, um ihm die Wichse aus dem Leib zu vögeln, die Hand auf seinen Mund gepresst, um seine Schreie zu dämpfen.

Ich liebte Pete, ganz egal wie.

Ich legte mich auf ihn und drückte mein Gesicht in seinen Nacken. „Fühlt sich das gut an, Boy?" Mit meinen Beinen spreizte ich seine auseinander und bewegte nur die Hüften, während ich jeden Zentimeter dieses straffen Körpers genoss, der meinen Schaft umschloss.

„Als ob du das fragen müsstest", stöhnte Pete. Er erschauerte, als ich mich langsam aus ihm zurückzog, nur um ihm meinen Schwanz mit einem kräftigen Stoß bis zum Anschlag in den Leib zu rammen. „Verdammt,

wie habe ich das vermisst."
Ich fickte ihn mit kurzen, schnellen Stößen, die ihn fast sofort zum Stöhnen brachten. „Ja, klar. Du hast einen Nachttisch voller Spielsachen. Ich wette, dein Arsch ist ganz ausgeleiert, weil du ihn mit dem Drachen-Dildo traktiert hast, während ich weg war." Zwei Nächte lang war ich weggewesen, bei einer Konferenz, und es waren die längsten Nächte aller Zeiten gewesen. Nicht, dass ich Verzicht geübt hätte. Am ersten Abend hatte ich ihn vom Hotel aus angerufen, um mir ein wenig nächtliche Verbalerotik zu gönnen.
Nichts half mir besser beim Einschlafen als Petes Stöhnen, wenn er abspritzte.
„Hab' kein einziges… Mal damit… gespielt. Wollte auf… das echte Ding warten." Er wölbte den Rücken und streckte den Hintern noch weiter raus. „Oh, fuck, ja. *Dieses* echte Ding, genau das." Ich packte ihn an den Hüften und zog ihn zum Knien hoch, und dann bestieg ich ihn, hielt mich an seinen Schultern fest und trieb meinen Schwanz tief in dieses heiße, enge Loch. „Ja, oh ja, fick mich."
Später würde es Zärtlichkeit geben und liebevolle Zuwendung und sanfte, im Dunkeln geflüsterte Worte, wenn ich Pete erneut zeigte, wie sehr ich ihn liebte. Doch jetzt war ein geiler, schneller Fick genau das Richtige gegen alles, was mich plagte.
Zwei Nächte ohne Pete in meinem Bett, in meinen Armen.
Zwei Tage, ohne ihn zu sehen, ihn zum Lachen zu bringen, den Tag mit ihm zu teilen.
Scheiße, was war passiert? Eben noch war ich ein selbstsicherer Typ gewesen, der niemanden brauchte, und jetzt? Jetzt brauchte ich ihn wie die Luft zum Atmen.

Und ich wollte nie wieder zurück und wieder so sein wie früher. Keine Sekunde lang.

Max schenkte uns noch einen Kaffee ein und nahm dann wieder auf seinem Stuhl Platz. Draußen in der Küche vor der Tür zu seinem Büro war es ruhig; der mittägliche Ansturm war vorüber und die Köche trafen gerade die Vorbereitungen für den Abendservice.
Offensichtlich hatte er den Zeitpunkt für unser Treffen auf einen Kaffee akribisch genau festgelegt.
„Wie geht's dem hübschen Jüngelchen?" Max' Augen funkelten.
Ich stieß ein Knurren aus. „Nenn' ihn nicht so. Und er wird bald neunundzwanzig, also von wegen Jüngelchen." Nicht, dass ich das nicht erwartet hätte. Kleine Brüder sollten schließlich Nervensägen sein, und Max wurde nur den Erwartungen gerecht.
Max schnaubte. „Verglichen mit *deinen* fast vierzig Jahren ist er sehr wohl eins. Was spricht denn dagegen, dir einen Kerl in deinem Alter zu suchen?"
Ich stellte meine Kaffeetasse ab. „Ich habe nicht nach einem Kerl *gesucht*. Er ist mir sozusagen einfach passiert." Und war *das* nicht die Wahrheit?
„Und du hast meine Frage immer noch nicht beantwortet. Wie geht's ihm? Treibt er dich schon zum Wahnsinn? Wenn man so viele Jahre alleine gelebt hat, muss es doch eine… Herausforderung sein, ständig jemanden um sich herum zu haben." Er grinste. „Milde ausgedrückt."
„Du wärst überrascht." So ging es mir jedenfalls. Pete hatte sich in mein Haus und in mein Leben eingefügt, als hätte er schon immer dorthin gehört. Sicher, anfangs

hatte es auch Meinungsverschiedenheiten gegeben, aber wir hatten uns recht schnell an einen Tagesablauf gewöhnt, der uns passte. An Tagen, an denen ich früh mit meinen Terminen fertig war, machte ich das Abendessen. Wenn Pete von zuhause aus arbeitete und Gartenanlagen plante, war er dafür zuständig. Die Hausarbeit teilten wir zu gleichen Teilen untereinander auf. Die Geschirrspülmaschine war unser Freund und die Toilette unser Feind, aber was letztere betraf, konnten wir wenigstens beide gut zielen. Ich mochte Ordnung und Sauberkeit, und Pete lernte schnell.
Und wenn er mal ein bisschen schwerer von Begriff war, gab es immer noch mein Paddle…
„Mama hält große Stücke auf ihn, das ist mal verdammt sicher.“ Max lachte in sich hinein. „Ihr Gesicht, als du ihn an Thanksgiving mitgebracht hast… Ich glaube, sie hat den ganzen Tag nicht aufgehört zu lächeln. Du hast dir an dem Tag einen Haufen Pluspunkte verdient.“
„Ich habe ihn doch nur mitgebracht, sonst nichts.“ Pete war anfangs nervös gewesen, aber ich hatte ihn daran erinnert, wie gut es an Mamas Geburtstag gelaufen war. Danach hatte er sich beruhigt.
„Ja, aber sie hatte schon fast die Hoffnung aufgegeben, dass du je wieder einen Lover zu einem Familienfest mitbringen würdest. Und er schafft das zum zweiten Mal.“ Max runzelte die Stirn. „Wobei – Lover klingt falsch. Irgendwie fehl am Platz. Partner vielleicht?“
Ich sagte nichts. Mein Wort war mir lieber. *Boy*. Nicht, dass ich Pete ständig meinen Boy genannt hätte. Das war vor allem für unsere intimeren Momente. Ein Bild stieg vor meinem geistigen Auge auf. Petes Kopf auf einem Kissen auf dem Boden, sein Gewicht auf seinen Schultern, während ich über ihm stand, zwischen seinen V-förmig gespreizten Beinen, und eine

Presslufthammer-Nummer mit seinem Arsch abzog. Wie ich auf hin hinabgestarrt hatte, während sein Körper meinen Schwanz zusammenquetschte, und herrisch gefragt hatte, ob er mein Boy war.
Dieser Blick, mit dem er mir in die Augen gesehen hatte, heißer als die Hölle, als er genickt hatte. *„Dein Boy. Deiner."*
Oh ja. Es gab Dinge, die Max wirklich nicht zu wissen brauchte.
„Hey, da fällt mir etwas ein. Bald ist ja Valentinstag."
Max gab ein leises, sarkastisches Schnauben von sich. „Wer weiß, was dich erwartet, wenn du nach einem anstrengenden Arbeitstag… oder wie auch immer du das nennst… nach Hause kommst." Seine Lippen zuckten. „Vielleicht findest du ihn splitternackt auf einem Bett aus Rosenblütenblättern mit einer großen roten Schleife um den Pimmel."
Ich zog die Augenbrauen hoch. „Denkst du oft an solche Sachen? Nackte Typen auf einem Bett aus Blütenblättern? Willst du mir vielleicht etwas sagen?"
Max verdrehte die Augen. „Ja, klar doch. Sowas kratzt mich nicht. Zum Teufel, ich habe in diesen Heftchen, die du immer unter deiner Matratze hattest, schon Schlimmeres gesehen." Ich starrte ihn mit offenem Mund an, und er nickte. „Glaubst du etwa, ich hätte nicht gewusst, was du da drunter versteckst? Fünfzehn Jahre alt, und ich musste mir Bilder von nackten Männern beim Bumsen anschauen. Hat mich fürs Leben gezeichnet." Er grinste hämisch. „Allerdings ist mir dadurch eins endgültig klar geworden. Ich bin definitiv hetero, denn dabei hat sich bei mir rein gar nichts getan."
Ich lachte laut auf. „Dann bist du mir was schuldig." Ich schenkte mir Kaffee nach. „Und es ist witzig, dass

du vom Valentinstag sprichst. Pete versucht ständig – und ziemlich offensichtlich – herauszufinden, was er mir schenken soll. Er redet über Musik, Bücher, Klamotten… Die Sache ist nur – ich habe alles, was ich brauche. Und ich brauche ganz bestimmt nicht noch mehr Kram."

„Und was ist mit seinem Geschenk?"

Ich lächelte. „Oh, ich wusste schon vor Wochen, was ich ihm schenke. Es ist alles geplant."

Max starrte mich eine Zeitlang an, dann klappte ihm die Kinnlade herunter. „Oh mein Gott."

„Was?"

Er schüttelte den Kopf. „Du hast es wirklich vor, oder?"

„Was habe ich vor?" Ich konnte ihm wirklich nicht mehr folgen.

„Ihm einen Antrag zu machen. Das ist es, stimmt's? Hast du schon einen Ring?" Absurderweise schien er sich darüber zu freuen.

„Einen An –" Ich brach in Gelächter aus. „Gott, nein."

„So lächerlich ist der Gedanke nun auch wieder nicht, oder?" Max runzelte die Stirn. „Ich meine, du liebst ihn doch sicher. Ihr lebt zusammen."

Ich hatte keineswegs die Absicht, ihm zu erklären, dass Petes Halsband für uns einer Ehe so nahe kam wie nur irgend möglich – so nahe, wie wir es sein wollten. „Wir sind sehr zufrieden mit allem, so, wie es ist", sagte ich leise. „Keiner von uns beiden will heiraten, also warum groß Staub aufwirbeln? Wir brauchen kein Stück Papier als Beweis, dass wir in einer festen Beziehung sind."

Nein. Dafür hatten wir die schwere Kette um Petes Hals, die jedem, der es wissen musste, genau sagte, wie die Dinge lagen.

Max nickte langsam. „Ich habe mich wohl von der

Vorstellung mitreißen lassen, neben dir zu stehen. Du weißt schon, in einer Kirche, während Mama sich in der Reihe dahinter die Augen ausweint?“

Ich war gerührt. „Nun, wenn wir je unsere Meinung ändern, weiß ich ja jetzt, wen ich fragen kann.“ Nicht, dass das sehr wahrscheinlich war. Pete war vollauf zufrieden mit unserem Leben.

Vielleicht hatte ich diesen Traum auch einmal gehabt. Aber nach so vielen Jahren des Alleinseins würde ich jetzt, da ich *mein* Stück vom Glück gefunden hatte, gut darauf achten, es nicht zu vermasseln.

Max warf einen Blick auf die Uhr. „Möchtest du einen Teller Pasta mitessen, bevor du gehst? Donny hat Salbei-Tortellini in Buttersauce gemacht, die sind einfach himmlisch.“

Ich wollte schon ablehnen, aber die Verlockung von Salbei und Butter war zu groß. „Nur ein bisschen. Ich will mir nicht den Appetit verderben.“

Außerdem, wenn ich beim Nachhausekommen nicht allzu hungrig war, konnte ich das immer noch ausgleichen, indem ich Pete als Vorspeise mit in den Keller nahm.

Nach einem schönen, harten Fick hatte ich immer einen Bärenhunger.

Hintergedanken

Pete

„Und? Was meinst du?“

Ich wusste nicht, wo ich anfangen sollte. Okay, es war ein gepflegter Garten, aber er bot nicht viel Spielraum, um etwas ‚Gewagtes‘ zu machen. Doch das war der Grund, warum sie mich gebeten hatte, einen Blick darauf zu werfen. „Mrs. Ramos, ich—“ Ihr tiefer Seufzer ließ mich mitten im Satz verstummen.

Sie sah mich bekümmert an. „Was meinst du, wann könntest du soweit sein, mich Mama zu nennen? Schließlich lebst du mit meinem Sohn zusammen. Wenn du Mrs. Ramos sagst, klingt das, als wäre es… nichts Dauerhaftes.“

„Oh. Ich wollte nur höflich sein, das ist alles.“ Und ich wollte ihr auf keinen Fall zu nahe treten.

„Das weiß ich. Du bist ein höflicher junger Mann.“

„Und ich wollte einfach nur versuchen, mich ranzutasten, ehrlich. Es ist nur, Damon und ich sind ja erst seit relativ kurzer Zeit zusammen. Es kam mir… falsch vor, gleich in die Vollen zu gehen und Mama zu dir zu sagen.“ Ich war davon ausgegangen, dass das ein Wort für später war, wenn wir uns an die Situation gewöhnt hatten. Und ich hatte keine Ahnung, wann das sein würde. Es kam mir immer noch wie ein Traum vor. Aber ich wusste, was sie mit ‚als wäre es nichts Dauerhaftes‘ meinte.

Ich war mir nur nicht sicher, was ich dagegen tun konnte.

Sie deutete auf die Couch neben dem Fenster und wir setzten uns. „Ich muss dir etwas gestehen“, sagte sie

leise. Ihr Auftreten passte so wenig zu der resoluten Frau, als die ich sie kennengelernt hatte, dass ich sofort neugierig wurde. „Ich… habe dich unter Vorspiegelung falscher Tatsachen hierher geholt."
Ich lachte verhalten. „Das ist schon okay. Ich bin eigentlich auch nicht nur gekommen, um mit dir über deinen Garten zu sprechen."
Mrs. Ramos blinzelte. „Du machst Witze. Okay. Du zuerst."
Ich lehnte mich bequem zurück. „Ich brauche deine Hilfe. Bald ist Valentinstag, und ich möchte Damon ein Geschenk machen, das er nicht vergisst. Das Problem ist nur, mir fällt absolut nichts ein. Ich habe versucht, ganz dezent nachzuhaken, aber er beißt einfach nicht an. Da habe ich mir gedacht, *du* hättest vielleicht ein paar Ideen."
„Blumen kommen da wohl nicht in Frage, nehme ich an? Oder Schokolade?" Ihre Miene war hoffnungsvoll.
Ich schmunzelte. „Sag du mir das. Kannst du dir vorstellen, dass Damon von Blumen oder von Schokolade beeindruckt wäre?"
Sie biss sich auf die Lippe. „Wahrscheinlich nicht." Dann leuchteten ihre Augen auf. „Wie wär's mit Schokoladenblumen? Nein, war nur Spaß." Mrs. Ramos spiegelte meine Körpersprache und lehnte sich zurück. „Geburtstags- oder Weihnachtsgeschenke für ihn zu finden war sehr mühselig, als er noch ein Kind war. Ich habe es mir immer leicht gemacht."
„Und wie?" Ich spitzte die Ohren. *Ich kann es mir leicht machen?*
„Bücher. Immer ein Erfolg. Natürlich durfte *ich* die Bücher nicht aussuchen. Himmel, nein. Ich musste ihm einen Gutschein schenken und ihn selbst wählen lassen." Sie sah mir in die Augen. „Ich sage es ja nur

ungern, aber weißt du, welches Geschenk Damon am meisten schätzt? Eins, das euch beiden etwas bedeutet. Etwas Persönliches, oder etwas, das eine besondere Bedeutung für euch hat…“ Sie tätschelte mir das Knie. „Ich habe diesen Trick nie gelernt. Vielleicht schaffst du das ja.“

Darüber würde ich sehr lange und sehr genau nachdenken müssen.

„Okay, jetzt bist du dran. Warum bin ich wirklich hier?“

Wenn es nicht der Garten war, dann hatte ich keine Ahnung. Falls Mrs. Ramos etwas im Haus erledigt haben wollte, hatte sie Kinder genug, die sofort da sein würden. Und abgesehen von meinem grünen Daumen war ich nicht besonders praktisch veranlagt.

Sie blieb so lange stumm, dass ich Gänsehaut auf den Armen bekam. „Ich glaube, du hast mit dieser ‚Mrs. Ramos‘- Geschichte schon den Kern der Sache getroffen.“ Sie seufzte. „Es ist nichts, was du getan hast, Pete. Es ist nur… ich möchte Damon endlich zur Ruhe kommen sehen.“

Erleichterung durchströmte mich. „Ich habe mein Haus verkauft und bin zu ihm gezogen. Wieviel ruhiger soll er denn noch werden?“

Ihre Augen funkelten. „Wie ruhig? Das kann ich dir sagen. Ich möchte meinen Jüngsten verheiratet sehen.“

Oh.

Bevor ich auch nur ein Wort sagen konnte, hob sie die Hand. „Ich weiß, ich weiß, ich benehme mich hier wie die typische aufdringliche Mutter. Die meisten Leute in eurem Alter heiraten nicht. Sie leben zusammen, so wie ihr zwei. Und ich weiß, dass ein Stück Papier und ein Ring nichts zwischen euch ändern würden… aber so bin ich eben erzogen worden. Wenn man jemanden liebt, heiratet man.“

Scheiße. Wie zum Teufel sollte ich darauf antworten?
„Ich liebe ihn wirklich, weißt du", sagte ich leise. „Hab' noch nie jemanden so geliebt, wie ich Damon liebe."
Die Zuneigung in ihrem Blick war so offensichtlich, dass ich schon wieder Gänsehaut bekam. „Ich weiß, Schatz. Ich sehe es jedes Mal, wenn ihr euch anschaut. Und es ist ja nicht so wichtig, was eine alte Frau denkt. Es ist schließlich euer Leben. Ich hätte nichts sagen sollen."
Ich legte meine Hand auf ihre. „Sag du nur weiterhin, was auch immer du willst", sagte ich nachdrücklich. „Und bitte mach' dir keine Sorgen um Damon. Er hat alles, was er will, glaub mir."
Mrs. Ramos schnaubte. „Na, das glaube ich gern." Sie räusperte sich. „Also… mein Garten. Irgendwelche Vorschläge?"
„Alles pflastern und Blumentöpfe aufstellen?" Ich grinste, da ich genau wusste, wie sie das aufnehmen würde. Sie lachte und gab mir einen Klaps auf den Arm. Dann ging es nur noch um das eigentliche Thema: ihr zu skizzieren, was sie dort draußen haben *konnte* – falls sie wirklich wagemutig sein wollte.
Erst, als ich wegfuhr, begann ich zu überlegen. Und was konnte ich haben, wenn ich wagemutig wäre?
Denn, klar, Damon hatte alles, was er wollte.
Aber galt das auch für mich?
Ich hatte *geglaubt*, ich hätte auch alles.
Ich hatte Damon in meinem Leben, rund um die Uhr, sieben Tage die Woche. Ich hatte sein Halsband. Ich war sein Boy.
Dann sagte ich mir, dass ich nur so dachte, weil sie vom Heiraten angefangen hatte. Hätte ich die Idee vorher überhaupt in Erwägung gezogen? Und wer sagte, dass Damon überhaupt heiraten wollte? Er hatte kein Wort

gesagt.
Damon war nicht der Typ Mann, der damit hinterm Berg hielt, wenn er etwas wollte. Keineswegs.
Bis ich zuhause war, hatte ich den Gedanken wieder verdrängt. Warum verschwendete ich überhaupt meine Zeit mit sowas? Wir brauchten kein Stück Papier. Unsere Beziehung war stabil.
Doch der Schaden war schon angerichtet. An diesem Nachmittag schweifte meine Aufmerksamkeit mehrmals von dem japanischen Garten ab, den ich gerade entwarf, und ich ertappte mich dabei, meine Gefühle in Zweifel zu ziehen. Unsere Beziehung zu analysieren.
Mich zu fragen, was zum Teufel Damon wohl sagen würde, wenn ich ihn einfach mal direkt fragte, ob er je daran gedacht hätte, dass wir heiraten könnten.
Andererseits wollte ich gar nicht darüber nachdenken, was es für ein Gefühl wäre, wenn er mich fassungslos anstarren würde, mit diesem ‚Was zum Teufel…? – Blick in den Augen.
Ich glaube nicht, dass ich das ertragen könnte.

Kaffee und Klatsch

Damon

5. Februar

„Es ist schön, euch zu sehen." Ich musste zugeben, die Ehe tat ihnen offenbar gut. Brayden hatte seit der Hochzeit vor einem Jahr ein paar Pfund zugelegt, aber das war nichts Schlechtes. Er wirkte glücklicher, als ich ihn je gesehen hatte, und das wollte etwas heißen, da wir uns schon so lange kannten. Tim war so relaxt wie immer. Er hatte den Arm um Braydens Schultern und schaute ihn gelegentlich an; dann wechselten sie einen kurzen Blick, und das Gespräch ging weiter.

Brayden trank einen Schluck Latte Macchiato. „Freut mich, dass du Zeit für uns hattest. Ich weiß, du bist dieser Tage sehr beschäftigt." Seine Augen funkelten. „Was höre ich da über einen neuen Mann?"

Ich stöhnte auf. „Und welches Vögelchen hat dir das gezwitschert?" Schließlich bewegten wir uns nicht mehr in denselben Kreisen. Sie hatten ihr Leben in Sacramento und waren seit ihrer Heirat glücklich in ihrer trauten Zweisamkeit. Ganz abgesehen davon, dass sie die Schwulenbars und -Clubs von Sacramento in vollen Zügen genossen.

Tim grinste. „Nun ja, da wir gestern Abend in Max' Restaurant essen waren… was glaubst du wohl?"

„Ich *glaube*, ich werde meinen Bruder umbringen." Sie lachten. „Ja, es gibt jemanden. Und Max hat euch sicher alles über ihn erzählt."

„Überraschenderweise nicht. Deshalb konnten wir es kaum erwarten, dich auf einen Kaffee zu treffen. Wir wollen alles hören." Brayden grinste. „Also, wo habt ihr euch kennengelernt, wie ist er so… und hat er dieselben… Neigungen wie du?“

Ich durchbohrte ihn mit einem Blick. „Ich hab‘ dir doch gesagt, du sollst nicht immer so geschwollen daherreden.“

„Das heißt ja“, sagte Brayden selbstgefällig.

Ich hatte Brayden auf dem College kennengelernt, und wir waren Freunde geblieben. Unsere Vorlieben gingen nicht in dieselbe Richtung, wie ich festgestellt hatte, als ich ihn einmal in einen gewissen Laden mitgenommen hatte. Nicht, dass ich etwas besonders Ausgefallenes bei Mr. S Leather gewollt hätte – ich hatte mir den Laden nur mal ansehen wollen – aber, mein Gott, Braydens Gesicht beim Anblick der ‚Spielsachen‘…Er hatte regelrecht Stielaugen bekommen.

Ich hingegen hatte mich gefühlt wie im Paradies.

Ich seufzte tief. „Okay. Ja. Zufrieden?“

„Ich glaube, uns würde mehr interessieren, ob du zufrieden bist“, sagte Tim mit einem Lächeln.

Das war einfach. „Ja, das bin ich. Er ist jünger als ich, aber der Altersunterschied stört mich nicht. Viel wichtiger ist, dass er einfach *passt*. Ich hätte nie gedacht, dass ein Mann so gut zu mir passen könnte.“

„Gott sei Dank.“ Brayden atmete tief durch. „Wenn du wüsstest, wie lange ich schon darauf warte, dass du wieder dieses Gesicht machst.“

„Was für ein Gesicht?“

Er grinste. „Das ‚ich bin bis über beide Ohren verliebt‘-Gesicht. War schon verdammt lange fällig.“ Tim gab ihm einen Rippenstoß und Brayden zuckte zusammen. „Ja. Stimmt. Jedenfalls, wir wollten dich und…“

„Pete“, soufflierte ich grinsend.

„Ja, Pete – zu unserem Einjährigen einladen. Wir sind ein bisschen spät dran mit den Einladungen, weil jemand den Arsch nicht schnell genug hochgekriegt hat, und dann war die Location, die wir wollten, schon ausgebucht. Also mussten wir eine Alternative organisieren."

Tim verdrehte die Augen. „Das wirst du mich nicht vergessen lassen, was?"

„Nein." Braydens Augen funkelten vor Belustigung.

„Wann ist die Feier?" Ich zückte mein Handy, um nachzuschauen. Da ich Pete außer zu Familienfesten bisher nur zu Sexpartys mitgenommen hatte, wäre ein kleines Stück Normalität ganz gut.

Vorausgesetzt natürlich, alle behielten ihre Klamotten an.

„Am 14. Februar" Braden griff nach Tims Hand. „Wir fanden das irgendwie… romantisch. Und super für unsere Single-Freunde, die sich immer ausgeschlossen fühlen, wenn Single-Gedenktag ist." Er grinste. „Auch bekannt als Valentinstag."

„Ah." Schade. „Tut mir leid, Leute, aber da haben wir schon was vor. Etwas sehr Wichtiges."

„Ach nee. Darf ich fragen, was? Das heißt, wenn es dir nichts ausmacht", ergänzte Brayden.

Ich zögerte, und er bekam große Augen. „Aha. Du hast etwas…" Er beugte sich vor und senkte die Stimme. „Etwas Perverses vor."

Tim richtete sich auf. „Wirklich? Was?"

„Es ist keine große Sache. Ich war schon hundertmal bei sowas." Dann überlegte ich nochmal. „Nein, das stimmt nicht ganz. Es ist eine große Sache – für Pete. Es ist etwas, worüber er schon lange nachdenkt, wovon er redet und fantasiert, deshalb hab' ich mir gedacht, es wird Zeit, es wahr werden zu lassen."

„Jetzt hast du mich aber wirklich neugierig gemacht." Brayden beugte sich erneut vor. „Was ist es?", flüsterte

er.
Ich holte tief Luft. „Ein Gangbang. Ich habe drei Freunde dazu eingeladen. Wir haben die ganze letzte Woche über hin und her gemailt und unsere aktuellen Testergebnisse ausgetauscht."
Tim hustete und wischte hastig Kaffee auf. „Du schenkst ihm einen Rudelbums… zum Valentinstag?" Er sah sich verstohlen im Café um, wie um sich zu vergewissern, dass niemand unser Gespräch belauschte. „Du glaubst nicht, dass er die Idee gut finden wird?"
Zum ersten Mal schwankte ich. Hatte ich das alles falsch verstanden?
Brayden lachte schallend. „Oh, aber klar doch. Ich meine, nichts sagt ‚ich liebe dich' wie ‚Komm nur rein, meine drei Freunde hier warten schon darauf, dich ohne Gummis zu vögeln'."
Bevor ich reagieren konnte, sagte Tim mit wehmütiger Miene zu Brayden: „Oooh… kann ich sowas zum Geburtstag haben?" Dann drehte er ruckartig den Kopf und sah mich an. „Ein Gangbang ohne Kondome?"
Ich nickte. „Die Jungs nehmen PrEP, und alle haben sich testen lassen, um sicher zu gehen, dass sie nicht mal eine Nagelpilz-Infektion haben. Und Pete und ich benutzen seit Weihnachten keine Kondome mehr. Ich habe vorgestern unsere aktuellen Gesundheitsbescheinigungen bekommen."
Brayden musterte mich aufmerksam. „Du hast dir offensichtlich ganz schön viele Gedanken gemacht, wenn du alle Beteiligten so gründlich überprüfst."
„Oh ja. Ich weiß, dass er das will. Und ich will, dass er glücklich ist." Das kurze Aufflackern von Panik hatte sich gelegt. Wir hatten uns oft genug mit seinen Limits auseinandergesetzt, und ich hatte nach unserer Fisting-Session darauf angespielt, andere Männer mit dazu zu

nehmen. Wenn er danach nicht mehr davon gesprochen hätte, dann hätte ich es auch nicht mehr erwähnt.
Doch er tat es. Mehr als einmal. Das war es, was mich letztendlich überzeugt hatte, dass ich auf der richtigen Spur war.
Was ich für ihn geplant hatte, würde ihn umhauen.
„Dass du's auf Video aufnimmst, kommt wohl nicht in Frage, oder?", sagte Tim unschuldig. Als Brayden nach Luft schnappte, zuckte er die Achseln. „Was? Ich finde, das klingt phänomenal geil. Bin total eifersüchtig."
Brayden schoss einen vorwurfsvollen Blick in meine Richtung. „Jetzt schau, was du angerichtet hast." Dann begann er zu lachen. „Nun, das war mal eine höchst aufschlussreiche Kaffeepause."
„Aufschlussreich?" Ich runzelte die Stirn.
Er schmunzelte. „Oh ja. Ich bin eben erst dahintergekommen, was für eine versaute Phantasie mein Ehemann hat. Das hat er mir jahrelang verschwiegen, aber jetzt ist die Katze sowas von aus dem Sack." Er nahm Tims Hand.
„Denk' doch nur, wieviel Spaß ihr haben werdet", grinste ich. „So viel zu sehen und zu unternehmen."
„Ich dachte, das Folsom Street Fair wäre doch vielleicht ein guter Anfang", sagte Tim in sachlichem Ton. Als sowohl Brayden als auch ich ihn mit offenem Mund anstarrten, runzelte er die Stirn. „Was?"
„Erst laufen, dann rennen", riet ich ihm. Tim erinnerte mich an Pete.
In dem Fall würde Brayden alle Hände voll zu tun bekommen. Ein Blick auf sein Grinsen, und ich konnte nicht widerstehen. „Und ich weiß nicht, warum *du* jetzt so zufrieden guckst. Du hast einiges nachzuholen, denn Nullachtfuffzehn-Sex reicht ja anscheinend nicht mehr

aus."

Das wischte ihm das selbstgefällige Lächeln aus dem Gesicht. Nicht, dass ich gerade an das dachte, was ihm bevorstand.

Ich freute mich schon auf den Valentinstag.

Der Tag

Pete

14. Februar.
Damon schaute mich nur an und schüttelte den Kopf. „Du vibrierst ja."
„Ich fühl' mich auch so! Schon seit dem Frühstück. Und wenn ich mal so sagen darf, das war *gemein*. Mir heute Morgen zu sagen, dass du eine Überraschung für mich hast, aber ich müsste bis heute Abend darauf warten?" Ich hatte den ganzen Tag nicht aufgehört, daran zu denken. Zu grübeln. Zu fantasieren.
Ich war total neben der Spur. Arbeit? Ein Ding der Unmöglichkeit. Ich konnte mich nicht lange genug konzentrieren. Es gab nicht nur meine Überraschung zu bedenken, sondern auch die, die ich für Damon geplant hatte.
Die vor allem machte mir Herzklopfen.
„Ich wollte die Spannung für dich steigern", grinste Damon. „Hat's funktioniert?"
Ich warf ihm einen Blick zu, der hoffentlich Vergeltung versprach, wenn der Tag vorbei war. „Kannst du mir nicht einen Hinweis geben?"
Damon rieb sich das Kinn, dann lächelte er. „Ja. Du wirst begeistert sein."
Ich widerstand dem Drang, zu jammern. „Geht's vielleicht ein bisschen konkreter?" Er schaute an die Decke, und ich gab ein Knurren von mir. „Ich bin mir ziemlich sicher, dass die Antwort nicht da oben ist."
„Okay", sagte er langsam, als wollte er einlenken. Er ließ mich stehen, ging ins Schlafzimmer, und kam wieder heraus –

Mit einem Klistier-Set in der Hand. Oh Mann.

Na ja, das verriet mir wenigstens eins. Was auch immer passieren würde, mein Arsch konnte sich auf eine Überraschung gefasst machen. Und plötzlich war es, als würde ein Schalter umgelegt.

Was auch immer passieren würde, es war etwas Neues. Ich fühlte es, von den Eiern bis zu den Knochen.

„Wann soll ich bereit sein?" Ich sprach bewusst mit leiser, ruhiger Stimme und tat mein Bestes, um die Aufregung zu zügeln, die in mir sprudelte.

Damons Augen leuchteten anerkennend. „Um acht. Es gibt Suppe zum Abendessen. Nach dem Essen gehst du dich vorbereiten."

„Und… wie willst du mich haben? Ich meine, möchtest du, dass ich was Bestimmtes anziehe?"

Ein weiterer warmer, anerkennender Blick. „Nur den Jockstrap, den ich dir gekauft habe. Den du bei der Party nach Folsom getragen hast." Er grinste. „Den, in den dein Schwanz kaum reinpasst."

Das wurde immer besser. „Gehen wir… irgendwo hin?"

„Ja, aber nicht weit." Seine Lippen zuckten. „Sieh' einfach zu, dass du um acht fertig bist." Dann beugte er sich vor und küsste mich. „Ich sorge dafür, dass das ein unvergesslicher Valentinstag wird." Er hielt inne, und ich wusste genau, was ihm gerade durch den Kopf ging. Er hatte heute Morgen die süße Karte von mir bekommen – zwei Männerköpfe als Silhouetten auf rotem Hintergrund, dazu zwei Herzchen und eine Denkblase mit den Worten ‚Du bringst mich in Schwulitäten'. Und ich wusste, dass er sich umschaute, weil er auf sein Geschenk wartete.

Das sich nicht materialisierte.

Nun, wenn er *mich* auf die Folter spannen konnte…

„Ich habe auch eine Überraschung für dich", sagte ich leise. „Aber die ist für später."
Er lachte. „Ah ja. Dann werde ich wohl auch warten müssen. Muss ich für *deine* Überraschung meinen Arsch ausspülen?" fragte er scherzhaft.
Eine solche Eröffnung konnte ich nicht ungenutzt lassen. Ich beugte mich vor, bis sich unsere Lippen beinahe berührten, und flüsterte dann: „Nur, wenn du dich nochmal von mir ficken lassen willst."
Damon stockte der Atem. Er wühlte mir die Finger in die Haare, packte fest zu und küsste mich, aber ohne die Zärtlichkeit von vorhin. Das hier war brutal, fordernd, wild, und ich fand es einfach herrlich. Als er mich losließ, grinste ich verschmitzt.
„Siehst du? Ich wusste doch, dass es dir gefallen hat."
Es war alles ein Bluff, und das wussten wir beide. Damon zu toppen, wenn er gefesselt war, war die eine Sache. Ich hatte es getan, um ihm zu zeigen, dass ich nicht weglaufen würde, und dass ich ihn wollte. Jetzt, wo ich ihn hatte? Ich verspürte keine Neigung, das Erlebnis zu wiederholen.
Es sei denn, er würde mich darum bitten.
Damon griff mir an den Hintern und drückte meine Pobacken zusammen. „Sieh einfach zu, dass dein Arsch pieksauber ist – so sauber, dass ich ihn als Essteller benutzen könnte. Und du solltest dir vielleicht einen Butt-Plug reinstecken, wenn du fertig bist." Er sah mir in die Augen und grinste. „Na ja, du hast doch gesagt, ich soll dir ein paar Hinweise geben. Aber mehr kriegst du nicht."
Was auch immer er geplant hatte, eins war offensichtlich.
Meinem Arsch stand ein unvergesslicher Abend bevor.

„Bist du soweit?"
Ich öffnete die Schlafzimmertür, und da stand ich nun in meinen Lederstiefeln und dem ledernen Jockstrap, mein Halsband um den Hals wie üblich. Ich tat mein Bestes, um nicht zu zittern, aber ich war verdammt nervös. Er hatte mich vor einer halben Stunde ins Schlafzimmer geschickt und mir verboten, den Raum zu verlassen.
Damon musterte mich von Kopf bis Fuß und nickte. „Perfekt." Er berührte lächelnd das Halsband. „Mein Boy."
„Dein Boy", flüsterte ich und nutzte seine Prüfung, um sein Outfit auf mich wirken zu lassen. Damons Brust in einem eng anliegenden schwarzen Leder-Harness war ein prachtvoller Anblick, aber meine Aufmerksamkeit galt vor allem der Leder-Shorts, die kaum mehr als ein Slip war. Sein Schwanz zeichnete sich deutlich darunter ab, und es juckte mich in den Fingern, diese massive Beule zu berühren, aber ich wusste es besser. Ich behielt die Hände an den Seiten und wartete, während er an die Kommode ging und eine Schublade öffnete. Als er zu mir zurückkam, hatte er etwas Weiches, Schwarzes in den Händen.
„Die musst du anfangs tragen", sagte er, als er die Augenbinde an meinem Hinterkopf verknotete.
Anfangs wirkte erlösend. Also würde ich *irgendwann* im Verlauf des Abends sehen dürfen, was vor sich ging. „Ja, Sir. Brauche ich… brauche ich einen Mantel oder sowas zum Drüberziehen?" Ich sah schon vor mir, wie er mich zum Auto führte und alle Nachbarn mich angafften.
„Ich dachte, du stehst auf ein bisschen

Exhibitionismus", sagte Damon mit einem leisen Lachen. „Und die Antwort ist nein. Also dann, hier ist mein Arm. Ich führe dich durchs Haus."

„Warte. Auf dem Bett liegt eine Tasche. Da ist ein Handtuch drin und all sowas. Du weißt schon, Nachsorge." Mein Herz hämmerte. Ich musste die Tasche unbedingt mitnehmen.

Gleich darauf sagte Damon: „Okay. Ich hab' sie. Wobei ich ziemlich sicher bin, dass ich mich um das alles kümmern kann."

Ich nahm seinen Arm und ging langsam und vorsichtig zum hinteren Teil des Hauses. Aber anstatt auf die Hintertür zuzusteuern, machte Damon eine Wende. Ich versuchte mir bildlich vorzustellen, wo wir gerade waren.

Wir standen vor der Kellertür.

Erleichterung durchströmte mich. „Du hast das ernst gemeint, als du gesagt hast, wir würden nicht weit gehen."

Damon lachte dicht neben mir. „Okay, du weißt, wie die Treppe aussieht. Leg beim Runtergehen eine Hand an die Wand."

Ich gehorchte und tastete mich Stufe um Stufe nach unten in den kühlen Keller. Nur… dort unten war es wärmer als sonst. Das spürte ich. Als ich unten war, blieb ich stehen, da ich nicht wusste, was um mich herum war. Damon fasste mich an der Hand und führte mich weiter in den Raum.

„Sehr schön, Damon." Die Stimme war tief und schroff – und bekannt. Ich erstarrte und überlegte fieberhaft, woher ich sie kannte. Tate. Der Typ, der mich mit den Fingern gefickt hatte, während ich vor Damon gekniet und ihm mitten auf der Folsom Street einen geblasen hatte.

Oh, Fuck. Er hat einen Dreier organisiert.

Damon hatte oft genug so etwas angedeutet, und ich hatte daran gedacht, seit er es zum ersten Mal erwähnt hatte. Und jetzt sollte es wahr werden?

Ich war überrascht, dass ich nicht auf der Stelle abspritzte.

„Mann, guckt euch diesen Ständer an. Er ist jetzt schon steinhart."

Okay, das war *nicht* Tate. Das war… Ich sah ihn bildlich vor mir. Ein Bär von einem Mann, ganz ähnlich gebaut wie Damon, mit großen Händen. Wenn ich recht überlegte, steckte eine von diesen Händen normalerweise tief in Rays Rektum. *Das ist Jake. Okay, also* kein *Dreier.*

Nun ja, Damon *hatte* mich gefragt, ob drei Männer ein hartes Limit waren.

„Oh, das wird ein Riesenspaß!"

Wer zum Teufel ist das*?*

Ich stand stocksteif da, wie angewurzelt. Warmer Atem streifte meinen Nacken, und ich erschauerte. „Das war's. Das sind alle." Damons Stimme, halblaut und beruhigend. Dann kitzelte sein leises Lachen mein Ohr. „Na ja, ich musste mir schon überlegen, wie viele wir hier reinquetschen können."

Heilige Scheiße. Seine Worte. Die Weihnachtsfeier. Wie viele Männer er in seinen Keller quetschen könnte…

Für meinen ersten Gangbang.

Ich schluckte und entschied mich dann für Humor. „Oooh, für mich? Das wäre doch nicht nötig gewesen."

Gelächter brach um uns herum aus.

Damons Lippen berührten meine. Als ob ich *seinen* Mund nicht erkennen würde.

„Auf die Knie, Boy."

Na dann, auf geht’s.

Pete

Ich sank auf die Knie. Die Vinyl-Bodenfliesen, die ich in Erinnerung hatte, waren mit einer Art Textilgewebe bedeckt. Meine Arme waren immer noch an den Seiten, mein Rücken gerade. Dies hier mochte vielleicht meine Überraschung sein, aber ich würde Damon keinesfalls enttäuschen.

Ich würde den anderen zeigen, dass Damons Boy sich zu benehmen wusste.

„Einige Informationen vorab.“ Damons Stimme. „Ich kenne diese Männer. Ich vertraue ihnen. Und jeder von uns hat den Papierkram von allen gesehen. Wir haben uns alle erst kürzlich testen lassen. Komplette Durchuntersuchung.“

Bevor ich reagieren konnte, preschte Damon weiter voran.

„Und der Grund, warum ich das sage? Keine Kondome hier heute Abend, Boy.“

Oha. Es war berauschend, dass er einen Gangbang für mich organisiert hatte, aber einen Gangbang *ohne Kondome*?

Damon machte keine halben Sachen, und ich war ein echter Glückspilz.

„Zwei von den Jungs hier sind auf PrEP. Der andere ist HIV-positiv, aber er nimmt Medikamente und ist unter der Nachweisgrenze. Keiner von ihnen hat irgendwelche fiesen kleinen Überraschungen auf Lager.“ Finger strichen durch meine Haare. „Wenn das hier zu Ende ist, bist du mit ihrer Wichse verkleistert von oben bis unten, und sie wird dir aus dem Arsch laufen." Sein Atem kitzelte mein Ohr. „Ganz abgesehen davon, dass du sie schlucken wirst."

Fuck.

„Deine Gedanken dazu, bitte."

Er erwartet von mir, dass ich denke, nachdem er mir das serviert hat?

Ich schluckte. „Du bist überzeugt, dass keine Gefahr für mich besteht, sonst würdest du das hier nicht durchziehen. Ich vertraue dir, Sir."

„So ist's brav." Seine Stimme war warm, und ich wusste, ich hatte das Richtige gesagt.

„Hat dir schon mal einer in den Arsch gespritzt, Boy?" Die unbekannte Stimme.

„Nur Damon, Sir." Und das war noch so neu, dass es mir immer noch einen Kick gab, wenn ich seinen Schwanz in mir pulsieren fühlte.

„Können wir jetzt aufhören zu labern?", maulte Tate. „Ich jedenfalls will jetzt mein Ding in diesen hübschen Mund stecken."

Damons Hand lag immer noch auf meinem Kopf. „Jetzt gilt es, Boy. Willst du mitmachen oder nicht? Dein Safewort ist *Rot*, denk' dran."

Als ob ich jetzt einen Rückzieher machen würde.

Ich straffte die Schultern. „Wo ist dieser Pimmel?"

Damon lachte. Er drückte meinen Kopf nach hinten und küsste mich, lange und hart. Dann ließ er los. „Du kannst ihn schon mal warm machen, Tate."

Ohne Vorwarnung drückte ein Schwanz gegen meine Lippen, verlangte Einlass, und plötzlich hatte ich ihn im Mund. Tates Hände umschlossen meinen Hinterkopf, während er mir sein Ding in den Mund stieß und mir der Geruch von Leder in die Nase stieg. Ringsum wurden Atemzüge schneller und lauter, und ich wusste, dass sie um mich herumstanden. Das unverkennbare

flap-flap-flap von Händen auf Schwänzen verriet mir, was auf mich zukam.
Immer her damit. Nichts tat ich lieber als Schwänze lutschen.
Musik setzte ein, mit viel Bass und einem Rhythmus, der meinen Puls rasen ließ. *Er hat an alles gedacht.* Tates Stöhnen übertönte die Musik. „Fuck, Damon. Es hat toll ausgesehen… als er dir an Folsom einen geblasen hat… die Realität ist noch besser, als ich dachte.“ Eine warme Hand streichelte meine Wange. „Schön, Pete. Einfach nur schön.“
Das machte mich stolz, und ich lutschte umso fester, entlockte ihm noch ein tiefempfundenes Stöhnen.
„Das reicht jetzt. Ich bin dran.“ Die unbekannte Stimme. Bevor ich fragen konnte, mit wessen Prachtstück mein Mund jetzt die Ehre haben würde, überfiel mich ein stürmischer Kuss, den ich eifrig erwiderte. Gleich darauf schluckte ich den nächsten heißen, prallen Schwanz, und zugleich klatschte einer von ihnen seinen Ständer gegen meinen Hals. Ich lutschte wie wild, saugte ein, soviel ich konnte und war wie immer dankbar, keinen Würgereflex zu haben.
Ich musste nur den Kopf ein wenig drehen, um auf einen frischen Pimmel zu treffen, und das war es, nach diesem Muster lief es ab. Ich wechselte von Schwanz zu Schwanz, lutschte an dicken Schäften, nahm einen bis zur Wurzel in mich auf, bevor ich grob an den Haaren weggezerrt wurde und den nächsten im Mund hatte. Schmatzende Geräusche begleiteten meine Bemühungen, und ich wusste, dass die vier Männer sich küssten und ihre glitschigen Schäfte rieben, während sie warteten, bis sie an der Reihe waren. Ich nahm ihre Körperwärme wahr, als sie sich um mich drängten, ihr anfeuerndes Gemurmel.

„So ist es gut, rein damit. Rein mit dem Schwanz."
„Ganz rein, Boy. Schluck' ihn."
Eine Hand an meiner Kehle. „Verdammt, man fühlt, wie er ihn schluckt."
„Du bist der geborene Schwanzlutscher, was?"
Ich hatte den Mund voll Schwanz und ein weiterer klatschte mir ins Gesicht.
„Steckt ihm zwei rein." Das war Tate. Dann drückten zwei Penisspitzen gegen meinen Mund, und ich leckte und lutschte erst an der einen, dann an der anderen. „Beide", knurrte Tate, und meine Lippen strafften sich um zwei harte, glatte Eicheln, die sich gewaltsam hineinzuzwängen versuchten.
„Her mit diesem Mund." Das war Damon, und mir blieb die Luft weg, als er meinen Mund mit einem langen, feuchten Kuss für sich beanspruchte. Dann ergriff wieder ein anderer Mund Besitz von meinem.
„Zeit, ihn sehen zu lassen, mit wem er hier spielt", sagte der unbekannte Mann, und ich blinzelte, als mir die Augenbinde abgenommen wurde. Der Sprecher trug helle, verschlissene Jeans und einen Harness, und ich erkannte ihn. RD, der Typ, auf dessen Party wir nach dem Folsom Street Fair gewesen waren. Sein Hosenschlitz war offen und gab den Blick frei auf einen langen, dicken Schaft und pralle Eier, die aus der Jeans hingen. Der massive Ring durch seine Eichel war nicht zu übersehen, genausowenig wie der schwarze Penisring, der Hodensack und Penisansatz eng umschloss. Neben ihm, zu meiner Rechten, stand Jake, der von der Taille abwärts nackt war – bis auf ein Paar Stiefel – und ein schwarzes, offenes Vinylhemd trug. Links von mir war Tate in pofreien Shorts und einer enganliegenden Lederweste. Zwei weitere Penisringe waren zu sehen.

Damon stand links von mir, den Blick auf mich geheftet, und grinste. „Hast du schon Spaß?“
Dann drehten sie richtig auf, und mein Mund war nie leer.
RD hielt meinen Kopf fest, während Tate mir seinen Schwanz in den Mund rammte, bis er gegen meinen Gaumen stieß. Dann war es Tate, der Damons Penis gerade hielt, während Jake mich antrieb, ihn tiefer in mich aufzunehmen. Alle wechselten durch. Jake klatschte seinen Ständer gegen meine Zunge, dann legte Damon mir beide Hände um den Hals, die Daumen auf meinen Wangen, während Jake mich in den Mund fickte, bis lange Speichelfäden von seinem feuchtglänzenden Schaft troffen, als er ihn herauszog.
Mein eigener Schwanz schmerzte, und ich sehnte mich danach, ihn herauszuholen. „Bitte“, japste ich zwischen Lutschen und Schlucken und rieb mir den Schritt.
Tate zog den Reißverschluss an meinem Jockstrap auf. „Spiel damit“, befahl er.
Als würde ich mir das zweimal sagen lassen. Ich schloss die Finger um meinen heißen Schaft und wiegte mich vor und zurück, zwängte ihn durch den Tunnel meiner Faust. Jake träufelte Gleitgel über meine Finger und verdammt, das war himmlisch.
Sie hatten einander die Arme um die Schultern gelegt und ragten über mir auf, während ich von Schwanz zu Schwanz wechselte, begleitet von einem steten Strom von Instruktionen – *lutsch ihn, leck dran, nimm ihn tief rein, schluck den gottverdammten Schwanz…*
Es war herrlich. Die Küsse waren feucht und verdammt nochmal perfekt, ganz Zungen und Zähne. Und gerade, als ich dachte, es könnte nicht besser werden, hörten sie alle plötzlich auf, als hätten sie es stillschweigend so abgesprochen. RD deutete nach rechts. „Da rauf.

Hände und Knie.“

Da stellte sich als niedrige Bank heraus.

Endlich würde ich einen Schwanz in den Arsch kriegen. Mehrere Schwänze. Mein Anus zog sich bei der Vorstellung zusammen.

Ich stand auf – meine Knie taten ein bisschen weh – und stieg eilig auf die gepolsterte Liegefläche. Im Nu stand Tate am Kopfende und hielt mir seinen Schwanz an die Lippen, und ich nahm ihn in den Mund. Die anderen standen hinter mir, sodass ich sie nicht sehen konnte.

Tate streichelte mir den Kopf, während ich an seinem dicken Ding auf und ab glitt, und hielt mit einer Litanei von „fühlt sich *verdammt gut* an“ und „ich geb‘ dir meine heiße Ladung zu fressen“ den Strom von Worten am Fließen.

„Oh, wie hübsch. Sieh mal einer an.“ In Jake Tonfall lag Anerkennung. Gleich darauf stöhnte ich mit Tates Schwanz im Mund, als jemand an meinem Butt-Plug zog und mein Körper ihn wieder einsaugte. Dann war der Butt-Plug verschwunden und ein mit Gleitgel bestrichener Schwanz drückte gegen den gedehnten Ringmuskel. „Oh Mann, das wird sich so gut anfühlen“, stöhnte Jake.

„Hier.“ Tate hielt mir eine kleine braune Flasche unter die Nase, und ich atmete tief ein. Es dauerte nicht lange, bis ich die Wirkung spürte, und ich erschauerte, als Jake mir seinen unverhüllten Schwanz ohne weitere Vorrede in den Leib trieb. Ich konnte auch nichts sagen, da ich einen weiteren unverhüllten Schwanz im Mund hatte. An beiden Enden gestopft, und ohne Gummis. Das war etwas ganz Neues für mich. Dann verging mir das Denken, als Jake mich zu ficken begann und sein Unterleib gegen meinen Arsch knallte.

„Oh mein Gott, ist das geil, wie er einfach reinflutscht." Er packte meinen Jockstrap und hielt sich daran fest, während er mich nagelte. Tate hielt meinen Kopf still und rammte mir seinen Schwanz in die Kehle. Sie fanden in einen Rhythmus, unterstützt vom Wummern der Musik, und ich schwankte zwischen ihnen hin und her und genoss das Gefühl.

Damon kniete neben mir, die Hand an meinem Schaft, denn er sanft streichelte und rieb. „Fühlt sich das gut an?" Sein Blick war auf mich konzentriert.

Ich konnte nicht antworten. Mein Mund war voll. Stattdessen stöhnte ich begeistert und versuchte zu nicken. Damon grinste. „Als Nächstes bin ich dran." Er stand auf und rubbelte seinen enormen Ständer.

„Oh nein, bist du nicht", rief RD. Im einen Moment steckte Jake bis zum Anschlag in mir, im nächsten rammte RD mir sein Ding in den Leib und seine Finger gruben sich in meine Hüften. „Heiliges Kanonenrohr. Du darfst diesen Arsch ständig nageln? Wann hast du deine Seele verkauft, Damon? Der Boy hat ein Loch, das zum Ficken wie geschaffen ist." Er trieb seinen Schaft hinein, so tief es ging, und ich schrie auf vor lauter Freude. *Oh Gott, oh Gott, dieses Prinz-Albert-Piercing…* es war wie eine Massage von innen, auf genau die richtige Art.

Jake war an meinem Kopf, drängte Tate sanft beiseite und fuhr mit seiner Eichel über meine Lippen. „Willst du mal deinen Arsch kosten?" Dann stieß er zu, und ich konnte nicht mehr schreien, da ich wieder und wieder gefüllt wurde.

„Sag, dass du es härter willst", verlangte RD beim nächsten Stoß.

„Härter, Sir", japste ich, als Jake meinen Mund freigab.

„Hab' dich nicht verstanden."

„Härter, Sir!" Dann packten seine Hände meine Schultern und er zerrte mich ruckartig nach hinten auf diesen dicken Schwanz, immer wieder, während Jake sich bückte und mich küsste, mir die Zunge tief in den Mund steckte. Die Musik dröhnte durch die Luft, den Boden, unsere Körper, trieb uns mit gnadenlosem Pulsieren voran.

Ein Schwanz verschwamm mit dem anderen, da sie mich alle abwechselnd aufspießten. Ich stöhnte, als Damon in mich eindrang, mich mit beiden Händen an der Taille packte und mit seinem prallen Schaft ausfüllte. „Gut so, Boy. Fick dich mit meinem Schwanz."

Ich warf mich ruckartig nach hinten und genoss es, wie er in einem Rutsch in mich hineinglitt, gefolgt von ein paar kurzen, schnellen Stößen. Als er inne hielt, stöhnte ich frustriert auf, doch dann leckte eine heiße Zunge über mein Loch. „Oh Gott, ja." Ich stellte mich breitbeinig über die Bank, spreizte die Beine, so weit ich konnte, dankbar für die Atempause.

„Gefällt dir das?", fragte RD. „Tates Zunge in deinem Arsch?"

Damon lachte in sich hinein. „Eins wirst du nie erleben – dass Pete sich beschwert, wenn er geleckt wird. Er würde sich den ganzen Tag von mir rimmen lassen, wenn er könnte."

Ich lachte nicht. Ich war zu sehr damit beschäftigt, Tates begnadete Zunge zu genießen. „Das fühlt sich… toll an." Hände spreizten meine Pobacken, gaben ihm besseren Zugriff.

„Du solltest es aus unserer Sicht sehen", lachte Jake. „Tate auf dem Rücken, das Gesicht zwischen deinen Arschbacken, und Damon spreizt sie, zieht dein Loch auseinander für Tates Zunge…"

„Wieder bereit für meinen Schwanz“, verkündete RD. „Tate, du bleibst, wo du bist.“
Gleich darauf wölbte ich den Rücken und ächzte, als RD in mich eindrang, glitschig und heiß. Tates Zunge leckte immer noch an meinen Eiern und an der Haut dahinter. Aber nicht nur. „Herrgott, ja, das ist gut. Leck meinen Schaft, bevor ich ihn reinstecke“, stöhnte RD. „Gott, ja, mach weiter.“ Der zweifache Angriff auf mein Loch und meine Eier fühlte sich unglaublich gut an.
Damon war an meiner Seite und packte mich am Genick, als Jake mir seinen Schwanz bis zum Anschlag in den Mund stieß.
Die Kombination aus Geräuschen, Gerüchen und Empfindungen war zu viel. Ich wusste, dass ich nicht mehr allzu weit vom Kommen entfernt war. Als Jake sich aus mir zurückzog, stieß ich zittrig hervor: „Kurz davor!“
Zu meinem Entsetzen hörte alles auf und die Männer traten zurück.
Damon half mir auf die Füße. „Oh nein. Du wartest gefälligst mit dem Abspritzen. Wir sind noch nicht fertig mit dir. Das Finale kommt erst noch.“
Ich starrte ihn mit offenem Mund an.
Es gibt ein Finale?

Damon

Ich legte mich auf die Bank, Gesicht nach oben, und hielt meinen Schwanz hoch. „Komm an Bord", sagte ich grinsend. Tate warf mir das Gleitgel zu, und ich trug es großzügig auf. Pete starrte mich an, offensichtlich völlig perplex. „Du wirst alle Antworten finden, die du suchst, wenn du auf diesen Mast steigst", versicherte ich ihm und versuchte dabei, keine Miene zu verziehen.

Gott, das war echt schmalzig.

Pete empfand das anscheinend genauso. Er lachte, setzte sich rittlings auf mich und brachte meinen Ständer mit der Hand in Position. Mit einem zufriedenen Stöhnen senkte er sich auf mich herab, bis ich bis zu den Eiern in ihm steckte. Kaum war mein Schaft ganz drin, begann ich Pete von unten zu ficken und genoss die Schauer, die ihn überliefen, die Art, wie er meine Brustmuskeln packte und zusammendrückte.

„So ist es gut. Du reitest diesen Schwanz liebend gern, stimmt's?"

Sein Gesichtsausdruck war Antwort genug. „Ich kriege nie genug… von diesem Schwanz…" Er lehnte sich zurück, die Hände auf meinen Schenkeln, und erschauerte, als ich mich in ihm vergrub.

Zu weit weg.

„Komm her", sagte ich leise und hielt inne, und Pete beugte sich vor und küsste mich, streichelte meine Brust, meinen Hals, mein Gesicht. Dann setzte er sich auf und wiegte sich vor und zurück. Sein Schwanz war steif, ragte steil nach oben und triefte so sehr, dass er ganz glitschig war.

Ich nickte Jake zu, und er trat vor und träufelte noch mehr Gleitgel in Petes Poritze, wobei er darauf achtete,

dass es auch meinen Schaft überzog. Pete rollte die Hüften. Er hatte die Augen geschlossen und sah so hinreißend aus wie immer, wenn er sich einfach gehen ließ und nur… fühlte. RD stellte sich breitbeinig über meinen Kopf und hielt Pete seinen Schwanz hin.
„Augen auf, Boy, und nimm, was ich dir gebe."
Pete gehorchte sofort. Sein Kopf wippte auf und ab, und er gab genießerische Laute von sich, während er sich hingebungsvoll über RDs Erektion hermachte. Er leckte um das Piercing herum, schnippte mit der Zunge dagegen, und RDs Stöhnen hallte durch den ganzen Keller.
Ich wechselte einen Blick mit Tate, und er nickte und stellte sich zwischen meine Beine. Ich fasste Pete fest um die Taille. „Mach dich bereit", stieß ich mit zusammengebissenen Zähnen hervor, hielt still und wartete, bis Tate sich in Position gebracht hatte.
Pete gab RDs Penis frei und starrte mich an. „Bereit für—*HimmelherrGOTT* nochmal!"
Er krümmte sich zusammen. Seine Augen waren weit aufgerissen, und schon war Jake wieder mit dem Fläschchen da und hielt es Pete unter die Nase. Er nahm einen Zug und erschauerte. „Oh fuck. Zwei Schwänze."
Ich streichelte zärtlich seine Wange. „Du hast gesagt, du willst es versuchen. Das habe ich nicht vergessen."
Verdammt, es kostete echt Überwindung, mich nicht zu bewegen, aber ich lag nur da und ließ Tate die ganze Arbeit machen, als er langsam in Pete eindrang, wobei sein Schwanz an meinem entlang glitt. „Bist du okay?", fragte ich Pete.
Gott, seine Augen waren riesig. „Fühlt sich… voll an. Gott, es ist…"
„Atme. Und sobald du Bescheid gibst, zieht er raus.

Okay?“
Pete holte tief Luft. „Tate?“
Tate hatte eine Hand auf Petes Schulter und rieb sanft. „Ja?“
„Du kannst dich jetzt bewegen.“
Tate grinste mich über Petes Schulter hinweg an. „Sagte ich schon, dass mir dieser Boy wirklich sehr gut gefällt?“ Dann begann er gemächlich, sich zu bewegen. Anfangs rollte er nur behutsam die Hüften, doch jeder leichte Stoß entriss Pete ein Stöhnen. „Immer noch alles okay?“
Pete nickte.
Als ob mir das reichte. „Mit Worten, Pete. Sag mir, wie es sich anfühlt.“
Sein Gesicht war nur Zentimeter von meinem entfernt. „Oh Mann. Das Gefühl ist… riesig… und ich meine nicht nur die Schwänze.“ Wieder erschauerte er. „Es ist… wie in so einer Riesenwelle… festzuhängen… in der einen Minute ist es total geil… in der nächsten…“ Er sah mir unverwandt in die Augen. „Ich glaube, jetzt kann ich nicht mehr lange.“ Er blickte auf mich herab und formte unhörbar mit den Lippen: *Ich liebe dich. Danke.*
Das hätte mir fast auf der Stelle den Rest gegeben. „Ich glaube, du hast mir gerade mein Geschenk gemacht, Boy“, sagte ich leise und streichelte seine Wange. Pete schloss die Augen, und ich wusste, dass er sich auf die Empfindungen konzentrierte. „Fühlt es sich gut an, zwei Schwänze in dir zu haben?“
„Fühlt sich an wie… zum Zerreißen gespannt. Als sollten sie nicht reinpassen.“ Pete keuchte. „Oh fuck, aber es ist gut. Echt gut.“ Dann verzerrte er das Gesicht, und ich wusste, er hatte sein Limit erreicht.
„Nicht mehr so gut? Willst du aufhören?“

„Ja, Sir."
Tate zog sich behutsam aus ihm zurück, und als Pete aufstand, rutschte mein Schwanz aus seinem heißen Loch. Ich kam auf die Füße und half ihm, sich auf der Bank auf den Rücken zu legen, dann sagte ich grinsend zu den anderen: „Wird Zeit, Pete mit einer frischen Schicht Wichse vollzukleistern."
Sie lachten, und bald standen wir alle vier über Pete und wichsten, während er seinen Schwanz schneller und schneller rubbelte.
RD gab Jake ein Zeichen. „Schnapp dir seine Knöchel."
Jake gehorchte, und RD drückte mit beiden Händen von hinten gegen Petes Oberschenkel, dann rammte er ihm seinen Schwanz in den Leib. „Geht doch nichts über ein heißes, gut geschmiertes Loch", sagte er mit einem Stöhnen.
„Das ist mal ein langer Schwanz." Pete verdrehte die Augen. „Verdammt, geht der tief rein."
RD grinste. „Da kommt meine Ladung auch hin. Jeden… Moment… jetzt." Er erstarrte, seine Oberschenkel zitterten und er schrie auf. Dann zog er sich zurück und wischte die letzten paar Tropfen Sperma über die Haut zwischen Petes Hoden und Anus. Als er sich aufrichtete, rieb er sich immer noch langsam den Schwanz. „Mal sehen, ob ich noch ein bisschen mehr für dich finden kann."
„Klingt ein bisschen ehrgeizig, wenn du mich fragst", sagte Jake spöttisch.
Pete sah mir in die Augen. „Kommst du in mir, Sir?"
Als ob ich ihm das abschlagen könnte. Ich legte mir seine Beine auf die Schultern, um seinen Hintern von der Bank zu heben, und glitt hinein. Pete stöhnte vor Lust. Er wichste wie wild, und die anderen legten ebenfalls Tempo zu. Alle wetteiferten darum, wer als

erster seine Ladung abschießen würde.
Jake stöhnte auf und verspritzte sein Sperma über Petes Gesicht und Hals. Er zitterte, als er die letzten Tropfen herausquetschte. RD nahm etwas davon auf die Finger und steckte sie Pete in den Mund, gab es ihm zu kosten.
Tate war der nächste; ein Beben ging durch seinen Körper, als er Petes Bauch mit cremig-weißen Schlieren verzierte. Die letzten Tropfen hob er für Petes Mund auf und strich sie ihm auf die Lippen. Dann zog er die Finger durch das Sperma und hielt sie Pete zum Ablecken hin.
RD stellte sich neben mich und bearbeitete seinen Schaft. „Ich bin noch nicht fertig", keuchte er.
Als er sich versteifte, zog ich mich fast vollständig aus Pete zurück. „Da, spritz es auf meinen Schwanz."
RD stöhnte, als die zähen Tropfen auf meinem Penis und Petes Hodensack landete, und ich glitt mühelos wieder hinein. Meine Eier kribbelten, als mein Orgasmus mich packte. Ein letzter tiefer Stoß, und dann hielt ich still, als mein Schwanz in ihm pulsierte, ihn mit meiner Ladung füllte.
Pete quetschte seinen Schaft zusammen. Sperma rann über seine Finger, füllte seinen Nabel und sammelte sich unter seiner Eichel. Er schloss die Augen und lag ruhig da; gelegentlich überlief ihn ein Schauer, während die letzten Reste seines Orgasmus verebbten.
Vorsichtig zog ich mich aus ihm zurück; mein Schwanz war immer noch halb steif und glänzte feucht. „Jetzt, Boy. Zeig mir diese Wichse."
Pete fasste seine Beine, zog sie hoch und präsentierte seinen Anus, aus dem langsam ein dünnes Rinnsal klarer Flüssigkeit tröpfelte. Ich steckte behutsam den Mittelfinger hinein, was einen weiteren Schwall von Sperma herausquellen ließ. Seine Öffnung war gerötet

und klaffte weit auf, schrumpfte dann aber wieder zu ihrer normalen Größe zusammen. „Wunderschön", flüsterte ich, wischte die Überreste mit den Fingern auf und hielt sie Pete hin. „Hier, Boy."
Pete leckte meine Finger sauber, lutschte an ihnen, den Blick auf mein Gesicht geheftet. Dann ließ er seine Beine los, schloss die Augen und gab einen leisen Seufzer von sich.
Ich lachte. „Meine Herren, ich glaube, wir haben dem Boy die Sprache aus dem Leib gefickt." Die anderen lachten leise. Als Pete die Augen öffnete, grinste ich ihn an. „Hast du nichts zu sagen?"
Pete setzte sich langsam auf, blickte auf seinen mit Sperma bekleckerten Oberkörper hinab und wischte sich die letzten Spuren aus dem Gesicht. „Eigentlich nur eins." Er hob den Kopf und sah mir in die Augen. „Heiratest du mich?"
Die Welt… blieb einfach stehen.
Mein Verstand setzte aus, und ich starrte ihn nur an. *Er hat mich gefragt… ob ich ihn heirate.*
Jake unterbrach das peinliche Schweigen als erster. „Ah, alles klar. Das ist ein Jux, stimmt's? Wie neulich in diesem Porno-Studio, in dem sie eine Gruppenszene gedreht haben. Und am Ende hat dieser eine Typ dem anderen einen Heiratsantrag gemacht, wisst ihr noch?"
Pete lächelte und griff nach seiner Tasche, die ich auf den Boden gestellt hatte.
„Es ist kein Scherz", hauchte ich, als Pete eine kleine schwarzsamtene Ringschatulle unter seinem Handtuch hervorholte. Ich stand da wie gelähmt, während Pete von der Bank aufstand, zu mir kam und vor mir niederkniete.
„Nein, es ist keiner." Pete unterbrach den Blickkontakt nicht. „Ich weiß, wir sind erst seit kurzem zusammen,

aber… naja… wenn man es weiß, weiß man es eben. Ich bin dein Boy, und nichts wird daran je etwas ändern… aber dann ist mir plötzlich bewusst geworden, dass dir das vielleicht reichen mag… aber mir reicht es nicht. Und je mehr ich darüber nachgedacht habe, desto klarer wurde mir, was ich will. Ich will dein Ehemann sein. Dass du mir gehörst. Und verdammt, das hier macht mir mehr Angst als alles andere, was ich je getan habe, weil du mir einfach in die Augen sehen und ‚nein' sagen—"

„Ja", sagte ich schlicht.

„Siehst du? Das hatte ich – was hast du gesagt?"

„Ich habe ‚ja' gesagt." Ich neigte den Kopf zur Seite. „Hast du Sperma in die Ohren gekriegt?" Ich grinste.

„Aber… du hast noch nie vom Heiraten gesprochen." Pete starrte mich immer noch an.

„Du hast mich nie gefragt", sagte ich achselzuckend. „Und ich habe nichts gesagt, weil ich dachte, du bist vollauf zufrieden mit unserem Leben, so, wie es ist. Nun… offensichtlich bist du das nicht, also müssen wir etwas ändern. Und wenn es das ist, was du willst… dann tun wir es." Für mich machte das alles absolut Sinn

„Aber nicht, wenn du es nicht auch willst", protestierte Pete. „Du kannst nicht einfach mitmachen, nur weil es das ist, was *ich* will. Wir müssen es *beide* wollen."

Ich war mir bewusst, dass die anderen uns beobachteten. Sie waren mucksmäuschenstill.

Ich holte tief Luft und entblößte meine Seele. „Ja, es gab mal eine Zeit, da wollte ich heiraten. Unbedingt. Aber… es sollte nicht sein. Und da habe ich beschlossen, nicht mehr davon zu sprechen… denn so konnte ich nichts vermasseln."

„Entschuldigt, wenn ich mich anhöre wie ein

Vollidiot“, sagte Jake plötzlich. „Aber wenn Pete es will und du es anscheinend ganz tief in dir drin eigentlich auch willst… was ist dann das Problem? Er hat gefragt, du hast ja gesagt… dann heiratet ihr auch. Basta.“
Pete blinzelte. „Wenn du es so ausdrückst…“ Gleich darauf hatte ich einen Mann voller Sperma in den Armen. „Ich liebe dich“, sagte er leise.
Ich küsste ihn auf die Lippen. „Ich liebe dich auch. Aber ich glaube, wir sollten jetzt alle raufgehen und uns waschen.“
„Willst du denn deinen Verlobungsring gar nicht sehen?“, fragte RD stirnrunzelnd. Pete kicherte.
Guter Einwand. „Doch, bitte.“
Pete klappte die Schatulle auf. Ein massiver Gelbgoldring kam zum Vorschein, schlicht und elegant. „Gefällt er dir?“
Wie hätte er mir nicht gefallen können? Er war perfekt für mich. „Ich finde ihn toll.“ Dann schmunzelte ich. „Aber ich stecke ihn erst an, wenn wir alle geduscht sind.“
„Ich nehme an, eine Gruppendusche kommt nicht in Betracht?“, fragte Tate unschuldig.
Ich deutete in Richtung Garten. „Wenn ihr drei rausgehen und kalt duschen wollt, könnt ihr gern die Außendusche hinten neben der Terrasse benutzen. Ich dusche allerdings lieber heiß.“ Ich folgte Pete zur Treppe.
„Wir kommen auch mit!“, rief Tate.
Ich lächelte, als Pete vor mir die Treppe rauf ging. Sein nackter Arsch wackelte. „Na schön!“, rief ich zurück. „Ihr könnt ins Bad, wenn wir fertig sind.“
Und was mein Boy – mein *Verlobter* – und ich unter der Dusche so alles anstellten, ging nur uns beide etwas an.

Jetzt sind alle zufrieden

Damon

Mai

„Ich hab‘ dich noch nie in einem Anzug gesehen“, sinnierte ich, den Blick auf den Ganzkörperspiegel geheftet, vor dem Pete stand.

Pete, der gerade seine Krawatte zurechtrückte, hielt mitten in der Bewegung inne und begegnete im Spiegel meinem Blick. Seine Augen strahlten. „Lügner. Du hast mich in *diesem* Anzug gesehen, als wir neulich beim Anprobieren waren. Genaugenommen hast du mich in mehreren Anzügen gesehen.“ Er machte sich wieder daran, seinen Krawattenknoten zu perfektionieren.

„Ja, aber das war nicht dasselbe.“

Pete drehte sich um und kam zu mir ans Bett, wo ich saß. „Ich weiß, was du meinst“, sagte er leise. „Jetzt kommt es einem… real vor.“ Er sah mich an. „Kann ich so gehen?“

„Ich finde, du siehst fantastisch aus.“ Doch er tastete schon wieder nach seiner Krawatte, und da wusste ich, dass es ein Problem gab. „Was ist denn?“

Für einen Moment sagte er nichts. Dann seufzte er. „Sieh mal, ich bin froh, dass wir zweimal feiern, einmal mit deinen Freunden und deiner Familie und einmal im Eagle, aber… es kommt mir komisch vor, mein Halsband nicht zu tragen. Ich weiß, dass ich es heute Abend tragen werde. Und ich weiß, dass ich es nicht jeden Tag trage, aber—"

„Aber du wolltest es heute tragen.“

Er nickte, und das Leuchten verschwand aus seinen Augen. „Es ist mir wichtig.“

Ich stand auf, griff in meine Jackentasche und holte

einen zugeschnürten kleinen Lederbeutel hervor. „Hier. Mom hat mich letzte Woche ständig gelöchert, ob ich etwas Altes hätte, etwas Neues… du weißt schon. Na ja, das hier habe ich als ‚etwas Neues' besorgt." Ich gab ihm den Beutel.

Petes geschickte Finger machten kurzen Prozess mit der Verschnürung, und er öffnete den Knoten und nahm das braune, geflochtene Band heraus. Es hatte kupferfarbene Metallhülsen an beiden Enden, die sich zusammenstecken ließen.

„Es hat einen Magnetverschluss, also ist es leicht abzunehmen. Aber es ist dünn genug, dass du es unter dem Hemd tragen kannst. Und falls es doch jemand sieht, geht es als hübsches Schmuckstück durch." Ich löste seine Krawatte, öffnete die obersten Knöpfe an seinem Hemd und schlang ihm das Band um den Hals. Nachdem ich die Enden vorn zusammengesteckt hatte, schmiegte es sich passgenau um seinen Halsansatz.

Pete betastete es, dann eilte er zurück vor den Spiegel. „Leder", sagte er lächelnd. „Hübsches Detail. Danke."

Ich trat hinter ihn und bewunderte den Anblick. „Jetzt knöpf dein Hemd zu, binde deine Krawatte um und dann bist du bereit", sagte ich schmunzelnd. „Wir wollen ja nicht zu spät zu unserer eigenen Hochzeit kommen."

Pete warf mir im Spiegel einen fragenden Blick zu. „Was ist mit dem Rest? Wo ist das ‚etwas Altes'?"

Ich grinste. „Das heiratest du. Wir fahren mit RDs Auto zum Lokal, damit wäre ‚etwas Geborgtes' abgedeckt. Und was ‚etwas Blaues' betrifft, da wirst du bis heute Abend warten müssen." Das war meine Vorstellung von einem Scherz. Ich wollte ihn in einen Keuschhalter stecken, so nach dem Motto: ‚da bitteschön, blaue Eier'." Allerdings verwarf ich die Idee

schnell wieder. Diese Art von Scherz kam vermutlich in unserer Hochzeitsnacht nicht so gut an.
Wen interessierte schon so ein blöder Brauch?
Pete zupfte ein letztes Mal an seiner Krawatte, dann drehte er sich um. „Fertig. Nicht zu sehen, aber ich weiß, dass es da ist."
„Fühlst du dich jetzt wohler?" Als ob ich das nicht bereits wüsste. Seine Augen glänzten, und er hatte ein Leuchten an sich, das vorher gefehlt hatte.
„Viel wohler."
Ein leichtes Klopfen an der Tür, gefolgt von Max' lauter Stimme. „Jetzt kommt schon. Ihr müsst doch so langsam fertig sein. Hebt euch die Faxen für später auf."
„Faxen", schnaufte Pete. „Als ob wir *jetzt* vögeln würden."
Ich hüstelte. „Bevor du dich hier allzu selbstgerecht empörst, darf ich dich daran erinnern, *warum* wir heute Morgen so spät aufgestanden sind?"
Jetzt war es Pete, der hüstelte.
„Leute", jammerte Max, „wenn ich euch zu spät dort abliefere, bringt Mom nicht *euch* um!"
Ich half Pete in sein Sakko, dann küsste ich ihn auf die Lippen. „Bereit?"
„Bereit." Er grinste. „Zeit für mich, diesen alten Mann zu heiraten."
Sein Aufschrei, als meine Hand auf seinem Hintern landete, war sehr befriedigend.

Pete

Der beste Ratschlag an diesem Tag kam von Mama. Ich hatte drei Monate gebraucht, aber ich konnte sie

endlich so nennen, ohne mich dabei unwohl zu fühlen. Ihren Sohn zu heiraten hatte es wohl so dauerhaft gemacht, wie es nur sein konnte.
Sie hatte mir geraten, mental einen Schritt zurückzutreten und erstmal alles in Ruhe auf mich wirken zu lassen.
Wir hätten uns keinen besseren Tag aussuchen können. Die Sonne schien, der Himmel strahlte in einem herrlichen Blau, und die Temperatur betrug angenehme sechzehn Grad. Wir standen im Shakespeare Garden im Golden Gate Park, am Ende des langen, von Laubbäumen gesäumten Mittelgangs bei der Sonnenuhr. An die fünfzig Gäste saßen auf weißen Stühlen auf dem Rasen, und hinter ihnen, vor der Terrakotta-Fassade, war ein Tisch als Traualtar aufgebaut.
Mama saß in der ersten Reihe, zusammen mit Damons Geschwistern. Eigentlich nahm Damons Verwandtschaft den Großteil der Plätze ein, aber das war okay; ich hatte keine eigene Familie, aber ich würde gleich offiziell zu seiner gehören.
Auf der anderen Seite saßen unsere Freunde, hauptsächlich schwule Männer, die alle ausgesprochen elegant aussahen. Damons Kollegen waren auch da, und ich freute mich schon darauf, beim Empfang mit ihnen zu reden.
Lautsprecher waren aufgestellt worden, und sanfte Klaviermusik lag in der Luft. Alles passte perfekt zusammen, und—
Jemand räusperte sich.
Zwei Jemande – der Standesbeamte und Damon, der mich mit seinen dunklen Augen amüsiert ansah. „Kann ich dir jetzt den Ring anstecken?“
Ich hielt ihm meine linke Hand hin, und er schob den

Ring an seinen Platz. „Ich glaube, wir müssen an deiner Konzentration arbeiten“, murmelte er.
Der Standesbeamte räusperte sich erneut. „Sie haben sich gegenseitig Ihre Liebe erklärt. Sie haben sich verpflichtet, Ihr Leben miteinander zu teilen.“ Er lächelte. „Sie dürfen Ihren Ehemann jetzt küssen.“
„Mit Freuden“, murmelten wir beide, dann lachten wir und unsere Gäste stimmten mit ein und applaudierten. Damon legte die Arme um mich, zog mich an sich und unsere Lippen trafen sich zu einem ausgedehnten Kuss, als hätten wir alle Zeit der Welt.
„Nehmt euch ein Zimmer!“, rief jemand unter weiterem Gelächter, während der Applaus allmählich schwächer wurde.
„Hol‘ mal einer einen Eimer kaltes Wasser!“ Das war Max, und ohne hinzuschauen wusste ich, dass Mama der Grund für das laute „Aua!“ war, das darauf folgte. Noch mehr Gelächter, diesmal auf Max‘ Kosten.
Mir war das egal. Ich war in einen Kuss versunken.
Als wir uns endlich voneinander lösten, wandten wir uns nach freundlicher Ermahnung durch den Standesbeamten unseren Gästen zu, und der Applaus begann von neuem, schwoll zu einem Crescendo an, als wir uns an den Händen fassten und zu unseren Freunden und Verwandten gingen. Mama wischte sich mit einer Hand die Augen und warf Reis mit der anderen. Andere kamen auf uns zu und umarmten uns, oder klopften uns auf den Rücken, und aus dem Hintergrund tauchten Catering-Angestellte mit Tabletts voller Champagnergläser auf.
Ich weiß nicht, wie lange wir uns mit unseren Gästen unterhielten. Es waren wundervolle, zeitlose Momente. Schließlich kam Max seinen Pflichten als Trauzeuge nach und informierte alle, dass es Zeit für den Empfang

wurde, der in einem Hotel unweit des Parks stattfand.
„Er bräuchte nur noch einen Hund, dann könnte er sie wie Schafe zum Ausgang treiben“, brummte ich.
Damon schnaubte. „Treffende Beschreibung.“ Er gab einen zufriedenen Seufzer von sich. „Das ist gut gelaufen.“
„Und wir haben heute auch noch den Abend vor uns“, erinnerte ich ihn.
Tate tauchte neben mir auf. „Ich freue mich auf die Party im Eagle“, sagte er grinsend. „Ihr wisst natürlich, was wir uns alle fragen.“
Damon zog die Augenbrauen hoch. „Nein, aber ich bin sicher, du wirst es uns gleich sagen.“
„Na ja, es versteht sich von selbst, dass wir die Braut küssen wollen, aber die Frage ist eher…“ Tates Grinsen wurde anzüglich. „Dürfen wir den Bräutigam bumsen?“
Damon lachte. „Ich glaube, das liegt ganz bei Pete.“
Ich schnaubte. „Und *ich* glaube, das hängt ganz davon ab, welcher Bräutigam gebumst werden soll. Schließlich gibt es hier zwei davon.“ Ich lächelte zuckersüß. „Willst du Tates Frage nicht beantworten?“ Als ob ich nicht wüsste, wie Damons Antwort lauten würde.
Ehe Damon oder Tate etwas entgegnen konnten, küsste ich Damon auf den Mund und wandte mich dann wieder an Tate. „Tut mir leid, aber Damons Arsch ist tabu. Von jetzt an gehört er ganz mir. Und wenn du denkst, wir veranstalten im Eagle einen Rudelbums, dann hast du falsch gedacht. Ich lasse mich *nicht* in meiner Hochzeitsnacht verhaften.“
Tate zog ein Gesicht und sah Damon an, der die Achseln zuckte.
„Dem kann ich mich nur anschließen.“ Er wartete, bis Tate abgezogen war und bedachte mich dann mit einem forschenden Blick. „Mein Arsch gehört ganz dir? Wo

ist mein Boy, und was hast du mit ihm gemacht?"
Ich lächelte. „Du kriegst deinen Boy im Bett, oder im Keller – oder wo auch immer – wann immer du ihn haben willst. In der übrigen Zeit bin ich der Mann in deinem Leben."
Damons breites Lächeln verriet mir, dass er mit meinen Bedingungen vollkommen einverstanden war.

Ende

Eine Anmerkung zu dieser Geschichte

Die Zeiten ändern sich. Sex ändert sich ebenfalls.
HIV-positiv zu sein war einmal ein Todesurteil. Heute ist das anders.
Wir leben in einer Zeit der fantastischen Medikamente, und von **U=U**: nicht nachweisbar = nicht übertragbar (Undetectable means Untransmissible)
Ja, Kondome schützen auf andere Weise vor sexuell übertragbaren Erkrankungen als PrEP, und sie verhüten auch Erkrankungen, vor denen PrEP nicht schützt. Das bestreitet auch niemand. Aber häufige Tests, Sex mit Partnern, die man kennt – und ehrliche Kommunikation – bedeuten, dass der Verzicht auf Kondome für diejenigen, die das wollen, eine Option darstellt.

Weiter Informationen zu U=U unter diesem Link:
https://www.plushealth.org.uk/undetectable.html
(englisch)
oder hier:
https://magazin.hiv/2018/01/28/die-fakten-hinter-uu/ (deutsch)
Online-Support für Menschen, die mit HIV leben, ihre Partner, Angehörige und Betreuer gibt es bei der deutschen Aidshilfe:
http://www.aidshilfe.de

Über die Autorin(nen)
(Denn jetzt sind wir drei!)

K.C. Wells alias Tantalus
Für alle, die ihre Geschichten sehr erotisch mögen, mit heißen Typen und noch heißerem Sex….
Die nichts gegen den einen oder anderen Tabubruch haben…
Die etwas lesen wollen, das ihre Fantasien ein wenig anheizt…
… gibt es Tantalus.
Denn wir brauchen alle mal ein bisschen was Reizvolles im Leben.

****

KC Wells lebt auf einer Insel vor der Südküste Großbritanniens, umgeben von wunderschöner Natur. Sie schreibt über Männer, die Männer lieben, und kann sich ein Leben ohne Schriftstellerei gar nicht mehr vorstellen.
Das Tatoo auf ihrem Rücken, eine Regenbogen-Rose mit den Worten „Liebe ist Liebe" und „Liebe siegt" ist ihre Art, eine Flagge zu hissen. Sie hat vor, noch sehr lange über die Liebe zwischen Männern – ob zärtlich und süß oder heiß und verrucht – zu schreiben.

****

K.C. Wells alias Kathryn Greenway (M/F)

Kathryn Greenway lebt auf der Isle of Wight vor der Südküste Großbritanniens, in einem typisch englischen Dorf, wo es wenige Geheimnisse gibt und jeder jeden kennt.
Sie schreibt Liebesromane in verschiedenen Genres und unter unterschiedlichen Pseudonymen, aber immer mit demselben Ziel – zu einem Happy End zu kommen.

Erhältliche Titel (in deutscher Sprache)

Schuld

Dreamspun Desires
Der Verlobte des Senators
Als die Einsamkeit wich

Zum Ersten Mal Liebe
Schritt für Schritt
Gestern, Jetzt und Auf Ewig

Herz Ohne Fesseln
Vertrauen in Thomas

Persönlich
Persönliche Entscheidungen
Persönliche Veränderungen
Mehr als Persönliche
Persönliche Geheimnisse
Streng Persönlich
Persönliche Herausforderungen

Jasons Befreiung

Unverhoffte Liebesgeschichten
Lehre Mich
Vertrau Mir
Sieh Mich
Liebe Mich

A Material World

Spitze
Satin
Seide
Jeans

Kels Hüter

In English

Learning to Love
Michael & Sean
Evan & Daniel
Josh & Chris
Final Exam

Sensual Bonds
A Bond of Three
A Bond of Truth

Merrychurch Mysteries
Truth Will Out
Roots of Evil
A Novel Murder

Love, Unexpected
Debt
Burden

Dreamspun Desires
The Senator's Secret
Out of the Shadows

My Fair Brady
Under The Covers

Love Lessons Learned

First
Waiting for You
Step by Step
Bromantically Yours
BFF

Collars & Cuffs
An Unlocked Heart
Trusting Thomas
Someone to Keep Me (K.C. Wells & Parker Williams)
A Dance with Domination
Damian's Discipline (K.C. Wells & Parker Williams)
Make Me Soar
Dom of Ages (K.C. Wells & Parker Williams)
Endings and Beginnings (K.C. Wells & Parker Williams)

Secrets – with Parker Williams
Before You Break
An Unlocked Mind
Threepeat
On the Same Page

Personal

Making it Personal
Personal Changes
More than Personal
Personal Secrets
Strictly Personal
Personal Challenges

Personal – The Complete Series

Confetti, Cake & Confessions

Connections
Saving Jason
A Christmas Promise
The Law of Miracles
My Christmas Spirit

Island Tales
Waiting for a Prince
September's Tide
Submitting to the Darkness

A Material World
Lace
Satin
Silk
Denim

Southern Boys

Truth & Betrayal
Pride & Protection
Desire & Denial

Kel's Keeper
Here For You
Sexting The Boss
Gay on a Train
Double or Nothing
Back from the Edge
Switching it up
Out for You
State of Mind

Anthologies

Fifty Gays of Shade
Winning Will's Heart

Come, Play
Watch and Learn

Writing as Tantalus
Damon & Pete: Playing with Fire

Printed in Poland
by Amazon Fulfillment
Poland Sp. z o.o., Wrocław

82969657R00146